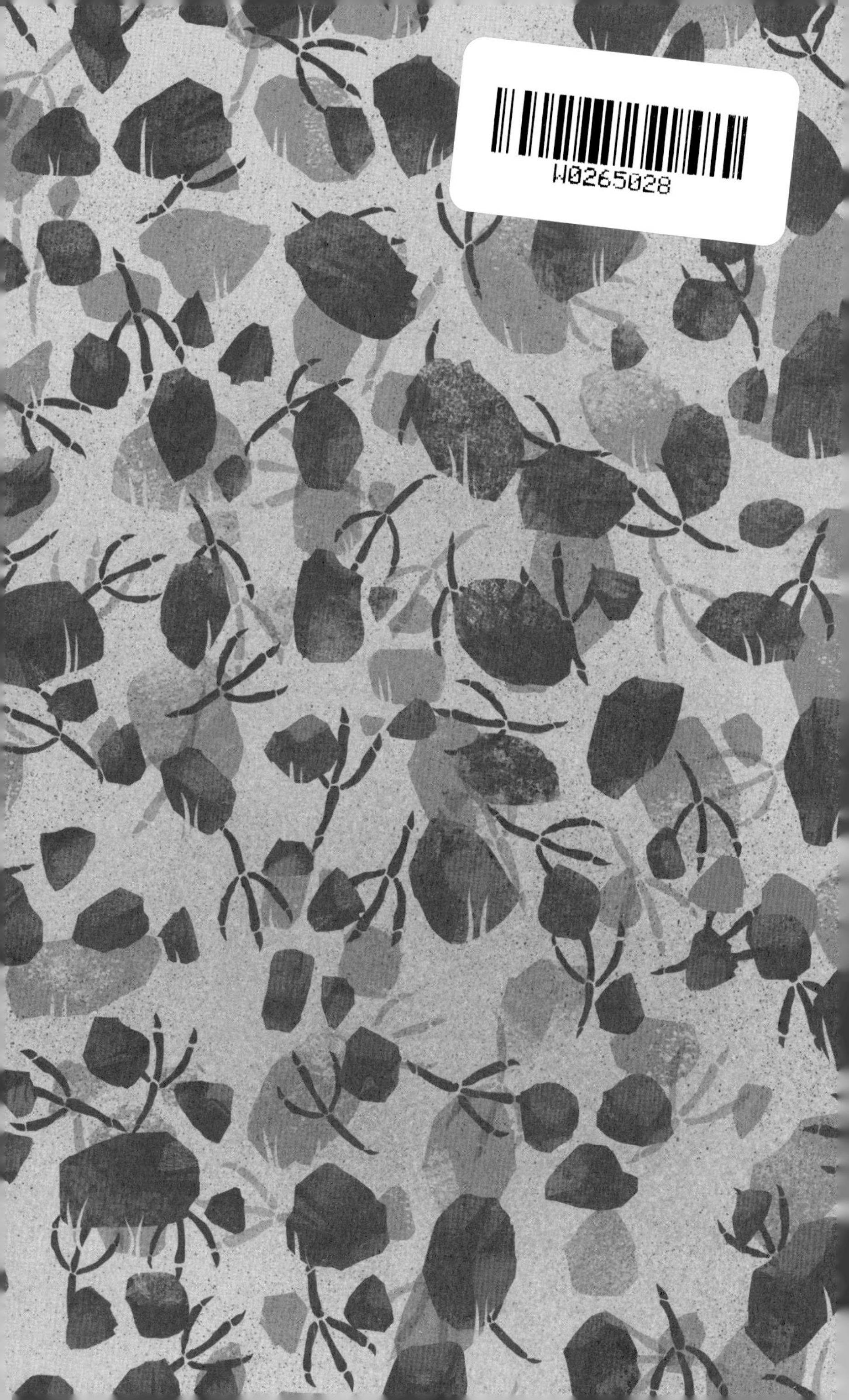

OETINGER
34

# FEDER WELT

ELISABETH
DENIS

OETINGER 34

FSC
www.fsc.org
MIX
Papier aus verantwortungsvollen Quellen
FSC® C014496


Text und Idee von: Elisabeth Denis
Einband- und Reihengestaltung: Natalie Dombois
Satz: Dörlemann Satz, Lemförde
Druck und Bindung: GGP Media GmbH, Karl-Marx-Str. 24, 07381 Pößneck
Printed 2016
ISBN 978-3-95882-008-1

Dieses Buchprojekt ist auf Oetinger34.de im Team entstanden.
Autorin: Elisabeth Denis; Junior-Lektorin: Esther Kalb

www.oetinger34.de

*Für Anne, Susanne und Christoph*

# KAPITEL EINS

Es ist kurz nach elf. In ein paar Minuten werde ich abgeholt, hoffentlich von Basil, und nach Hainpforta gebracht, um von dort eine unglaubliche Reise anzutreten. Ich weiß nicht, ob ich jemals zurückkehren werde – und das ist diesmal wirklich keine Übertreibung. Doch bis auf ein leichtes Kribbeln in den Beinen spüre ich nichts. Keine schweißnassen Hände, kein schneller Atem. Das Einzige, was sich außer dem Kribbeln bei mir einstellt, ist Megaappetit auf etwas Süßes. Ist das die Nervosität?

Ich suche im unteren Fach des Küchenschranks, doch die Blechbüchse, in der wir unseren Süßkram aufbewahren, ist leer gefuttert. Und die letzten Weihnachtsplätzchen habe ich zur Stadtmission gebracht. Also greife ich mir das Glas Schokocreme.

Ich tunke meinen Zeigefinger in den süßen Aufstrich und schlecke ihn ab. Mein Vater und ich haben das Zeug früher regelrecht verschlungen. Mein Finger hinterlässt eine Rinne in der ansonsten unberührten Creme. Ich streiche sie, so gut es geht, glatt, lutsche meinen Finger sauber und schraube den Deckel zu, denn ich habe beschlossen, dass ich Papa dieses Glas als Gastgeschenk mitbringen werde. Warenschmuggel in die andere Welt, Hain, ist zwar verboten, aber Geschenke, noch dazu an den eigenen Vater, sicherlich nicht. Ich stopfe das Glas zu meinen Sachen in den

Rucksack, viel habe ich nicht eingepackt, denn ich werde nur drei Tage dort sein. Wenn Basils Plan funktioniert.

Ich stromere durch die Wohnung und frage mich, warum Basil so auf sich warten lässt. Bis Mitternacht bleibt nur noch eine Dreiviertelstunde. Müsste ich allein und zu Fuß zum Internat, wäre ich jetzt schon zu spät.

Es klingelt. Zu meiner Enttäuschung steht nicht Basil vor der Tür. Nur ein behufter Muskelbrocken, und ich komme mir dumm vor, dass ich mir immer wieder solche Dinge ausmale, romantischen Quatsch, der sich nicht erfüllt.

Der Hufmann ist so riesig, dass er sich bücken muss, um mit dem Kopf unter dem Türrahmen hindurchzutauchen und mir Hallo zu sagen. Dabei fallen ihm seine langen Haare in Strähnen auf die Schultern.

Ich packe ihn am Pulli und ziehe ihn in die Wohnung. Unsere Nachbarin muss nicht unbedingt mitbekommen, wer mich kurz vor Mitternacht abholt. Auch wenn der Mann seine Hufe umsichtig unter derben Filzmanschetten verbirgt. Außerdem trägt er einen groben Wollpullover mit komischen Schlaufen an den Schultern. Mit einer Portion Wohlwollen könnte man behaupten, dass ihm sein Aufzug das Aussehen einer Charles-Dickens-Figur verleiht.

»Renrus«, sagt er, während er in unsere Wohnung poltert.

Eilig schlage ich die Tür hinter ihm zu.

Im Flur dreht er sich langsam im Kreis, eine Runde und noch eine zweite, wobei er jedes Detail unserer Einrichtung inspiziert. Dabei stößt er mit dem Kopf gegen die Deckenlampe, die bedrohlich schaukelt und zu flackern beginnt.

»Darf ich die Zimmer anschauen?«

»Müssen wir nicht los?«

Er verzieht keine Miene. »Ich war noch nie in einer menschlichen Behausung.«

»Meinetwegen, wenn es Sie glücklich macht.«

Ich bereue meine Großzügigkeit sofort. Im Wohnzimmer stößt Renrus gegen die Bodenvase, und in der Küche räumt er das Gewürzregal ab.

»Okay, Schluss mit der Besichtigung. Sie bleiben im Flur!«, befehle ich und fege die Bescherung auf, damit meine Mutter nicht aus allen Wolken fällt, wenn sie heimkehrt. Ich will nicht, dass sie denkt, jemand hätte mich mit Gewalt entführt.

»Sind Sie noch da?«, rufe ich, denn im Flur ist es plötzlich mucksmäuschenstill.

»Ja.«

Ich linse um die Ecke und muss grinsen, denn der Muskeltyp steht wie eingefroren an Ort und Stelle. Einzig seine Finger spielen nervös mit einer herausgezogenen Masche an seinem Pullover.

Als der Zeiger meiner Uhr auf halb zwölf marschiert, bin ich endlich bereit zum Aufbruch.

In der winterlich kalten Nacht ist außer uns keine Menschenseele unterwegs. Es ist der 21. Dezember, zumindest noch eine halbe Stunde. In unserer Welt schlafen alle oder genießen die vorweihnachtliche Ruhe. Doch in der anderen Welt brechen gerade magische Tage an, die auch auf unsere Welt Einfluss haben. In den *Raunächten* öffnen sich unseren menschlichen Legenden zufolge die Tore zwischen den Welten, und dämonische Wesen gelangen hindurch. Ich kenne mittlerweile ein paar dieser Wesen. Und einige sind wirklich mies. Bisher war Hainpforta das einzige verbliebene Portal. Aber die fiesesten von allen Wesen, die Lykoten, haben gestern Nacht ein eigenes, illegales Portal geöffnet, von dem niemand weiß, wo es sich befindet.

Wir stapfen durch die Straßen meiner kleinen Heimatstadt, oder vielmehr Renrus stapft mit diesen steifen Manschetten um seine Fesseln. Ich hingegen würde mich am liebsten unsichtbar davonstehlen. Insgeheim hatte ich gehofft, dass wir den Weg nicht zu Fuß zurücklegen. Mit Basil wäre ich sicher zum Internat geflogen, denke ich grimmig. Der Flug mit ihm heute im Morgendämmern hinauf in die Baumwipfel war atemberaubend. Ich spüre immer noch seinen Rücken an meiner Wange. Missmutig schiele ich zu Renrus. In dem Tempo werden wir jedenfalls nie und nimmer pünktlich um Mitternacht ankommen.

Kurz nachdem wir das Stadtgebiet verlassen haben, setzt sich Mister Muskel auch noch auf eine Bank und beginnt umständlich, die klobigen Filzmanschetten abzustreifen.

Ich trete ungeduldig von einem Fuß auf den anderen.

»Du kannst ihn wohl kaum erwarten, deinen Übertritt?« Nachlässig schmeißt er die Filzteile ins Gebüsch.

Bevor ich ihn auf den Mülleimer neben der Bank hinweisen kann, packt er mich und schleudert mich auf seinen Rücken. Reflexartig greife ich nach dem nächsten sich mir bietenden Halt und finde die Schlaufen an den Schulterklappen. Mir dämmert, wozu sie angebracht sind.

Renrus galoppiert die Hangwiese hinauf. Immer schneller trommeln die Hufe auf den Boden und peitschen Dreck und Steine auf. Sein Haar schlägt mir ins Gesicht. In der Kälte sind die schweißnassen Strähnen steif gefroren. Ich ziehe den Kopf ein und kneife die Augen zusammen, mir wird flau im Magen. Noch nie habe ich mich so schnell durch den Wald bewegt. Nicht mal Basil ist so schnell durch die Bäume geflogen. Wir werden bestimmt pünktlich sein, aber werde ich auch unversehrt ankommen? Wieder trifft mich sein Haar schmerzhaft im Gesicht.

Renrus stoppt vor der Mauer hinter dem Internat. Mit zittrigen Knien rutsche ich auf den Boden. Kein zweites Mal bringt mich jemand auf den Rücken eines Hufmanns. Das schwöre ich.

# KAPITEL ZWEI

Renrus biegt den Hagebuttenstrauch beiseite, und die kleine graue Holztür, die sich dahinter versteckt, wird sichtbar. »Mischa«, raunt er, »ich finde es mutig, dass du unsere Welt kennenlernen willst …«

»Aber?«

»Du musst nicht übertreten. Keiner zwingt dich.«

Wirklich nicht? Immerhin werden mir sonst meine Erinnerungen gelöscht, das würde ich nicht als tolle Alternative bezeichnen.

Renrus kann nicht wissen, dass es einen Wechselbalg gibt, der in drei Tagen, in der Nacht vom 24. auf den 25., den Platz mit mir tauschen wird. Basil kennt den Obdachlosen, der in seine alte Heimat zurückkehren will, schon eine ganze Weile. Doch so wie ich Basil einschätze, hat er nicht einmal Arthur von ihm erzählt.

»Ich weiß, aber ich stehe zu meiner Entscheidung.«

Er schnauft. »Durch und durch Tullwiss.«

»Kennen Sie meinen Vater?«

»Ja, deswegen weiß ich, dass …«

Da ertönt von fern leise das Läuten der Turmglocke.

Warmer Fackelschein empfängt uns, als wir auf der anderen Seite in den Park treten. Bisher hat sich nur eine Handvoll Schaulustiger um den Findling versammelt. Also wurde mein bevorstehender Übertritt nicht herumposaunt.

Gut so, denke ich. Auch wenn ich weiß, dass ich nur ein paar Tage in der anderen Welt leben muss, ich habe trotzdem Angst davor. Immerhin treiben sich dort die Lykoten herum, Wolfswesen, Hundewesen, die es auf menschliches Blut abgesehen haben. Und einer von ihnen, Marts, ganz besonders auf meines, nachdem er ein paar Tropfen davon gekostet hat.

Ich sehe ein paar Bajune, katzenartige Wesen, und auch Kassandra, die während der *Raunächte* gezwungen ist, mit Schaffell am Körper herumzulaufen. Basil oder Myrell entdecke ich nicht. Nicht einmal Gwindula oder Ergor warten unter den Bäumen.

»Ich muss auf diesen Stein klettern, oder?«, wende ich mich an Renrus. »Und dann? Muss ich irgendetwas Bestimmtes tun?«

Er zuckt mit den Schultern. »Du wirst jedenfalls nicht allein reisen. Ich sage Aden Tweick Bescheid, dass wir angekommen sind.«

Die Hoffnung, das Ganze in kleiner Runde hinter mich zu bringen, zerschlägt sich. Aus dem Haus strömen nun zahlreiche Grüppchen. Sogar die fiesen Lykoten dürfen zuschauen.

Da ist Myrell! Von der Tür aus winkt sie mir zu. Im nächsten Augenblick tippt sie mir gegen den Unterarm. Das ist ihre Fähigkeit, die sich in den *Raunächten* zeigt: Speed.

»Oh, Mischa, jetzt wirst du deine Heimat kennenlernen. Es ist so schön dort. Besuch meine Leute auf der Insel Fioach, ja? Und ich besuche dich, wenn du zurück bist. Aufgeschoben ist nicht aufgehoben, sagt man doch bei euch. Oder ich besuche deine Mutter allein, wäre das in Ordnung? Ich könnte auch ab und zu mit dir nynyktieren und ihr dann …«

»Myrell. Langsamer!« Auch sprachlich legt sie ein unglaubliches Tempo hin. Man könnte meinen, sie trete über und nicht ich, so aufgeregt ist sie.

»Ja, du hast wahrscheinlich gar keine Zeit, meine Eltern zu besuchen. Empfang hier, Gala da. Deine Großtante wird dich sicher verplanen. Ist ja nicht so, als ob ein *stinknormales* Menschenkind vorbeischaute. Wobei selbst das eine Sensation wäre. Oh Mann!« Sie trippelt auf der Stelle und sieht mich mit großen Augen an. »Mischa Tullwiss in Hain!« Feierlich betont sie jede Silbe.

Ein paar Tylwyth Teg müssen uns belauscht haben, denn sie stimmen in Myrells Jubel ein.

»Tullwisskind in Hain!«, skandieren sie, wie eine Parole.

Am liebsten würde ich mich hinter Myrells Rücken verstecken, doch sie ist einfach zu klein.

Ergors Kopf erscheint im Bibliotheksfenster im Erdgeschoss und mahnt zur Ruhe. Die Tylwyth Teg verstummen, dafür stimmen die Bajunmädchen nun eine hymnenähnliche Melodie an, in die nach und nach sämtliche Hainpfortaner einfallen, bis der Hof erfüllt ist von einem vielstimmigen Chor, der feierlich klingt, fast schaurig.

Aden Tweick und die anderen Lehrer treten durch die Tür. Aden trägt statt seines üblichen Hausmeisterkittels eine seidig glänzende Weste und einen weiten Hosenrock. Hinter ihm blitzt ein blonder Schopf auf, und allein diese Ahnung von Basil lässt mich aufatmen.

Die Menge beginnt zu applaudieren. Mein Übertritt wird regelrecht zelebriert.

Ergor fasst mich am Ellenbogen. »Keine Angst, Mischa! Dein Vater empfängt dich. Du wirst dich sicher schnell einleben!«

*Einleben?*

»Im Übrigen«, fährt er leise fort und wirft einen verstohlenen Blick in Richtung der Tylwyth Teg, »weiß ich um den Tauschling. Du wirst nur für kurze Zeit in Hain weilen, äußerst bedauerlich! Drei Tage, das ist zu wenig Zeit, um Hain kennenzulernen. Ich hoffe, du genießt, was du erlebst, und kehrst an Heiligabend mit reichen Eindrücken zurück. Aden Tweick wird dich begleiten.«

»Warum nicht Basil?«, platze ich heraus. Neben Marts gibt es im Internat kaum jemanden, den ich weniger mag als Aden Tweick – oder Arthur, wie er bis gestern noch für mich hieß. Verstohlen werfe ich einen Blick auf den kahlen Kopf und die grünen Federn des Schulleiters.

»Wie du dich vielleicht erinnerst, ist Basilander hier, weil er eine Ausbildung absolviert. Er kann nicht einfach zwischen den Welten hin- und herspazieren, wie es ihm oder dir gefällt«, antwortet Tweick herablassend. »Außerdem ist er noch nicht so weit, dass er einen Übertritt begleiten könnte. Ihr könntet getrennt werden und du sonst wo landen.«

Ich schiele auf den immer noch anwachsenden Kreis der Zuschauer, in dessen Mitte Basil steht. Er sieht mich fest an. Seine hellblauen Augen fixieren meine. »Ich würde ihm gern auf Wiedersehen sagen.«

»Ihr habt euch bereits verabschiedet.« Aden Tweick hilft mir beim Erklimmen des Findlings.

Kleine Kristallstücke flimmern an der Oberfläche, und der rußige Abdruck der Krallen meines Vaters ist noch zu sehen. Je länger ich auf den Stein starre, desto mehr verblasste Abdrücke, Krallen, Pfoten, Hufe, menschliche Füße zeichnen sich ab. Ich spüre Hitze an meinen eigenen Füßen aufsteigen. Als würden Ameisen meine Stiefel attackieren und ihre ätzende Säure die Sohlen durchdringen.

Aden Tweick schlingt seine Flügel um meinen Körper. Ich winde mich heraus, doch er zieht mich eng an sich.

»Halt dich besser an mir fest«, zischt er.

Die Luft um uns herum beginnt zu flirren, Hitze steigt zu meinem Gesicht empor. Hinter der sengenden Luft verschwimmt die Menge zu einem unkenntlichen Bild. Basil zerfließt in helle und dunkle Schlieren. Dann zieht etwas an mir, mit aller Macht, und wir stürzen durch einen Tunnel.

Ich falle. Werde nach oben geschleudert. Ich will mich festhalten, finde aber keinen Halt. Stimmen. Wir drehen uns wie verrückt im Kreis. Farben rasen vorbei. Hitze weicht Feuchtigkeit, die in trockene Kälte übergeht. Braun wandelt sich zu hellen Sandtönen. Eisstarres Weiß blendet.

Ich spüre Übelkeit in mir aufsteigen. Die langen Autoreisen mit meinen Eltern kommen mir dagegen wie läppische Hopser vor, selbst einen Ritt auf Renrus' Rücken würde ich vorziehen. Plötzlich tauchen wir in eine Zone heller Rottöne. Die Temperatur steigt. Mir ist, als blickte ich direkt in die morgendliche Sonne. Dann verblasst das Rot.

Ein heftiger Aufprall beendet die Reise. Aden hebt mich ruckartig empor, doch zu spät, er kann nicht verhindern, dass mir ein kurzer, harter Schmerz in die Fußsohlen dringt, der bis in die Knie nachhallt. Ich befreie mich von seinen Flügeln und stehe endlich wieder auf eigenen Beinen. Mitten in einer anderen Welt.

# KAPITEL DREI

Sofort setzt das Brennen in meinen Fußsohlen wieder ein. Unter mir im Boden schimmern Kristallsteinchen, ausgelegt zu einem hübschen Mandala. Der Geruch von versengtem Gummi steigt mir in die Nase, und ehe ich kapiere, dass meine Schuhsohlen anfangen zu schmoren, packt mich Aden Tweick und zieht mich von der Landefläche.

Ich schaue auf, und meine Sinne werden gleichzeitig von Reizen überflutet. Ich rieche rosa Luft, höre zimtige Bäume, schmecke Wärme – kein Winter in Hain! –, sehe das Rauschen der farnartigen Wedel und ordne die erschrockenen Ausrufe den Gesichtern zu, die mich erstaunt anstarren.

»Sie haben vor wenigen Augenblicken deine Mutter verabschiedet. Sie sind überrascht«, zischt Aden Tweick in mein Ohr. »Wir hielten es für besser, deine Ankunft geheim zu halten. Keiner aus Hainpforta darf darüber sprechen. Dass Zuschauer zu Wendlas Übertritt erschienen sind, war allerdings zu erwarten, das hätten wir bedenken sollen. Ein Fehler! Nun, anzunehmen, dass es nur Sympathisanten deiner Mutter waren. Von ihr scheint immer noch ein Zauber auszugehen. Hoffen wir, dass sie dich nicht erkannt haben und dein Aufenthalt sich nicht in Windeseile herumspricht.«

Ich nehme nur halb wahr, was er sagt. »Wo ist er?« Suchend blicke ich den fremden Gesichtern hinterher, die zwischen den Farnwedeln verschwinden. Ich sehe viele Tylwyth Aden, aber wo ist mein Vater?

»Hinter dir«, höre ich die vertraute Stimme.

Ich wirbele herum. Ein Mann steht da: groß, mit Stoppelbart und ausgebreiteten Schwingen. Mein Papa! Jubelnd werfe ich mich in seine Arme. Nun ja, Flügel, doch das verdränge ich in meiner Wiedersehensfreude. Alles, was sich an Wut in mir aufgestaut hat, ist augenblicklich verflogen. Endlich habe ich meinen Papa wieder, und es fühlt sich so vertraut an, ihn zu umarmen. Wenn es möglich wäre, würde ich mit der Umarmung alles nachholen, was ich verloren habe. Seine Geburtstagsfeste, meine, Ausflüge, das Rumalbern und auch das Streiten, Tausende von Gutenachtumarmungen, mein halbes Leben. Ich weiß, dass es unmöglich ist, aber das ist mir egal, und auch, ob ich ihn gerade zerquetsche, weil das niemals so wehtun kann wie das Vermissen, das mich jetzt mit voller Wucht einholt. Doch hinter dem Vertrauten merke ich, nicht greifbar wie Nebel, etwas Unbekanntes. Er riecht anders, fremd. Leicht streicht er mir über den Rücken.

»Brim Tullwiss!«, ruft Tweick. »Es ist mir eine Freude und eine Ehre, dir deine Tochter zu bringen.«

Mein Vater schiebt mich aus der Umarmung. Ich greife nach seiner Hand, doch er entzieht sie mir und streckt sie Aden entgegen.

»Aden Tweick, hab Dank für das sichere Geleit, das du meinem Kind gewährt hast. In meinem Haus steht ein Mahl bereit. Wenn ihr mir folgen wollt?«

Das sind die ersten Sätze, die ich von meinem Vater nach sieben

Jahren höre. Kein liebevolles *Hallo, mein Kind!* oder ein *Ich freue mich so, dass du da bist, Mischa!*.

Der erste Satz, den ich an meinen Vater richte, lautet: »Du hast schwarze Flügel.«

Zugegeben, keine besonders geistreiche Feststellung, aber tatsächlich stellen das Gefieder und die Klauen die größte Veränderung an ihm dar, ansonsten gleicht er dem Bild aus meiner Erinnerung. Nur am Bauch hat er ein wenig zugenommen.

»Stimmt. Schwarze Flügel.« Er streicht sich verlegen darüber. »Und du trägst jetzt schwarzes Haar. Du bist groß geworden. Kein Kind mehr, fast eine junge Frau.«

Seine Augen glänzen, genau wie die Federn, die sich kurz im lauen Wind aufplustern. Im nächsten Moment verblasst der Glanz, als würde das Licht von seinem Inneren absorbiert. Wäre dieser kleine Augenblick nicht gewesen, ich hätte schwören können, dass mein Vater sich nicht sonderlich über unser Wiedersehen freut. Nicht mir, sondern Aden Tweick legt er den Arm über die Schultern, als er sich zum Gehen wendet.

Riesige Farnwedel wölben sich über unseren Köpfen und verströmen den zimtig frischen Duft. Ich atme tief ein und staune über die wunderschöne Natur. Myrells Worte kommen mir in den Sinn. Der Boden unter meinen Füßen ist überzogen von weißen Blüten mit zartgrünen Blättchen. Er federt derart, dass ich beinahe glaube, wir spazierten über ein aufgespanntes Netz.

Als wir wenig später aus dem Farnwald treten, erkenne ich, dass es sich fast genau so verhält. Der Blütenteppich endet abrupt nach einigen Metern, dahinter liegt nichts, nur Himmel, soweit das Auge reicht.

Mein Vater und Aden Tweick stehen am Rand und blicken

mich erwartungsvoll an. Vorsichtig trete ich an den Abgrund. Dann wandert mein Blick in die Tiefe.

Wir befinden uns auf einer Art schwebender Insel, vielleicht zwanzig oder dreißig Meter über dem festen Boden.

»Das Portal liegt in der Luft«, murmle ich, doch natürlich verstehen mein Vater und Aden Tweick jedes meiner leisen Worte, ihre Sinne sind hier wahrscheinlich noch schärfer als in unserer Welt.

»Ja, das letzte offene Portal befindet sich in sicherer Höhe. Kein Lykot, kein Bajun, kein Tylwyth Teg kann unbemerkt hinaufklettern.«

Ich lege mich flach auf den Bauch und schiebe mich vorwärts. So weit, bis ich sehen kann, was sich direkt unter der Insel befindet. Meine Hände zittern. Die Insel liegt hoch in der Luft, und das Erdreich darunter ist nur ein paar Armlängen breit. Wurzelwerk pendelt herab. Einige Wurzeln ankern im Boden und halten die Insel an Ort und Stelle. Ich sehe Zuschauer von zuvor wie an Strickleitern daran hinunterklettern. Was, wenn jemanden die Kräfte verlassen? Diese Wurzeln sehen so aus, als würde man sich die Handflächen daran wund scheuern. Mein Vater ist ein Tylwyth Aden, ich jedoch habe keine Flügel, und vielleicht empfinde ich deswegen den Anblick der Wesen, die sich den gefährlichen Weg an den Wurzeln entlang auf den Boden kämpfen, als so ungerecht?

»Gestern Nacht sind Lykoten unbemerkt in Hainpforta eingedrungen«, wende ich ein.

»Nicht durch dieses Portal. Unsere Wächter kreisen Tag und Nacht.« Aden Tweicks Krallenfüße treten dicht neben mich.

Ich schaue auf und sehe immer noch Vogelmenschen Runden fliegen. Die Gefieder der Wächter reflektieren in den unterschiedlichsten Farben das Sonnenlicht. Ein atemberaubendes, buntes Schauspiel.

»War nicht eben noch Mitternacht?«, wundere ich mich.

»Hier nicht«, sagt mein Vater. Dabei schnallt er sich ein Geschirr um den Brustkorb, womit er sich in die Luft erhebt. Das leichte Geflecht entfaltet sich zu etwas, das mit Phantasie als Sitz gedeutet werden kann. »Steig ein«, ruft er.

Der Sturz durch die Welten steckt mir noch in den Knochen. Die Übelkeit ist nicht verebbt. Ich möchte liebend gern auf einen Flug in dieser wackeligen Konstruktion verzichten, doch ich sehe ein, dass es keine bessere Möglichkeit gibt, von der Insel zu kommen. An den Wurzeln jedenfalls möchte ich mich nicht hinabseilen. Mit Mühe hieve ich mich in das schaukelnde Ding, das leise knarzt, als sich die Sticke unter meinem Gewicht festziehen. Dann fliegen wir in den blassrosa Himmel.

# KAPITEL VIER

Papas Haus liegt nur wenige Minuten entfernt. Auf dem Weg sprechen wir kein Wort.

Die Landschaft, die sich vor mir ausbreitet, ist atemberaubend schön. Schwebende Inseln, von blauen, weißen oder roten Blütenteppichen bekrönt, wechseln sich ab mit riesigen Bäumen; teilweise berühren deren ausufernde Kronen die Inseln.

Wir überfliegen vereinzelte Hütten, einfache Behausungen aus Holz, doch etwas, dass man *Dorf* oder *Stadt* nennen könnte, entdecke ich nicht. Mitunter tauchen wir durch das Wurzelgeflecht, dann kühlt uns der Schatten. Meinem Vater bereitet es anscheinend Vergnügen, seine Flugkünste zu demonstrieren. Immer wieder weicht er den dicht pendelnden Schlingen nur knapp aus. Ich klammere mich an den Sitz und hoffe, dass sein Geflecht nicht reißt.

Mein Vater steuert auf einen mit Bäumen bewachsenen Hügel zu. Zwischen den Bäumen thront ein Häuschen. Klein, schmucklos und flach duckt es sich in den Boden. Nur ein Bungalow, eine Einpersonenhütte, zu klein für drei, denke ich enttäuscht. Trotzdem bin ich froh, denn endlich landen wir. Unter meiner Winterjacke ist mir brütend heiß, und mein Magen tut weh. Erst der Ritt auf Renrus' Rücken, dann der sturzartige Übertritt und nun dieser schaukelnde Transport durch die Lüfte. Mir ist extrem übel.

»Hat dir der Flug gefallen, Mischa?«, fragt mein Vater, als wir vor der Hütte stehen. »Das ganze Gebiet ist Adenland.«

Ich nicke nur stumm.

Im Inneren empfängt uns der Duft frisch gebackenen Brots. Der Eingang führt direkt ins Wohnzimmer. Auf einem Tisch warten neben dem Brot verschiedene Schalen mit mir unbekannten Gerichten. Appetit regt sich bei meiner Übelkeit allerdings keiner.

Tweick gibt ein zufriedenes Brummen von sich, als er die Speisen erblickt. »Hausmannskost«, sagt er und reibt sich vergnügt die Hände. »Ich habe gehört, dass du dich aufs Backen verstehst. Oh, wie ich unser Brot vermisse!«

Lobeshymnen auf Brot kenne ich bisher nur von Deutschen – oder Franzosen.

Mein Vater hält mir auffordernd seine Hand entgegen. »Gib mir deine Jacke.«

Ich schäle mich aus dem viel zu warmen Kleidungsstück.

»Netter Pulli.« Er zieht belustigt die Augenbrauen hoch.

Jetzt komme ich mir bescheuert vor. *Celestial Me!* Diesen Aufdruck muss ich nun drei Tage lang spazieren tragen. Ich kann nur hoffen, dass außer meinem Vater niemand Englisch versteht.

Wir setzen uns an den Tisch. Tweick schaufelt sich den Teller voll, wohingegen ich an einem Kanten Brot nage, der mild und leicht süßlich schmeckt.

»Probier das Gemüse. Es hilft deinem Körper, sich anzupassen. Die Übelkeit verschwindet. Dein Blut kann mehr Sauerstoff aufnehmen.« Papas Augen ruhen auf mir, als schätzten sie mich ab.

Ich bin froh, dass ich Mama zu Hause meinen Bericht hinterlassen habe. Sicher wird sie meine Entscheidung verstehen, wenn sie ihn in Ruhe gelesen hat, und sich weniger um mich sorgen. Drei Tage bloß.

»Iss das Gemüse!«, wiederholt mein Vater. Aber es klingt nicht liebevoll oder besorgt, sondern fast schroff.

Fügsam nehme ich einen Löffel von etwas Hellgrünem in Scheiben.

Ich spüre, wie Enttäuschung in mir aufsteigt. Seine Stimme, sein Gesicht, auch die Art, wie mein Vater gestikuliert, sind mir zutiefst vertraut, und trotzdem ist er fremd. Nicht nur das Federkleid, das er unter der Haut verbirgt, irritiert mich.

Bei Basil betrachte ich es mit zwiespältigen Gefühlen, finde es faszinierend und abstoßend zugleich. Bei meinem Vater erscheint es mir einfach nur falsch, eine Kostümierung, etwas Fremdes, das nicht zu ihm passt. Und warum freut er sich so wenig, mich zu sehen? Er behandelt mich kühl, als störte ich. Hat er mich denn überhaupt nicht vermisst?

Ich hätte wesentlich mehr Anlass, schroff und ablehnend zu sein. Aber ich kaue schweigend und halte die Wut im Zaum.

Das hellgrüne Zeugs schmeckt ganz passabel, und tatsächlich legt sich das schwummerige Gefühl in meinem Bauch.

Nach dem Frühstück entschuldigen sich Tweick und mein Vater und ziehen sich ins Arbeitszimmer zurück. *Um Geschäftliches zu besprechen.*

Ich betrachte die Wohnstube. Das Zimmer ist fast klinisch sauber. Weiß getünchte Wände, ein Sofa, der Tisch in der Mitte umringt von vier Stühlen. Es ist einfach, ein wenig spärlich eingerichtet und trotzdem nicht ungemütlich. Auf dem Tisch steht sogar eine Vase mit Blumen. Aber irgendwie, ich weiß nicht, kommt mir das Zimmer unlebendig vor.

Die Stimmen der Männer dringen aus dem Nebenraum zu mir. Ich verstehe nicht, was hinter der Tür beredet wird. Aber *Geschäftliches* aus dieser Welt interessiert mich auch nicht.

Ich schlendere zu der anderen Tür, die aus dem Wohnzimmer führt. Ich öffne sie einen Spalt. Die Küche. Ich muss lachen, als ich sehe, wie das Geschirrtuch um den Griff am Herd geknotet ist. Typisch Mama.

Gestern war sie noch hier. Und das finde ich plötzlich merkwürdig, denn wäre nicht das Geschirrtuch, nichts würde darauf hindeuten.

Wenn das hier die Küche ist und dort drüben das Arbeitszimmer, wo werde ich heute Nacht schlafen?

Plötzlich werden die Stimmen aus dem Arbeitszimmer lauter, und ich verstehe trotz geschlossener Tür jedes Wort.

»Was soll das bringen?«, höre ich meinen Vater. »Ich halte nichts von eurem Plan!«

»Du weißt, dass Thekla nach dem gestrigen Vorfall in Hainpforta umso mehr darüber nachdenkt, das Portal zu schließen.«

»Wenn sie es schließt, heißt das nichts weiter, als dass wir die Menschen den Lykoten ausliefern. Das ist gegen das Gesetz. Die Lykoten können durch ihr Portal spazieren, wie und wann es ihnen gefällt, und wir haben keinerlei Möglichkeit mehr, Wächter hinterherzuschicken.«

»Ich weiß, Brim. Das waren meine Argumente, aber Thekla forciert die Schließung.«

»Absolut falsche Entscheidung. Wir müssen die Lykoten überwachen, diejenigen festsetzen, die in Hainpforta eingedrungen sind. Wir müssen herausfinden, woher sie den Kristall haben, den sie für die Reaktivierung des Portals benutzen. Und ich sitze hier fest mit Mischa! Wie konntest du sie nur herbringen?«

Es tut weh, meinen Vater so reden zu hören. Ich lag also richtig mit meiner Vermutung. Er freut sich tatsächlich kein bisschen, dass wir uns sehen.

»Sie hat alles herausgefunden. Wir hatten keine andere Wahl.« Aden Tweick wird leiser, und ich muss mich anstrengen, um ihn zu verstehen. »Vielleicht ist das Portal der Lykoten ja kein bestehendes Portal, das reaktiviert wurde, sondern ein gänzlich neues? Das würde erklären, wieso wir es noch nicht gefunden haben.«

Etwas scharrt über den Boden, vielleicht ein Stuhl, dann höre ich meinen Vater: »Der Angriff ist schon einen Tag her. Sie werden es hoffentlich bald finden. Wird Deyn Wouten verhört?«

»Sie arbeiten noch daran, den Bann um den *Einsamen Wald* aufzuheben.«

Deyn Wouten, damit muss Marts' Vater gemeint sein. Vermuten sie, dass er in den Angriff verstrickt ist? Ob sie Marts schon gefangen haben? Es klingt eher nicht danach. Die Lykoten sind also entkommen und weiterhin eine ernsthafte Bedrohung.

»Aber ich stimme dir zu. Wenn wir wüssten, woher sie den Kristall haben«, fährt Tweick fort, »würde das unsere Chance steigern. Dann hätten wir eine Spur.«

»Du denkst an den Ring? Thekla wird nicht begeistert sein. Wenn Rodwang merkt, dass wir ihm misstrauen, wird er den Kontakt zum Bund endgültig abbrechen. Man müsste äußerst diplomatisch vorgehen. Wen aus den Reihen der Wächter sollte Thekla denn deiner Meinung nach schicken?«

Tweick räuspert sich. »Du könntest mit Mischa …«

»Zum Ring, zu Rodwang? Tweick, ich vergesse besser sofort, dass du diesen Vorschlag gemacht hast.«

»Ihr wird dort nichts zustoßen, wahrscheinlich ist der Ring für Mischa einer der sichersten Plätze in unserer Welt.«

»Am sichersten ist sie bei mir hier.«

»Das bezweifle ich. Du weißt, welcher Mythos deine Tochter in Hain umgibt. Sie ist nun mal ein Mischling.«

Mischling? So nennt man bei uns vielleicht gekreuzte Tierrassen, aber doch keine Menschen. »Wenn sich ihr Übertritt herumspricht, und das wird er, du hast die Gesichter der Zuschauer gesehen, dann werden bald nicht bloß ein paar neugierige Gaffer vor deiner Hütte auftauchen, sondern auch Leute, für die es nützlich sein könnte, Mischa in ihre Gewalt zu bringen.«

»Tweick!«, fährt mein Vater auf.

Die beiden Männer schweigen.

Ich lege meine Stirn an das kalte Holz der Tür. In meinem Kopf rasen die Gedanken. Von welchem Mythos redet er? Was ist dieser Ring, wohin soll ich Aden Tweicks Meinung nach gebracht werden? Plötzlich weiß ich, dass ich nicht durch die Verkettung von Zufällen hier gelandet bin. Dass ich überhaupt auf das Internat gekommen bin, ist kein Zufall. Aber ein komplettes Schulhaus abzufackeln, nur damit ich … das wäre absoluter Irrsinn.

»Wie war es beim Übertritt?«, fragt mein Vater jetzt.

»Wir waren vorsichtig. Kein Nasenbluten, keine Ohnmacht.«

»Und auf Hainpforta?«

Aden Tweick stößt ein Geräusch aus, ein Lachen vermutlich. »Es war keine leichte Aufgabe, sie zu beschützen, und wie du siehst, ist es mir auch nicht gelungen. Unser Geheimnis konnte ich jedenfalls nicht vor ihr bewahren.«

»Und sonst? Konntet ihr etwas entdecken?«

»Keine Anzeichen. Aber sie ist ein Dickschädel, definitiv deine Tochter. Und sie kommt ins Alter«, sagt Tweick.

Mein Herz klopft.

»Lasst sie in Ruhe«, sagt mein Vater über ein Poltern hinweg.

»Natürlich lassen wir sie in Ruhe.«

»Du hast sie hergebracht, Tweick, ich bitte dich! Mischa gehört nicht nach Hain. Es sind unsere Probleme, nicht ihre. Ich möchte nicht, dass meine Tochter benutzt wird.«

»Wir lassen sie in Ruhe, ich sagte es bereits!« Tweick klingt ungehalten.

Mittlerweile reden die beiden so laut, dass ich schon überlege, ob ich anklopfen soll, um sie an meine Anwesenheit zu erinnern, da wird die Tür aufgestoßen. Mit einem Sprung verhindere ich, dass sie mir an den Kopf knallt.

Mein Vater begleitet den energisch ausschreitenden Tweick zum Ausgang. Er ist ganz offensichtlich aufgebracht.

Eilig schiebe ich mich aus der Nische hinaus, weg von meinem Lauschposten.

»Dein Besuch hat mich sehr gefreut, Tweick. Ich hoffe, das können wir bald wiederholen. Vielleicht in ruhigeren Zeiten.«

»Ja, das hoffe ich ebenso.« Tweicks Blick schweift misstrauisch zu mir.

Mein Vater greift seine Hand und schüttelt sie. »Grüß mir Ergor, Gwindula und mein geliebtes Hainpforta.«

»Ich richte es aus. Mischa, ich wünsche dir viel Glück für deinen Aufenthalt! Spätestens nach Neujahr sehen wir uns in der Schule wieder. Dein Verweis ist natürlich sowieso aufgehoben.«

Er wischt sich über die Federn am Arm, als würde er einen Frack abstauben.

»Können Sie Basil bitte von mir grüßen? Und Myrell?«

»Natürlich!« Sein Kopf liegt wie üblich im Nacken. Die Augen blicken kalt zu mir herab.

Unwillkürlich muss ich an den ersten Schultag auf Hainpforta denken, als er Hanna, Fridolin und mich mit seiner frostigen Art verschreckt hat. Ich weiß, dass er zwei Gesichter hat. Ich muss meinen Vater warnen.

Wir treten aus der Tür. Aden Tweick breitet die Flügel aus und fliegt davon, ein grün schillerndes Ereignis, das zwischen den Baumkronen und Luftinseln dahingleitet und Sekunden später nicht mehr wahrnehmbar ist.

»Ist er dein Freund?«, frage ich.

»Ich schätze ihn für seine Geradlinigkeit und seinen scharfen Verstand. Aber Tweick ist ein Eigenbrötler. Doch, ja, ich glaube, wenn er so etwas wie Freundschaften eingehen würde, dann wäre er mein Freund. Wieso fragst du?«

»Weiß nicht. Ich finde ihn unheimlich.«

Mein Vater fasst mich an der Schulter. »In Hain wird er dir nicht noch einmal über den Weg laufen. Er fliegt zurück ins Internat.« Er macht Anstalten, mich ins Haus zurückzuschieben, aber ich schüttle seine Hände ab. »Wäre es dir lieber, wenn *er* die drei Tage bei dir zu Besuch wäre?«

»Wieso sagst du so etwas?«

»Du bist viel netter zu ihm, zu mir bist du richtig unfreundlich.«

Mein Vater fährt sich verblüfft über die Bartstoppeln. »Nein, Mischa, es ist schön, dass du bei mir bist. Aber ganz ungetrübt ist meine Freude nicht, vielleicht liegt es daran? Zurzeit wächst der Ärger in Hain, und ich mache mir Sorgen um deine Sicherheit.«

Herausfordernd recke ich mein Kinn vor. »Ich hab gehört, worüber ihr gesprochen habt.«

»Hast du gelauscht?«

»Brauchte ich nicht, ihr wart laut genug.«

Mein Vater kneift die Augen zusammen. »Was hast du gehört?«

»Dass ich für eure Welt irgendwie besonders bin. Von einem Mythos hat Aden Tweick gesprochen, und Thekla will das Portal schließen, und du möchtest nicht, dass ich benutzt werde. Wofür benutzt?«

»Jedenfalls nicht als Leckerbissen für Deyn Woutens Jungen, diesen Marts. Das werde ich verhindern.« Er schiebt mich ins Haus und schließt die Tür.

»Papa, ich möchte eine ernsthafte Antwort.«

»Das war mein Ernst. Alles andere ist Politik aus unserer Welt, kompliziert. Bis Thekla sich überlegt hat, das Portal zu schließen, und Marts sich aus seinem Loch traut, bis es ins weit entfernte Fioach gedrungen ist, dass du hier bist, sitzt du längst wieder in deinem gemütlichen Zuhause unterm Christbaum. So, und jetzt zeige ich dir, wo du schläfst.«

Das ist alles andere als eine befriedigende Antwort. Mein Vater tut gerade so, als wäre ich zu blöd, um komplizierte, politische Zusammenhänge zu begreifen.

Mein Schlafplatz besteht aus einem Alkoven im Arbeitszimmer, der förmlich unter der niedrigen Decke klebt. Er ist rund, aus Stroh geknüpft und wirkt eher wie ein übergroßes Schwalbennest.

Man gelangt über eine Strickleiter hinauf. Ich starre das Stroh an. Sehr einladend wirkt es nicht.

»Probier es aus.«

Mühsam klettere ich die schlenkernde Leiter hoch.

»Wenn du sie einziehst, bist du dort oben ungestört«, sagt er.

Witzlos. Abgesehen von ihm gibt es keinen, der mich stören könnte. Und er braucht nur einen Flügelschlag, dann ist er hier oben.

Im Bett finde ich es dann doch ganz gemütlich. Das Stroh ist viel weicher als erwartet, es riecht angenehm nach Sommerurlaub, und mein Vater hat eine flauschige Decke darübergebreitet. Ich fläze mich in die Kuhle und überlege, ob es sich lohnt, die wenigen Klamotten auszupacken. Als ich den Rucksack auf meinen Schoß ziehe, stößt etwas darin gegen mein Knie.

Kurz darauf stehe ich in der Tür zum Wohnzimmer und strecke Papa das Glas Schokocreme entgegen.

»Ich hab dir was mitgebracht.«

»Das gibt es doch nicht!« Begeistert hüpft mein Vater auf mich zu, was wirklich komisch aussieht bei seiner Größe. »Von dem Zeug träume ich manchmal sogar. Aber Mischa, pack es wieder zu deinen Sachen. Es ist nicht erlaubt.«

»Ich weiß, Warenschmuggel«, unterbreche ich ihn. »Ist aber kein Schmuggel.« Ich grinse. »Ist ein Geschenk.«

Papa schüttelt den Kopf.

»Darf denn gar nichts aus unserer Welt hergebracht werden?«

»Unsere Gesetze erlauben es nicht.«

»Ja, das weiß ich.«

»Der Hauptgrund liegt in der Zeit, als das Vertauschen von …«

»Wechselbälgern?«

»Genau. Diese Sitte nahm überhand. Da Tauschlinge oft zwischen begehrten Objekten eurer Welt versteckt wurden, Stoffen oder Nahrungsmitteln beispielsweise, verbot der Bund rigoros sämtliche Transporte von Gegenständen, Pflanzen, Tieren, einfach allem.«

»Also, ich schwöre hoch und heilig, dass ich in diesem Schokoglas keinen Wechselbalg versteckt habe«, sage ich.

»Ich weiß, etwas absurd, gleich jeglichen Warentransport zu verbieten.« Er hebt seine Hand. Fast glaube ich, er will mir über den Kopf streichen, doch dann sagt er: »Na los, *Celestial Me*, gib mir schon dein Geschenk!«

# KAPITEL FÜNF

Wir vertilgen die klebrige Masse, das *Corpus Delicti*, wie Papa es nennt, auf dem Sofa. Meine Wut ist dem vertrauten Papagefühl gewichen. Er gibt sich richtig Mühe, mir zu zeigen, dass er sich über meine Anwesenheit freut. Fragt mich alle naselang, ob es mir gut gehe, und solche Sachen. Und jetzt gerade, schokoschleckend auf dem Sofa, ist es, als wäre er bloß für ein paar Tage fort gewesen und nicht für Jahre. Ich kuschele meinen Kopf an seine Seite. Das Gefieder hat er freundlicherweise eingezogen, sodass er aussieht wie der Papa, den ich so vermisst habe.

»Erzählst du mir von dir und Mama?«

Eigentlich sollte man annehmen, dass er auf die Frage vorbereitet ist, doch sie scheint ihn zu überrumpeln. Seine Augen verdunkeln sich, nicht so deutlich wie Basils Augen manchmal, doch meine Frage löst eindeutig etwas in ihm aus. Nach einem Blinzeln verliert sich der harte Glanz.

Ich richte mich auf. »Sag schon, hast du Mama mit dem Gefieder rumgekriegt oder mit diesem Augentrick? Erzähl mir von euch.«

»Aber nur die kurze Fassung«, sagt er schließlich und atmet hörbar aus.

Ich schließe huldvoll die Augen und nicke.

Einen Moment sammelt er sich. »Ach, ich hab mich so lange nicht daran erinnert.« Er macht eine kurze Pause. »Also gut. Legen wir los. Du ahnst nicht, wie viel Freude mir meine Arbeit als Lehrer bereitet hat«, beginnt mein Vater seinen Bericht. »Es gab nichts Besseres, als bei meinen Schülern den Blick auf die Menschen zu ändern. Am besten ist mir das gelungen, indem ich sie für eure Spiele und Sportarten begeistert habe. Die Lykoten lieben besonders Basketball, wegen ihrer Sprungkraft. Ich selbst stehe mehr auf Fußball.

In meinem dritten Jahr als Lehrer bin ich mit ein paar Tylwyth Teg ins Frankfurter Fußballstadion gegangen. Nach der Halbzeitpause blieben einige Sitzplätze neben mir leer. Die Tylwyth Teg hatten sich davongeschlichen, und ich betete, dass nicht das eingetroffen war, was ich befürchtete.«

»Sie haben ein Kind geraubt«, flüstere ich.

»Da sie keinen Tauschling aus Hain hatten, um ihre Tat zu verschleiern, bemerkte die Mutter den leeren Kinderwagen nur ein paar Augenblicke nach dem Raub. Das ganze Stadion war mit einem Schlag in Aufruhr.« Seine Stimme fängt an zu zittern. »Ich kam nicht raus. Ich kam einfach nicht durch die Menschenmassen. Es hat Ewigkeiten gedauert. Die Tylwyth Teg konnten das Baby natürlich nicht mit ins Internat nehmen. Gwindula fand es schließlich beim Hagebuttenstrauch an der Mauer. Sie hatten es in ihre Fußballschals gewickelt und achtlos abgelegt. Ein Schal saß so fest, dass das Gesicht blau angelaufen war und es drohte zu ersticken.«

»Sie haben das Baby *getötet?*« Fassungslos schaue ich meinen Vater an. Dann erst begreife ich, dass ich die Geschichte schon einmal gehört habe. Nur viel kürzer. Ergor hat sie mir vor dem Bild mit den Korriganen erzählt.

»Nein. Aber das Gehirn wurde durch den Sauerstoffmangel stark beschädigt. Ich hätte es verhindern können! Ich war im Stadion. Ich hätte nichts weiter tun müssen, als meine Federn sprießen zu lassen und loszufliegen. Bestimmt hätte ich meine Schüler rechtzeitig gefunden.« Fast wünsche ich mir, ich hätte die Geschichte nicht gehört. »Sie stritten die Tat nicht ab, zeigten keinerlei Reue. Die Tylwyth Teg empfinden nicht wie du und ich. Sie waren sich keiner Schuld bewusst. Wie Katzen, die mit Mäusen spielen, sie töten und dann das Interesse verlieren. Sieben Jahre im *Einsamen Wald*. Die Strafe nutzt dem kleinen Wesen herzlich wenig.« Mein Vater atmet durch.

Ich weiß nicht, was ich sagen soll.

»Danach habe ich den Sportunterricht eingestellt. Ich meldete mich freiwillig für die Suche nach den Tauschlingen, die wir wieder nach Hain zurückholen wollten.«

Mir geht auf, dass ich eigentlich nach etwas vollkommen anderem gefragt hatte. »Und du und Mama?«, erinnere ich ihn behutsam.

»Gut, ich komme zum Punkt. Ich hatte meinen ersten Tauschling gefunden. Der Übertritt sollte in der Silvesternacht vollzogen werden.«

»Wann hast du Mama erzählt, wer du wirklich bist?«, unterbreche ich ihn erneut. »Wie hat sie reagiert?«

Papa lacht auf. »So ungeduldig? Bitte schön, dann nur das Drama für meine pubertierende Tochter.«

Als Antwort boxe ich ihm auf den Oberarm. Er hat gut reden, er kennt die Wahrheit schließlich.

»Romantisch war es nicht gerade, als Wendla meine Vogelgestalt gesehen hat, kannst du dir sicher denken. Es war Ostern, und sie hatte mich das erste Mal zum Übernachten eingeladen. Ich war vielleicht aufgeregt. Und prompt habe ich vergessen, dass mir in der Nacht zu Ostern Gefieder sprießt. Es ist eine ähnlich magische Nacht wie die, die zurzeit herrschen. Als ich erwachte, fand ich das Bett neben mir leer, das Laken war übersät von Blutstropfen. Wenn die Federn wachsen, schieben sich spitze Kiele aus der Haut, aber sie tun dir nicht weh. Man spürt mit der Zeit kaum mehr als ein leichtes Jucken. Doch an den Kielspitzen kann jemand anderes sich leicht verletzen. Wendla ist durch schmerzhafte Stiche aufgewacht. Entsetzt hat sie das Schauspiel auf meiner Haut beobachtet. Anstatt mich zu wecken, rannte sie davon. Es hat Wochen gedauert, bis sie sich mit dem Gedanken anfreunden konnte, in ein Wesen wie mich verliebt zu sein. Eine Kreatur, die aus einer anderen Welt stammt.«

»Mama verkraftet alles Mögliche«, flüstere ich, obwohl ich weiß, dass das nur die halbe Wahrheit ist. Mein Vater hat nicht miterleben müssen, wie es ihr nach seinem angeblichen Unfall ging.

»Sogar einen vom Flügelvolk. Ja, sie ist stark. Ich zog zu ihr in die Stadt. Zum Arbeiten fuhr ich in den Wald. Fünf Jahre als Lehrer lagen noch vor mir, der Abschied schien in weiter Ferne. Und Wendla konnte sich vorstellen, mit mir in Hain zu leben.« Papa schnaubt. »Aber als du geboren wurdest, änderte sie ihre Meinung. Es machte ihr Angst, in einer Welt zu leben, in der Menschenblut bei einigen Wesen als Delikatesse gilt. Ich dachte, dass sie ihre Ansichten vielleicht ändern würde, wenn du etwas älter wirst. Nachdem meine Wächterjahre vorüber waren – du warst damals zwei –, gefiel Wendla der Gedanke immer noch nicht, dich den Gefahren meiner Welt auszusetzen. Ich erstritt eine Verlängerung um weitere fünf Jahre. Mehr genehmigen sie nicht, denn je länger wir in eurer Welt sind, desto mehr lassen unsere Kräfte nach. Ich hätte meine Flügel eingebüßt.«

Ich rücke ein Stück von ihm ab. Was wäre so schlimm daran gewesen, ohne Flügel, dafür mit der Familie zu leben?

»Wieso hast du mir jahrelang vorgegaukelt, du seist Journalist? Wie konntest du dein wahres Ich so lange vor mir verstecken? Wieso der inszenierte Unfall?«

»Ich *war* Journalist. Das war mein Beruf. Wendla fürchtete, die Wahrheit über mich würde dich verwirren. Du warst noch so klein. Deine Freunde hätten dich als Spinnerin oder Lügnerin bezeichnet, wenn du herausposaunt hättest, dass dein Vater fliegen kann und aus einer anderen Welt stammt.« Seine Stimme ist immer leiser geworden und verebbt nun ganz.

Ich hebe meinen Kopf und erkenne, dass auch er ein Trauergesicht besitzt: Schattige Linien haben sich um Augen und Mund gelegt. Gramschluchten und Sorgentäler, wie bei Mama. Wieso lieben sich zwei Menschen, wenn die Liebe sie so traurig macht? Aber dann denke ich an Basil, der sich gewehrt hat gegen seine Gefühle, weil er mir nicht wehtun wollte. *Die Geschichte wiederholt sich.* Ich seufze.

»Meine Zeit war um. Ich musste übertreten. Wendla meinte, ein Schicksalsschlag sei für dich leichter zu verkraften als ein Vater, der sich davongestohlen hat. Und irgendwie kam unsere Trennung ja auch einem Unfall gleich.«

Sieben lange Jahre habe ich geglaubt, mein Vater sei bei einem entsetzlichen Unfall ums Leben gekommen. Ich habe die Trauer meiner Mutter ertragen und versucht, ein heiteres, braves Kind zu sein, das keine weitere Unruhe in ihr Leben bringt. Und nun stellt sich heraus, dass meine *Mutter* – aus Angst oder Fürsorge, jedenfalls aus Gründen, zu denen ich nicht befragt worden bin – dem Leben ohne Papa den Vorzug gegeben hat.

Ich fühle mich von ihr genauso betrogen wie von ihm, trotzdem sage ich: »Ich kann Mama verstehen. Immerhin ist Hain nicht Neuseeland oder Mexiko.«

Es stimmt, ich verstehe sie. Ich bin nicht vor Begeisterung an die Decke gesprungen, als ich Basil zum ersten Mal mit seinen Federn erblickt habe. Genau genommen bin ich in Ohnmacht gefallen. Es verstört mich immer noch. Auf die Reise nach Hain habe ich mich nur eingelassen, weil sie ein einmaliger Kurztrip ist. Drei Tage halte ich es aus, doch mein ganzes Leben hier verbringen?

»Hain ist gruselig. Immerhin gibt es hier die Lykoten, die es auf mein Blut abgesehen haben, und andere, die rücksichtslos Babys töten«, führe ich meine Gedanken laut fort.

»Weißt du, Mischki, ich habe die Diskussion schon einmal nächtelang geführt. Ja, Hain ist gefährlich für euch Menschen, aber ist eure Welt denn gefahrlos? Hain ist mein Zuhause. Ich wünsche mir immer noch, mit dir und deiner Mutter zusammen in Hain zu leben. Aber ich respektiere, wenn du und Wendla es anders empfindet.«

Er steht auf und tritt ans Fenster. Die Sonne nutzt eine der schwebenden Inseln, um ihren goldenen Kopf darauf zu betten. Hain kann bestimmt eine Welt sein, in der man sich zu Hause fühlt. Aber nicht für mich.

Das Schokoglas ist längst leer. Mein Kopf sinkt auf die Armlehne. Ein bisschen wehmütig und ein bisschen erschöpft. Wie viel habe ich in den letzten vierundzwanzig Stunden überhaupt geschlafen? Vielleicht zwei Stunden? Nur ein wenig ausruhen, mehr will ich nicht. Meine Augen sind mit einem Mal so schwer. Ich spüre noch, dass eine Decke über meinen Körper gebreitet wird, dann schlafe ich ein.

# KAPITEL SECHS

Als ich aufwache, hat sich meine Laune gebessert. Ich schnappe mir aus einer Schale auf dem Tisch etwas, das aussieht wie ein durchsichtiger, mit Wasser gefüllter Apfel, und beiße hinein. Saft läuft mir über die Hand. Wie soll man diese Dinger denn essen?

Die Sonne hängt nun tief am Himmel. Mein Vater steht vor dem Haus und schaut. Oder wacht er? Ich öffne das Fenster.

»Lust auf einen Rundflug?«, fragt Papa.

»Na logisch!«

Ich ziehe mir die Leggings unter den Shorts aus, denn die Luft ist sommerlich warm. Es kostet mich etwas Überwindung, mich wieder in die geflochtene Sitzkonstruktion zu setzen. Dieses elende Schlingern ist wirklich gewöhnungsbedürftig. Obwohl ich den Eindruck habe, dass ich es diesmal schon etwas besser vertrage.

»Diesen Sitz hab ich für Wendla angefertigt«, sagt mein Vater voller Stolz. »Wir Aden mögen es eigentlich nicht, andere zu transportieren. Aber meine zwei Ladys fliege ich natürlich mit Vergnügen, wohin sie wollen. Also, wo soll's langgehen?«

Mein Arm schnellt gerade nach vorn. So gebe ich unsere Marschrichtung vor. Eigentlich ist es mir völlig egal, wohin wir fliegen. Da ich bis auf die Portalinsel noch nichts weiter von Hain kenne, ist mir alles recht.

Der Flug ist grandios. Nicht so aufregend wie mein allererster Flug mit Basil, aber anders besonders. Ich fange an, das Gefühl in der Luft zu genießen.

Wir segeln lautlos über die Landschaft, und mich irritiert es wieder, dass hier alles überbordend grünt, während zu Hause matschgrauer Winter herrscht. Kleine Hügel breiten sich vor mir aus und imposante Baumriesen mit flachen, ausladenden Wipfeln, alles überkrönt von den schwebenden Inseln, die in der späten Nachmittagssonne ihren würzigen Duft noch intensiver verbreiten. Ich verstehe schon, warum die Hainpfortaner unter Heimweh leiden.

In einiger Entfernung sehe ich ein paar vom Flügelvolk auf eine Baumkrone zusteuern, in deren dichtem, großblättrigem Laub sie verschwinden. Kurz danach tauchen andere auf. Als würden die Bäume sie einatmen und wieder ausspucken.

»Das alles ist Adengebiet?«, frage ich staunend. »Wie groß ist Hain?«

»Nicht so groß wie eure Welt. Und vor allem nicht so überlaufen.« Er manövriert uns unter einer Insel hindurch. Wasser sickert durch das Erdreich und tropft auf mich. »Aber zu groß, um innerhalb von drei Tagen alles zu sehen.« Wir steigen wieder auf, höher und höher schraubt er sich, sodass mir nun doch schwindelig wird. Die geflochtenen Riemen drücken sich in meine Schenkel, und ich kann förmlich spüren, wie die Anziehungskraft arbeitet und der Boden mich zurückholen will.

»Dort am südlichen Horizont trennt ein Gebirge das Adenland von der großen Steppe. Wir nennen es *Die Hand*, denn der

Felsenzug umgibt die halbe Steppe, wie eine geöffnete Hand, die danach greift.« Er segelt weite Kreise, während er redet, und ich versuche mir zu merken, was er sagt. »Im Zentrum der Steppe liegt Haynyr, unsere Hauptstadt. Streng dich nicht an, du wirst sie von hier aus nicht sehen. Dein Blick wird, egal, wie hoch ich noch fliege, nur Adenland streifen. Weiter im Osten grenzt das Meer an die Halbinsel Fioach, das Land der kleinen Leute. Tief im Süden befindet sich das Gebiet der Tylwyth Teg und das der Lykoten. Waldreich und wunderschön. Dahinter liegt das Hügelfeld, das dem Ring gehört. Im Westen liegt das Land der Kironen – Renrus, du kennst ihn, der Mann, der dich abgeholt hat – ist einer von ihnen. Dort im Westen leben auch die Bajune und Gwindulas und Ergors Leute.«

»Wie beruhigend, dann trennt ein ganzes Gebirge und eine Steppe das Adenland von dem Teil, wo die Lykoten wohnen.«

»So ist es.« Mein Vater lacht. »Für heute reicht es, wenn ich dir diese Gegend zeige, aber morgen können wir etwas anderes machen. Fioach und das Meer sind immer eine Reise wert, doch ich denke, dass wir deine Zeit hier nutzen sollten, um Haynyr einen Besuch abzustatten. Die Hauptstadt ist der Schmelztiegel unserer Welt, bunt, lebendig und ein bisschen dreckig.«

»Dann machen wir das«, sage ich und fühle mich ganz abenteuerlich.

Ein rot gefiederter Aden fliegt an uns vorüber, seine Beine stecken, wie die meines Vaters und überhaupt aller Aden, die mir bisher begegnet sind, in einem Hosenrock. Seiner ist rostrot, und der Stoff knattert im Wind. Er grüßt meinen Vater, aber der Blick ruht auf mir. Auch er taucht in eine Baumkrone ein, wird von dem dichten Grün einfach geschluckt.

Wir kreisen über der Insel, die das Portal trägt. Der Kristall auf der Landefläche glitzert, und einen Augenblick lang reflektiert er das Licht so, dass ich geblendet meine Augen zukneife.

Als ich sie wieder öffne, spüre ich die Blicke der Adenwächter. Alle sehen mich an. Dann plötzlich erheben sie sich, breiten ihre Flügel aus – lindgrün, lila, orange, himmelblau – und starten, einer nach dem anderen. Sie schrauben sich in die Luft, bis sie unsere Höhe erreicht haben. Es wirkt wie die farbenprächtige, einstudierte Choreografie eines Musicals. Sie begleiten uns ein Stück, dann drehen sie um und fliegen zurück zur Insel.

Sie sind nicht die Einzigen. Auch andere Aden tauchen aus Bäumen oder von Inseln auf. Jeder starrt mich an. Ich fühle mich auf meinem Sitz gefangen, wie eine Prinzessin oder eine sterbenskranke Patientin. Jedenfalls nicht normal.

»Was wollen sie?«, frage ich meinen Vater. »Muss ich irgendetwas tun? So als Mythos?« Meine letzten Worte klingen zickiger, als ich beabsichtigt hatte.

Mein Vater lacht auf. »Oh, Mischa, tut mir leid. Ich kann's dir nicht verübeln, dass dich das nervt.«

Ich winke einer Adenfrau, die breitbeinig mit in die Hüften gestemmten Armen auf einem Ast steht, huldvoll zu.

Wir kehren um.

Mein erster Tag neigt sich dem Ende zu, und ich bin glücklich, ihn so friedlich hinter mich gebracht zu haben. Zweimal noch schlafen, denke ich, das wird ein Kinderspiel.

An diesem Abend erfahre ich, dass mein Vater noch ein zweites Haus hat, hoch oben in einem Baum. Es erklärt, warum die Hütte so seltsam unbelebt wirkt.

»Wohnen alle Aden in Bäumen?«

»Ja.«

»Und die Hütten, die wir unterwegs gesehen haben?«

»Sind Schutzhütten, für Leute auf der Durchreise, für Gäste. Nicht jeder, der in unser Gebiet kommt, möchte auf einen Baum klettern. Und nicht jeder, der im Adengebiet wohnt, ist ein Aden.«

Um den Stamm herum ist ein enges Gitter aus unbehauenen Ästen angebracht, dessen vorderer Teil wie ein Balkon funktioniert, allerdings ohne schützendes Geländer. Auf dem hinteren Teil, einmal rings um den Stamm herum, ist das Häuschen gebaut. Zum größten Teil besteht es aus Holzbalken. Das Dach scheint aus demselben Material geflochten zu ein wie die Sitzkonstruktion, in der ich einen Gutteil meines bisherigen Aufenthalts verbracht habe. Pflanzenfasern, die zu festen Seilen verdreht wurden, würde ich sagen, nachdem ich es angefasst habe. Auch die Wände sind teils aus geflochtenen, teils aus unbearbeiteten, krummen Ästen gesteckt. Mir gefällt die schiefe Hütte auf Anhieb.

Im Inneren riecht es nach Nussschale. Bunte Teppiche hängen an den Wänden, was den Wind abhält. Es scheint nur einen einzigen großen Raum zu geben, der sich um den Baumstamm windet. In der Mitte steht ein kleiner Tisch, darum Sitzkissen, darüber schwebt eine Art Armleuchter aus knorrigem Holz. Mein Blick bleibt an einer Schnur hängen, die von dem Leuchter herabbaumelt. Sieben bunte Perlen aus Fimo.

»Die habe ich gemacht«, rufe ich verblüfft aus.

»Ich habe dir geholfen, sie in den Ofen zu schieben. Weißt du nicht mehr?«

»Doch.« Ich gebe der Schnur mit den Perlen einen kleinen Stups, sodass sie zu pendeln beginnt.

»Wendla hat sie hiergelassen, für jedes Jahr, in dem wir getrennt waren. Immer nur eine, damit es hier niemand bemerkt und dir ihr Verlust nicht auffällt.« Dann fügt er leise hinzu: »Vielleicht ist in diesem Jahr die letzte Perle hinzugekommen.«

»Meinst du, weil Thekla das Portal schließen will?«

Doch er weicht meinem Blick aus.

Kurz darauf liege ich auf dem Podest unter grünen Ästen. Kleine Insekten schwirren umher, und der Wind raschelt in den Blättern. Die abendlichen Sonnenstrahlen kitzeln meine Füße und die blanken Beine.

Ich denke an Basil. Er fehlt mir, dabei haben wir uns gerade mal zwei Tage lang nicht gesehen. Wie gern würde ich jetzt mit ihm hier liegen und mit ihm reden. Seine Hand halten. Seine Wärme spüren. In ein paar Tagen sehen wir uns wieder. Mein Vater hantiert hinter mir in der Baumhütte und bringt wenig später ein Tablett mit Saft und Gemüsespießen.

»Der Tag war einmalig«, murmele ich dankbar, während ich mich an den Beinen kratze.

Papa hat sein Gefieder wieder unter der Haut verborgen. Und auch dafür bin ich dankbar, dass ich ihn nicht ständig bitten muss, diese Gestalt abzulegen. Trifft Licht auf seine schwarzen Federn, schimmern sie bläulich, fast wie meine Haare. Die Form seiner Schwingen beschreibt sanfte Bögen, einzelne lange Prachtfedern ragen heraus. Wäre er eine Skulptur, würde ich ihm einen Preis verleihen und ihn zur ästhetischen Meisterschöpfung küren. Doch als meinen Vater finde ich ihn ohne Federn einfach papamäßiger.

»Juckt es?« Er deutet mit dem Kinn auf meine Beine.

»Bisschen. Meine Haut verträgt so viel Sonne auf einmal nicht.

Manchmal bekomme ich Sonnenallergie. Morgen ziehe ich meine Leggings wohl wieder an.«

»Willst du lieber ins Haus?«, fragt er.

»Nein, hier draußen ist es toll. Aber, Papa, dein Baumhaus ist um einiges cooler als die Hütte da unten.«

»Danke.«

»Kann ich nicht auch hier bei dir schlafen?«

»Wenn du dir da nicht gefangen vorkommst? Du kannst weder allein auf den Baum noch hinunter. Wie ich dich kenne, Mischa, widerstrebt das deinem Freiheitsdrang.«

Er hat recht. Und es gefällt mir, dass er mich so gut kennt. Das Gespräch zwischen meinem Vater und Aden Tweick spukt mir durch den Kopf.

»Sag mal, was wird denn jetzt? Ich bin übergetreten, wie gewünscht. Ergor meinte, dass ich ein Anrecht darauf habe, hier zu sein, da ich ein Teil Hains bin. Heißt das, wir können uns nun jederzeit sehen, wann immer wir wollen?«

»Nein. Oder ja. Du müsstest dir vom Bund die Erlaubnis erbitten. Thekla Tullwiss, die zufällig deine Großtante ist, steht ihm als Erzin vor.«

»In Ordnung, dann frage ich sie. Treffen wir sie morgen in Haynyr?« Ich gähne.

»Mal sehen. Wir können es versuchen, aber deine Tante ist viel beschäftigt und eine strenge Erzin, gefürchtet wegen ihres eisernen Regiments. Großzügige Gastgebereigenschaften würde ich ihr nicht zuschreiben. Im Gegenteil, unter ihrer Regentschaft hat der Bund die Trennung unserer Welten vorangetrieben. Vor fünf Jahren gab es einen Vorfall mit einem Lykoten. Seitdem hat Thekla ein Portal nach dem anderen schließen lassen. Es gibt nur noch

Hainpforta in eurer Welt und diese Insel im Adengebiet. Das ist alles, was uns geblieben ist.«

»Schöne Verwandtschaft«, sage ich und rekele mich.

Theklas Namen höre ich nicht zum ersten Mal.

»Hab ich eigentlich auch noch andere Verwandte? Großeltern, Onkel und Tanten, Cousins und Cousinen?«, frage ich und gähne.

»Leider nicht. Mein Bruder ist als kleiner Junge im Flug von einem Gewitter überrascht worden und dabei ums Leben gekommen. Meine Tante Thekla hat keine Kinder. Und deine Großeltern sind im letzten Jahr gestorben, erst Grut, deine Oma, dann dein Opa Tull, der ihr in seinem Kummer ins Grab gefolgt ist.«

Während wir schweigend nebeneinandersitzen, dämmere ich langsam weg. Bilder farbenprächtiger Aden mit Flügeln steigen auf, Verwandtschaft, die mich begrüßt. Ich döse vor mich hin und ergebe mich meiner schlaftrunkenen Phantasie.

Im Zimmer herrscht Dunkelheit, und ich brauche einen Moment, bis ich mich erinnere, wo ich bin. Hain.

Ich liege zugedeckt in dem nestartigen Alkoven. Papa muss mich, nachdem ich auf dem Baum eingenickt bin, hierhergeflogen haben. Ich rutsche an den Rand und spähe hinunter.

Was hat mich mitten in der Nacht geweckt?

Vorsichtig taste ich, bis ich die Strickleiter fühle. Ich wünschte, mein Vater hätte mich bei sich schlafen lassen. Freiheit hin oder her, allein in der dunklen Hütte fühle ich mich unwohl. Ich schiebe meine Beine über den Rand der Strohempore und klettere hinab. Plötzlich komme ich mir sehr verletzlich vor. Der Gedanke, dass mein Vater gleich nebenan im Baumhaus schläft, beruhigt mich etwas. So lange, bis ich das unheilvolle Scharren vernehme. Jetzt weiß ich auch, was mich geweckt hat.

Das Geräusch kommt von draußen. Irgendetwas kratzt an der Tür. Ich lausche. Stille. Als ich in die Wohnstube trete, dreht sich ein Schatten zu mir. Ein kleiner Schreckenslaut entfährt meinen Lippen. Mein Vater steht mitten im Raum, einen langen Gegenstand in der Hand. Warnend legt er seinen Finger an den Mund.

Trotz des fehlenden Lichts sehe ich die Federn stumpf an seinen Beinen liegen, als würde Staub sie beschweren. Etwas ist nicht in Ordnung.

»Bleib im Arbeitszimmer!«, raunt er mir zu.

Wieder ertönt das Scharren, eindringlich, als schabe jemand mit einem Werkzeug über Holz.

Marts, denke ich. Er will mich holen, immer noch. Mein Puls beginnt zu rasen.

Mein Vater hält den Gegenstand zum Schlag bereit. Das Kratzen bohrt sich allmählich in mein Hirn. Wir stehen und warten. Irgendwann hören die Geräusche auf. Sie kehren nicht zurück.

»Verdammt.« Mein Vater stellt den langen Gegenstand, ein Metallrohr, mit leisem Klirren beiseite.

»Wer war das?«, frage ich.

»Dein Aufenthalt hat sich schnell herumgesprochen. Aber das war nur eine Warnung.« Er läuft zum Fenster und schiebt den Vorhang ein wenig zurück.

»Marts?«, frage ich.

»Unwahrscheinlich. Er muss sich versteckt halten. Es ist noch nicht einmal gesagt, dass es Lykoten waren.« Er stößt sich vom Fensterbrett ab. Seine Flügel spreizen sich. Mit einem Mal wirkt er wieder fremd und unheimlich.

»Warum wollen sie uns warnen? Ich gehe doch in zwei Tagen wieder.«

»Ich war von Anfang an dagegen!« Er geht nicht auf meine Fragen ein. »Was sollst du hier? Ein unsinniger und gefährlicher Versuch zur völlig falschen Zeit. Thekla wird sich nicht umstimmen lassen.«

Ich habe meinen Vater noch nie in solcher Rage erlebt. Seine Worte verletzen mich.

»Siehst du«, murmele ich, »Jetzt gibst du es ja doch zu. Du willst mich nicht hier haben.« Enttäuscht schlurfe ich zum Arbeitszimmer.

»Mischa, leider ist es viel komplizierter. Dein Aufenthalt ist keine rein familiäre Sache. Es geht nicht um eine Familienzusammenführung.« Aus dem Augenwinkel sehe ich, wie er zurück zum Fenster hastet, um in die Nacht hinauszuspähen. »Du stehst für etwas, das manche befürworten und andere verabscheuen, die friedliche Begegnung der Welten.«

»Wo findet denn bitte schön eine Begegnung statt?«, rufe ich aus dem Arbeitszimmer. »Ich sitze bloß mit dir auf deiner Anhöhe. Und auf Hainpforta gab es nur Geheimnisse, Verrat und zum Schluss einen Angriff auf mein Leben. Selbst die vom Flügelvolk, die wir gestern überflogen haben, haben mich nur angestarrt und nicht mit mir geredet.«

Sein Kopf taucht im Türrahmen auf. »Versteh sie nicht falsch, die Leute begaffen dich, weil du etwas Einmaliges bist. Ein Kind beider Welten, das freiwillig und ohne Tricks gezeugt wurde. Kein Wechselbalg, nicht das Resultat eines Liebeszaubers. Und dazu noch die Nichte der Erzin. Du bist etwas Besonderes.«

»Ein Mischling, ich weiß. Was ist so toll daran?«

»Du bist einfach besonders, weil du du bist. Du bist nicht *ein* Mischling, sondern *der* Mischling. Wie soll ich das erklären … Wie euer König Artus vielleicht oder ein Fabelwesen, das es nicht geben dürfte und das plötzlich doch erscheint. So wie wir in deiner Welt. In Hain existiert eine Legende, in der heißt es, wenn ein Kind, halb Mensch, halb Hainianer, entstanden aus Liebe, auftaucht, wird es die Kraft besitzen, erst unsere Völker zu versöhnen, und schließlich sogar beide Welten zusammenführen.«

»Das glauben sie?«

»Ja. Ich weiß, dass das merkwürdig klingt. Für mich bist du auch nur meine Tochter.«

»Nur?«

»Ach, Mischa, du weißt, was ich meine. Ich hab dich sieben Jahre lang als kleines Kind erlebt, für mich bist du ganz normal. Dieser Mythos bedeutet meiner Ansicht nach nur Gefahr. Für viele stehst du für die Liebe und für Freiheit. Doch den Lykoten, den Bajunen und auch den Tylwyth Teg gefällt der Gedanke nicht, dass ihr Menschen von uns wisst.« Er lässt sich auf eine Truhe sinken. »Wahrscheinlich war der Rundflug ein Fehler. Es hat sich herumgesprochen. Und die Gegner des Austauschs treten jetzt auf den Plan, wie es aussieht.«

Er beugt sich zur Seite, hin zu einem kleinen Schränkchen, das auf Vogelfüßen ruht. Er kramt darin.

»Versteh mich nicht falsch, bitte. Du kannst dir nicht vorstellen, wie sehr es mich freut, dich nach sieben Jahren wiederzusehen, du bist so groß geworden und so schön!«

Er bringt einen Kerzenständer zum Vorschein, den er neben sich auf die Truhe stellt und anzündet. »Ich wäre der glücklichste

Vater weit und breit, wenn ich nicht fürchten müsste, dass dir etwas zustößt. Komm zu mir.«

Er klopft auf den freien Fleck neben sich. Eine Weile sitzen wir stumm nebeneinander. Papa streichelt mir über den Rücken.

»Ich freue mich unglaublich, dich zu sehen. Aber ich mache mir auch unglaubliche Sorgen.«

»Sollen wir die Polizei holen?«, frage ich.

»Die Polizei sitzt neben dir. Ich bin nach wie vor Wächter. Und man behauptet, ich würde meinen Job ganz anständig erledigen.«

»Ich weiß echt überhaupt nichts von dir«, stöhne ich.

Papa dreht sich zur Küche. Das Kerzenlicht flackert über sein Gesicht, und die Schatten zeichnen scharfe Kanten hinein.

»Ich schätze, das eben war nur eine Warnung. Für heute Nacht haben wir nichts weiter zu befürchten. Willst du noch ein bisschen schlafen? Sonst mache ich uns Tee.«

# KAPITEL SIEBEN

Erst ist es bloß ein leichtes Kitzeln im Nacken, dann breitet es sich über meine Schädeldecke bis hinunter zur Nasenwurzel und zu den Augen aus. Das Kerzenlicht verschwimmt.

Müdigkeit, denke ich und greife nach der Hand meines Vaters, weil mir schwindelig wird, und aus irgendeinem Grund sage ich »Ja«, oder doch nicht, ich denke es bloß. Dabei hat mein Vater kein Wort gesprochen. Noch während ich dieses Ja denke, taucht direkt vor mir über dem Tisch mit den Teetassen Basil auf. Nicht der reale Basil, nur sein Bild, sein Gesicht vom Scheitel bis hinunter zum Hemdkragen. In der dämmrigen Küche strahlt er wie ein Heiliger.

Nicht nur ich fahre zusammen.

»Wer ist das?«, fragt mein Vater trocken.

Fassungslos starre ich auf den schwebenden Kopf. »Basil«, flüstere ich. Die Projektion in der Luft ist täuschend echt. So etwas kenne ich aus Hainpforta. Eine leise Ahnung beschleicht mich.

»Entschuldigen Sie, Brim Tullwiss, es ist sonst nicht meine Art hereinzuplatzen. Ich wollte Mischa annynyktieren.« Basil klingt gehetzt. Und seine Haut wirkt noch blasser als gewöhnlich.

Papa runzelt die Stirn.

»Etwas Schlimmes ist geschehen. Ich muss unbedingt mit ihr reden.«

»Alles in Ordnung?«, frage ich. »Was machen deine Verletzungen?«

»Mir geht's gut, Mischa«, sagt er mit Betonung auf ›mir‹.

»Okay, und wem geht es nicht gut? Hanna? Fridolin?« Plötzlich habe ich Angst, dass das Spinnengift sie doch noch getötet hat. Oder ist etwas schiefgelaufen, als sie Klaas die Erinnerung gelöscht haben?

»Mit deinen Freunden ist alles in Ordnung.«

»Mach nicht so ein Geheimnis«, herrscht mein Vater ihn an. »Raus mit der Sprache.«

Nervös knote ich meine Finger ineinander.

»Der Alte ist tot, Mischa.«

Ungläubig starre ich auf Basils Mund. Vor meinen Augen verschwimmt er zu einem dunklen Tunnel, einem schwarzen Loch, das mich anzieht und verschlingt.

»Ich habe ihn vor einer Stunde beim Bach zwischen seinen Pappen gefunden«, redet Basil weiter. »Die Jacken, die Hose, alles hing in Fetzen an seinem Körper. Darunter konnte ich tiefe Wunden erkennen. Bisswunden. Schnitte. Das müssen Lykoten gewesen sein. Ich habe sie auf seine Spur gebracht. Und sie haben ihn ermordet.«

Erst als Basil von Mord spricht, sickert die Erkenntnis in mich ein. Kein Zufall, nicht Altersschwäche oder eine Krankheit haben den Obdachlosen umgebracht. Nein. Die Lykoten haben ihn *ermordet.* Meinetwegen.

»Moment«, mischt sich mein Vater ein. »Dass einer oder mehrere aus dem Rudelvolk den Mord verschuldet haben, ist erst einmal nur eine Behauptung. Es passt zu den Ereignissen der letzten Zeit und ist eine Möglichkeit, eine sehr wahrscheinliche. Trotzdem bitte ich dich, vorsichtig mit deinen Beschuldigungen umzugehen. Wir leben in brisanten Zeiten. So eine Behauptung kann sich schnell zur Zündschnur entwickeln.«

»Natürlich, Brim Tullwiss. Ich werde niemandem erzählen, was ich gesehen habe. Aber ich will, dass Mischa gewarnt ist. Marts befindet sich in Hain. Ich habe die Wunden nun mal mit eigenen Augen gesehen.«

»Und wir sind selbst gerade von Lykoten angegriffen worden. Schon vergessen, Papa?«, mische ich mich ein.

Basils Augen weiten sich erschrocken. »Bist du verletzt?«

»Wir wissen noch nicht, wer das draußen an der Tür war, Mischa. Auch du solltest nicht irgendwelche Behauptungen herumposaunen.« Papa richtet sich wieder an Basil. »Hast du die Wächter schon informiert?«

»Der Alte liegt aufgebahrt im Internat. Sie untersuchen gerade die Wunden. Ergor meint, anschließend senden sie den Leichnam nach Hain. Wenn die Wächter zu einem Urteil gekommen sind, wer den Mann getötet hat.« Basil legt seine Stirn in Falten.

»Wer auch immer den Mann umgebracht hat«, sage ich schnell, bevor die Diskussion von Neuem losbricht, »es war meinetwegen. Der Alte wurde ermordet, damit ich hier feststecke. Ohne Tauschling keine Rückkehr.« Ich schaue Basil an und verliere mich in seinem Anblick. Ich sehe jedes Härchen an seinen Schläfen. Schon auf Hainpforta war ich fasziniert von der Detailtreue der Luftspiegelung. Für einen Augenblick vergesse ich vollkommen, worüber wir gerade reden. In welcher Gefahr ich schwebe.

»Wie machst du das?«, frage ich. »Benutzt du dafür diesen gruseligen Apparat?«

»Einen Nynyktar, ja. Damit kommunizieren wir. Das funktioniert auch zwischen den Welten. Das, was ihr im Internat erlebt habt, waren bloß Übungen. Ist nicht ganz ungefährlich, die Benutzung.«

Mein Vater stützt sein Kinn in die Hand. Die Bartstoppeln piksen zwischen den Fingern hervor. Dass er mit seinen Gedanken weit weg ist, erkenne ich am kleinen Finger. Unablässig tippt er auf die Wange. Eine Eigenheit, die mir von früher vertraut ist.

»Ich kann dich also in Hainpforta erreichen?«

»Überall, wenn dein Vater einen Nynyktar besitzt. Er funktioniert mithilfe der Kristalle, die wir auch für die Portale verwenden. Hast du die Hitze gespürt beim Übertritt? Sie haben eine unglaubliche Kraft. Wenn man nicht aufpasst und mit seinem Gesicht dem Kristall zu nahe kommt, dann wird der Teil, der den Kristall berührt, verbrannt.«

»Und kann ich dich anfassen?«

»Probiere es. Du greifst nur in Luft.« Ich strecke meine Hand aus, weil ich es tatsächlich testen möchte, da sagt mein Vater unvermittelt: »Nun, du hast ihn gesehen, ich nicht.«

Überrascht schauen wir beide ihn an. Sein kleiner Finger morst immer noch Botschaften über die Wange an sein Hirn.

»Gut«, beendet mein Vater seine Überlegungen, ohne uns einzuweihen, was genau er für gut befunden hat. »Danke, Basil, für die unverzügliche Meldung.«

»Ich möchte noch etwas sagen.« Basil blickt mich an. »Es leben ja noch ein paar Tauschlinge in Europa verstreut, eine Handvoll vielleicht. Zumindest hoffe ich, dass sie noch leben. Mischa, ich werde mein Versprechen halten. Ich finde jemanden, der bereit ist, nach Hain zurückzukehren. Schon bald. Es tut mir leid, dass du nicht an Weihnachten zu Hause sein wirst.«

Seine Lider klappen herunter, als erwarte er ein Urteil. Jede Einzelheit ist deutlich zu sehen, die feinen Risse in seinen Lippen, die langen Wimpern. Zu blöd, dass man die Luftspiegelung nicht anfassen kann!

»Ist nicht so schlimm«, sage ich. »Mit meinem Vater habe ich auch schon lange kein Weihnachtsfest mehr gefeiert. Genau genommen müssen wir ganze sieben nachholen. Äh, wobei ich jetzt nicht sagen will, dass ich die kommenden sieben Jahre hier ausharren möchte.« Ich tätschele meinem Vater den Arm. »Nichts für ungut. Und morgen reisen wir nach Haynyr zur Erzin. Ich werde mit ihr reden, vielleicht kann ich auch ohne Tauschling wieder zurück. Sie ist schließlich meine Großtante.«

Basil sieht so traurig aus. Am liebsten würde ich Papa aus der Küche scheuchen, um ihn zu trösten. Ich sehne mich danach, ihn in die Arme zu nehmen und seine Lippen mit meinen zu berühren, bis ich nicht mehr unsere Münder spüre, sondern dieses andere Gefühl, das tiefer ist, als ob man sich auflöst, träumt. Aber auch darauf werde ich nun etwas länger warten müssen.

»Wirklich, Basil. Mach dir keine Gedanken.«

»Jetzt sag ihm noch, er hätte dir im Grunde eine gute Botschaft überbracht, und der junge Mann mausert sich zur Frohnatur«, stichelt Papa.

»Ich melde mich in ein paar Tagen wieder. Pass auf dich auf, Mischa!«, verabschiedet sich Basil.

»Und du auf dich. Viel Glück!«, rufe ich dem sich auflösenden Geistergesicht hinterher.

Basil wird also durch Europa streifen, um einen Wechselbalg aufzustöbern, der mich hier auslösen soll. Ich kann mir vorstellen, welche Gewissensbisse ihn plagen. Hoffentlich ist er vorsichtig bei seiner Suche.

Bin ich in Gefahr? Wenn der Alte wirklich meinetwegen umgebracht wurde, dann hat es irgendjemand auf mich abgesehen. Jemand will mich hierbehalten, koste es, was es wolle. Warum?

Ich stupse Papas Ellenbogen vom Tisch. »Reden wir nicht um den heißen Brei herum«, sage ich. »Das an der Tür vorhin waren Lykoten, habe ich recht? Vielleicht wollten sie mich ja kidnappen. Und nun haben sie den alten Mann getötet, der mein Rückfahrschein gewesen wäre. Sie sind hinter mir her. Wer weiß, wie lange ich nun hier gefangen bin.«

»Gut, fliegen wir nach Haynyr«, sagt Papa statt einer Antwort. »Wir werden das mit Thekla besprechen.«

Dagegen habe ich nichts einzuwenden. Meine Tante wird mir bestimmt helfen. Ich gehöre schließlich zur Familie. Erzin hin oder her. Sie wird nicht wollen, dass ich, nach dem, was sich in den letzten Tagen ereignet hat, mein Leben riskiere.

Quietschend schiebt Papa den Stuhl beiseite und steht auf. »Warte einen Augenblick.«

Ich trotte ihm hinterher, als hätte ich ihn nicht gehört. Seufzend bleibt er im Flur stehen und legt mir die Hand auf die Schulter. Meine Haut beginnt wieder ein bisschen zu jucken. Der Juckreiz wandert über den Körper bis zu meinen Waden.

»Mischa, ich muss jemanden sprechen. Es ist wichtig, dass ich dieses Gespräch unter vier Augen führe.«

Besitzt mein Vater so einen Apparat, einen Nynyktar? Das bedeutet, ich kann tatsächlich jederzeit mit Basil oder Mama Kontakt aufnehmen. Mit Klaas wohl eher nicht. Sonst müssen sie ihm ein weiteres Mal die Erinnerung löschen, schätze ich.

»Okay, kein Problem! Ich sitze gern in einem stockdusteren, von Lykoten umzingelten Haus«, sage ich. »Wenn du meinst, dann gehe ich einfach allein in die Küche und warte. Wird mich schon keiner angreifen.«

Papa ignoriert mein Gemecker, aber ich kann hören, dass er irgendetwas in seine Stoppeln murmelt, das verdächtig nach *pubertierender Teenager* klingt.

»Nünüdingst du mit Mama?«, frage ich, kurz bevor er im Arbeitszimmer verschwindet. Er hält inne.

»Hatte ich nicht vor. Aber eigentlich ist das keine schlechte Idee. Nach dem Schreck von eben. Sollen wir?«

Ich nicke und strahle. Das wäre das erste Mal seit sieben Jahren, dass wir drei zusammen sind.

»Aber«, er druckst etwas herum, »wir erzählen ihr nichts vom Angriff. Und den Mord, den lassen wir besser auch weg.«

»Aber dass ich übermorgen nicht zurückkomme, muss sie doch wissen.«

»Hm, das beunruhigt sie nur. Vielleicht behauptest du vorerst, dass es dir hier so gut gefällt, dass du noch ein bisschen bleiben möchtest?«

Meine Vorfreude auf unser gemeinsames Gespräch schrumpelt zusammen. Ich soll Mama anlügen und ihr sagen, ich bliebe lieber hier, als Weihnachten mit ihr zu verbringen?

»Das mache ich nicht«, murre ich.

»Mischa, ich kann deine Mutter auch nicht belügen. Aber noch weniger gefällt mir die Vorstellung, dass sie allein zu Hause sitzt und sich endlos Sorgen macht. Dass du Weihnachten hier verbringst, daran werden wir wohl nichts ändern können.«

Ich zögere. »Wenn's sein muss.«

Im Arbeitszimmer schließt er die wuchtige Truhe, die er eben noch als Sitz verwendet hat, umständlich auf.

»Warum hast du den Apparat nicht oben auf dem Baum? So ein Nynyktar ist doch bestimmt wertvoll mit dem Kristall. Wenn der in falsche Hände gerät, wäre ja blöd.«

Mein Vater schaut mich wachsam an.

»War nur so ein Gedanke«, sage ich schnell und helfe ihm, das schwere Ding aus der Truhe zu hieven.

»Es hat sich als zu umständlich erwiesen, den Nynyktar jedes Mal herunterzuschleppen, wenn ich ihn hier brauche. Und wir Aden bevorzugen es, keine Leitern anzubringen, wie du bemerkt hast.«

Er zieht eine grün karierte Stoffhülle ab. Neugierig und mit etwas Respekt trete ich noch einen Schritt näher, denn ich will den Kristall genau sehen, der so kraftvoll und gleichzeitig so gefährlich ist.

Er schimmert, auch wenn in der Dunkelheit kein Licht auf ihn fällt.

»Bewegt sich die Oberfläche?«

»Für ein Mineral hat der Kristall eine extrem lockere atomare Bindung, um es einfach auszudrücken. Theoretisch kann man sogar hineinfassen, was ich aber nicht empfehlen würde. Es ist schmerzhaft.« Er dreht seine Handfläche zu mir, und ich sehe weißliche, kreisrunde Narben an den Fingerspitzen. »Wir haben alle Souvenirs von unseren ersten Nynyktierversuchen.«

»Dann fang du an und erklär mir, wie man das Ding benutzt, ohne Narben zu riskieren.«

»Langsam, langsam, Mischa. Tweick hatte schon recht, ich kann durchaus einige meiner Wesenszüge in dir wiedererkennen. Aber du siehst an meinen Fingerspitzen, wozu Ungeduld führt. Also, pass auf!«

Er beugt sich über den Kristall, ganz dicht, und ich halte meinen Atem an.

»Das Wichtigste: Vorsicht mit der Nase. Siehst du die drei Hebel?«, fragt er.

Ich nicke, was dämlich ist. »Ja, sehe ich.«

»Im Grunde ist es einfach. Zuerst drückst du den rechten Hebel, damit erzeugst du die Spannung. Jetzt kommt der Teil, der ein wenig Übung bedarf. Du musst dich auf die Person konzentrieren, zu der du Kontakt aufnehmen willst. Gleichzeitig kippst du den mittleren Hebel. Wenn alles gut läuft, siehst du sie jetzt, sie sieht dich, und ihr könnt miteinander sprechen. Aber Achtung, Nase! Um das Gespräch zu beenden, kippst du beide Hebel einfach wieder in umgekehrter Reihenfolge hoch. Und danach richtest du dich vorsichtig wieder auf. Hier passiert den meisten Anfängern der Fehler.«

»Wofür ist der dritte Hebel?«

»Den linken Hebel brauchst du, wenn du in eure Welt nynyktieren willst, dann musst du den ebenfalls kippen.«

»Gut, fang an!«

»Zu Befehl, Tochter.«

Ich warte still. Mein Vater kippt alle drei Hebel in der genannten Reihenfolge, zieht dann aber überraschend den Kopf vom Kristall weg.

»Sie blockt.«

»Was meinst du?«

»Wendla nimmt das Gespräch nicht an. Wahrscheinlich ist sie im Salon, in eurer Welt ist gerade Tag.«

»Man kann den anderen quasi wegdrücken?«

»Natürlich. Sonst könnte dich jeder zur Unzeit annynyktieren, egal, was du tust und wo du bist.«

»Und wie funktioniert das Blocken?« Aber ich ahne bereits, was man zu tun hat. Denn ich erinnere mich an das Kitzeln und mein unwillkürliches Ja.

»Die ersten paar Mal, wenn jemand dich annynyktiert, überrascht es dich noch. Das Gefühl stellt sich ein, und du stimmst unwillkürlich zu, ehe du dich versiehst. Aber wenn du es dann bewusst registrierst, denk einfach Nein.«

»Probieren wir es später noch einmal?«, frage ich etwas enttäuscht und auch ein bisschen erleichtert.

»Vielleicht. Jetzt muss ich dringend mit jemandem sprechen, unter vier Augen.«

»Okay«, sage ich und schlurfe aus dem Arbeitszimmer.

In unserer Welt ist also Tag. Deswegen hat Basils Gesicht so geleuchtet.

Hier in der kargen Wohnstube hängt nicht mal eine Uhr. Vielleicht ist es vier Uhr früh? Oder fünf?

Ich bin müde und lege mich auf das Sofa. Nach den Ereignissen der Nacht fällt es mir schwer, allein in der Küche zu hocken. Durch die schwarzen Fensterscheiben sehe ich nach draußen. Wer ist hinter mir her? Wie lange werde ich hier festsitzen? Ich bin mir nicht sicher, ob Papas Geschichte stimmt. Hat Mama uns wirklich geblockt? Oder will er ihr nur nichts von den neuesten Ereignissen erzählen?

Und ich brauche mich nicht einmal anzustrengen, wieder kann

ich jedes Wort im Arbeitszimmer verstehen. Zumindest jedes von Papas Worten.

»Ich habe es gerade erfahren. Der Wyth-Junge hat es berichtet«, höre ich ihn, dann schweigt er kurz und antwortet: »Du solltest prüfen, wo er sich vorher aufgehalten hat. Halte dich an diesen Wyth, aber nimm ihn nicht zu sehr in die Mangel. Das erregt nur unnötig Aufsehen. Überprüfe den Jungen. Gründlich. Man weiß nie.«

Höre ich richtig? Mein Vater befiehlt ernsthaft, Basil ausspionieren zu lassen? Ruckartig setze ich mich auf. Ich hasse es, wie kaltschnäuzig er spricht. *In die Mangel nehmen* klingt brutal. Warum soll er überprüft werden? Hat er etwas gegen einen Tylwyth Aden als Freund seiner Tochter? Absurd. Unvorstellbar absurd.

Mein Vater beendet das Gespräch.

Ich schlüpfe in die Küche, damit ich ihm das Bild der ahnungslosen Tochter vorgaukeln kann. Wenige Augenblicke später betritt er den Raum.

»Mit wem hast du gesprochen?« Unschuldig linse ich über den Rand meiner Teetasse.

»Es wird Zeit für den Besuch bei deiner Großtante«, sagt er.

Ich kann zusehen, wie die Federn wieder ihren Weg finden.

»Jetzt, mitten in der Nacht? Zu Thekla Tullwiss?«, frage ich.

»Wir werden sie um deine Rückkehr bitten. Und zwar so schnell wie möglich.« Jetzt klingt er barsch und überhaupt nicht mehr wie mein Vater. Nein, eher wie ein Cop aus einem Thriller.

# KAPITEL ACHT

Der Palast des Bundes liegt weit entfernt, in Haynyr, der Hauptstadt. Von seiner Hütte aus brauchen wir ungefähr fünf Flugstunden, hat Papa gemeint. Wir haben also einen langen Flug vor uns.

Auch wenn *Palast* und *Erzin* ein eher altertümliches Staatsmodell suggerieren, ist der Bund angeblich ein demokratisches Gebilde. Es gibt Interessenvertretungen, die gewählt werden. Doch die Erzin – meine Tante – steht allem vor. Und ich kann nicht anders, ich muss an die Herzkönigin aus Alice im Wunderland denken.

Bevor wir aufbrechen, schnürt mein Vater ein Bündel. Ich selbst schlüpfe in meine Leggings und beobachte, wie er mit den Kleidungsstücken und Gegenständen hantiert, die er in sein Päckchen stopft. Hemden, eine Zahnbürste, Papiere. Warum sollte er einen Plan hegen, der mir oder meinen Freunden schadet? Wenn er Basil ausspionieren lässt, muss er seine Gründe haben.

»Magst du Basil nicht?«

»Du meinst den Jungen, der dich eben annynyktiert hat? War ich dir wieder zu unfreundlich?«

»Na ja. Nett warst du jedenfalls nicht. Glaubst du wirklich, er lügt?«

Stur faltet mein Vater einen Hosenrock, auf die Größe eines Briefumschlags zusammen.

»Er ist einer der besten Schüler auf Hainpforta, hat zumindest Myrell gesagt. Sehr ehrgeizig bei seiner Ausbildung zum Wächter. Wenn er sagt, dass die Spuren von Lykoten stammen …«

»Ich denke nicht, dass er lügt. Er ist schließlich ein Aden. Wir lügen nie, nicht vorsätzlich. Allerhöchstens schweigen wir, wenn die Wahrheit zu nichts führt. Oder weichen aus.«

»Hm, so wie du jetzt? Und eigentlich die ganze Zeit, seit ich hier bin?«

Er stopft schweigend eine Trinkflasche in sein Bündel.

»Du liegst so dermaßen falsch! Ohne Basil würde ich wahrscheinlich nicht hier sitzen. Marts solltest du jagen, nicht ihn!« Wütend schnappe ich mir meinen noch gepackten Rucksack von der Empore und werfe die Winterjacke auf den Wohnzimmertisch. Unnötiger Ballast.

Mein Vater hockt draußen vor der Tür und untersucht sie. Ich drehe mich von ihm weg.

Die Nacht verbirgt, was nicht gesehen werden will. Man braucht bloß ein paar Schritte aus dem Schein der offenen Hütte zu treten, und schon wird man unsichtbar. Wir jedoch stehen schutzlos im Licht. Unwillkürlich mache ich einen Schritt auf meinen Vater zu.

Im Holz erkenne nun auch ich unzählige Kratzspuren. Ob es ein oder mehrere Angreifer gewesen sind, kann ich nicht einschätzen. Aber dass die Kratzer von Krallen stammen, Hundekrallen, Wolfskrallen, Lykotenkrallen, schon.

»Ich entscheide nicht vorschnell, wen ich mag und wen nicht«, fängt mein Vater plötzlich an.

»Gehört das auch zu euren Wesenszügen, übertriebenes Misstrauen?«

»Ja.« Er kratzt etwas vom abgesplitterten Holz. Graues Haar oder Fell. »Aber wenn dir so viel an diesem Jungen liegt, wenn du ihm vertraust, gebe ich mir Mühe. In Ordnung? Und jetzt lass uns starten. In der Luft sind wir sicher.« Er lässt die Fellsträhne los, und sie fliegt, von einer Windböe getrieben, in Richtung der Bäume. Als wollte sie zurückeilen zu ihrem Besitzer, der sich noch irgendwo hinter einem der Stämme verbirgt.

Man sollte meinen, hoch oben in der Luft bei Nacht würde vollkommene Stille herrschen. Irrtum! Ein Konzert aus Pfeiftönen, Rauschen und Knistern dringt an meine Ohren. Wind und Flügelschläge. Die nächtlichen Geräusche klingen für mich allesamt feindlich. Manchmal glaube ich, dass unter uns graue Schatten dahinjagen. Eine Weile halte ich wachsam Ausschau. Doch nicht lange, dann fallen meine Augen vor Erschöpfung zu.

Ich reiße sie wieder auf. Die Schatten sind verschwunden. Es dämmert bereits. Aus den einzeln stehenden Bäumen wird dichter Wald, dazwischen glänzt immer wieder Wasser, Flüsse oder Seen. Am Horizont tauchen die taubenblauen Gipfel einer Gebirgskette auf. *Die Hand.* Ich schlinge die Arme eng um meinen Oberkörper. Auch wenn kein Winter herrscht, nachts sinken die Temperaturen. Ich bin froh, dass ich mir die Leggings angezogen habe. Ich wünschte, ich hätte meine Jacke ebenfalls mitgenommen.

»Schlaf noch ein bisschen, wenn du kannst. Haynyr ist nicht gerade einen Flügelschlag entfernt.«

Das sanfte Schaukeln wiegt mich, und irgendwann falle ich, trotz der Kälte, tatsächlich in einen tiefen Schlaf.

Als ich aufwache, drücken sich geflochtene Taue in meine Haut. Ich richte mich auf, so gut es geht. Meine Beine kribbeln.

»Können wir eine Pause machen?«, frage ich. »Mein Fuß ist eingeschlafen. Und ich muss mal.«

Die Landschaft, in der wir landen, ist karg. Die Natur geizt mit Bäumen und Büschen. Pflanzen wachsen als Einzelkämpfer an dünnen, trockenen Halmen. Das muss schon die Steppe sein, in der Haynyr liegt. Ich schaue mich um, suche im Felshang hinter uns nach Anzeichen von Lykoten. Doch die Staubwolken weht der Wind auf, und das Rascheln stammt bloß vom Gras.

Während ich hinter einem Felsbrocken pinkle, rufe ich meinem Vater zu, dass er mir von Thekla Tullwiss erzählen soll. »Kann nicht schaden, wenn ich ihr gegenübertrete.«

Vater beschreibt Grut, seine Mutter und meine Oma. Thekla ist ihre kinderlose Schwester. Oma war sanft und duldend, Thekla ist ehrgeizig und spröde.

Ich trete hinter dem Felsen vor, ziehe den Saum der Leggings, so gut es geht, über meine blanken Knöchel. »Ist Thekla schon so alt?«

»Grut war bereits erwachsen, als ihre kleine Schwester geboren wurde. Thekla ist ein Nachzügler, das verhätschelte Nesthäkchen, das immer bekam, was es wollte. Deshalb standen sich die beiden nicht sonderlich nah. Ich bin bloß vier Jahre jünger als meine Tante, wahrscheinlich hätten wir als Kinder miteinander gespielt und wären Freunde, wenn meine Mutter ihre Schwester mehr gemocht hätte.«

»Und ich hätte jetzt bessere Karten für meinen Ausreiseantrag.« Unter meinen nervösen Füßen wirbeln kleine Staubwolken vom Boden auf.

Mein Vater richtet den Sitzgurt. Wie ein mächtiger Zauberumhang breiten sich seine Schwingen aus. Ich staune über deren Spannweite.

Während mein Vater mir von den verschiedenen Völkern berichtet, dass sie meist unter sich bleiben, klettere ich in den Sitz.

»Es gibt also keine Kinder zwischen Tullwiss Aden und beispielsweise Tylwyth Teg, willst du mir das damit sagen? Es gibt keine Mischlinge in eurer Welt?«

Papa seufzt. »Wahrscheinlich.«

»Mama und du, ihr seid einmalig?«

»Sind wir. Und du bist es auch!«

# KAPITEL NEUN

Gegen Mittag erblicke ich Dunst am Horizont und dunkle Umrisse. Haynyr liegt vor uns. Je näher wir kommen, desto klarer unterteilt sich die Stadt in einzelne Bauwerke. Häuser wie auf Myrells Kubismusbild. Jedes ist aus dem gleichen hellen Stein errichtet, was der Gesamtheit eine imposante Wirkung verleiht. Um die Stadt herum erhebt sich, aus dem gleichen hellen Stein, eine Mauer.

Stärke, Kraft und Einigkeit strahlt Haynyr aus, nur nichts Einladendes.

Mein Vater steuert ein Tor an. Am Boden patroullieren zwei Wächter, die ebenfalls Aden sind. Der eine hebt den Flügel zum Gruß.

»Brim, hätte dich beinahe nicht erkannt, so ohne Bogen, dafür mit der Schaukel.«

»Ich dich auch nicht, so zu Fuß, wie ein Bodenkriecher.«

Der andere stößt ihn nicht unauffällig genug an. Da kapiert der Adenwächter, dass ich ja der Mythos-Mischling bin, macht Riesenaugen, neigt seinen Kopf. Sein Kollege bedeutet uns, über das Tor hinwegzufliegen.

Von außen wirkt Haynyr abweisend und karg, aber innerhalb der Mauer entpuppt sich die Oase als üppiges Idyll. Es duftet unglaublich frisch und blumig. Schmale Kanäle ziehen sich an den Häusern entlang und speisen mit ihrem Wasser das Meer von Blüten. Das sanfte Plätschern begleitet uns, als wir auf das höchste Gebäude zufliegen.

»Du hast behauptet, Haynyr sei dreckig. Wenn das mal nicht gelogen war.«

»Aden lügen nicht. Warte ab, bis du die restliche Stadt gesehen hast.«

Im steilen Landeanflug setzen wir auf einem Balkon des Palastes auf. Er ragt hoch in den Himmel, doch sonst gibt es überhaupt keine schmückenden Elemente. Säulen, Türme oder überhaupt Ornamente, die in meiner Vorstellung zu einem Regierungssitz gehören, fehlen. Auch Wächter sehe ich hier oben keine. Nur unten vor dem Eingang wachen zwei.

»Wegen der Bodenkriecher«, murmele ich.

Ein livrierter Bediensteter tritt auf den Balkon. Seine Hände stecken in zarten Handschuhen, die an abgeworfene Schlangenhäute erinnern. Sein Körper ist nicht wirklich fett, aber dennoch merkwürdig schwabbelig, der Mund ist außergewöhnlich breit, dafür sind die Ohren wiederum so winzig, dass man sie beinahe übersieht. Er erinnert mich ziemlich an einen Riesenfrosch.

»Brim Tullwiss, willkommen.«

Es klingt wie ein Quaken. Statt zu meinem Vater schaut er zu mir. »Das ist sie also. Soll es zum Tantchen gehen? Da muss ich enttäuschen, die Erzin hält Rat-Tag. Keine Zeit für einen familiären Plausch.«

»Es ist dringend. Wir sprechen auch während der Sitzung vor.« Mein Vater lässt sich nicht abweisen.

»Wir sind heute Nacht von Lykoten angegriffen worden«, platzt es aus mir heraus. »Es ist wirklich wichtig.«

Der Mund des Froschmanns lächelt weiter. »Ich informiere den Bund. Dauert aber ein Weilchen. Ich muss abwarten, bis sie ihren Tee wollen. Ein halbes Stündchen bestimmt.«

Er hüpft durch die Flügeltür in den Palast.

Papa reckt sich draußen auf dem Balkon und lockert seine Flügel. Ich frage mich, wie es sich anfühlt, selbst zu fliegen.

Mit einem Mal wird mir mulmig, denn eine Möglichkeit habe ich überhaupt noch nicht in Betracht gezogen. »Was passiert, wenn sie uns nicht empfängt?«

»Das wird nicht passieren. Sie ist genauso neugierig auf dich wie alle anderen.« Er zwinkert mir zu. »Wollen wir ein Stück spazieren gehen? Solange wir warten müssen? Haynyr anschauen?«

Ich stimme zu, auch wenn ich ein wenig Angst habe, dass wir dann unsere Audienz verpassen.

Wir schlendern durch die Gassen. Kleine Bäche plätschern durch die gesamte Stadt, klare Rinnsale, an deren Rändern es üppig blüht. An vielen Hauswänden ranken Pflanzen empor. Springbrunnen befeuchten die Luft.

»Wo kommt all das Wasser her?«

»Haynyr ist eine Oase. Lust auf ein Eis?«

»Gibt es bei euch Eis?«

»Wir haben die Idee von euch geklaut.« Er zwinkert mir zu und steuert ein Fenster an, klopft, und das Fenster klappt auf.

»Zwei Portionen Orora, bitte.«

Gleich darauf reicht eine fellbewachsene Hand zwei Waffelschälchen mit dunkelroten Kugeln heraus.

Wir hängen unsere Füße in einen kleinen Bachlauf im Häuserschatten und schlecken Eis. Gebratene Sauerkirsche würde ich den Geschmack nennen.

»Gut, oder?«

»Hm«, sage ich schmatzend. Es ist verdammt lecker.

Die Leute, die an uns vorüberlaufen, gehören größtenteils zu den Völkern, die ich bereits kenne. Die meisten nehmen keine Notiz von mir, Großstädter eben, aber wenn mich ein Blick trifft, blitzt erst eine Frage auf, dann das Erkennen, dann eine Art Ehrfurcht.

»Ist es dir nicht peinlich?«, nuschle ich, den Mund voll Eiswaffel.

»Dass alle dich anstarren?«

»Nein, ich meine, hier auf der Erde zu sitzen, mitten unter Bodenkriechern.«

»Ach, das ist doch nur ein Spaß.«

»Solche Spitznamen sind immer gemein.«

Über uns wird ein Fenster aufgeschoben, und ich höre Getuschel.

Mein Vater dreht sein Gesicht. »Ja. Aber ich rate euch, sie in Ruhe zu lassen!«

Offenbar hat er genau verstanden, was sie gesagt haben.

Neugierig bleibt eine Alte mit geflochtenem Weizenhaar neben mir stehen. Sie trägt tatsächlich ährenartiges Gras auf dem Kopf, wie Gwindula.

»Das Tullwissmädchen! Gelobt seist du!« Dann greift sie in ihren Ärmel, holt Blätter hervor, die sie mir in die Hand drückt. »Äußerlich und innerlich empfehle ich einen Sud.« Sie verneigt sich und geht.

Mein Vater und ich starren ihr stumm hinterher, dann öffne ich meine Hand. »Was ist das?«

»Hm, ich kann es mir denken.«

»Was denn?«

»Daunblatt. Es scheint sich bereits herumgesprochen zu haben, dass du hier eisschleckend sitzt. Sollen wir besser zurück zum Palast? Wenn du willst, können wir auch wieder fliegen.«

Wir schrauben uns hoch, bis uns nur noch ein Gebäude überragt: der Palast, der im Zentrum der Stadt thront.

Unter mir sehe ich vollgestopfte Märkte und wilde Gärten. Ich kann in Hinterhöfe schauen, wo Kinder spielen. In einem Hof werden fischartige Tiere ausgenommen, ein blutiger Brei schwimmt in großen Kübeln. Aufgespannte Häute und Wäsche trocknen auf Leinen, so hoch, dass sie ganze Hauswände verdecken, Gerätschaften werden repariert, Blumen gegossen, oder die Leute brüten einfach nur in der Sonne.

Genießen kann ich diese etwas altertümlich wirkende Lebendigkeit jedoch nicht. Was, wenn Thekla Tullwiss' Neugier doch nicht so weit reicht, dass sie ihre Sitzung unterbricht? Und selbst wenn, ist noch lange nicht gesagt, dass sie mich gehen lässt. Wenn ich nur nicht so abhängig von ihrer Entscheidung wäre!

Der Froschmann erwartet uns bereits. Mit knödelnder Stimme bittet er uns herein. »Nehmt ein Sekündchen Platz, ich informiere die Erzin. Derweil vielleicht einige Leckereien?«

Er zeigt auf einen runden Beistelltisch, auf dem eine Schale mit bunten Kugeln ruht. Hübsch anzusehen, aber wer um alles in der Welt möchte denn Badeperlen essen? Ich habe immer noch die

Blätter der Alten in der rechten Hand. Sie sind dunkelgrün und verschrumpelt. Verstohlen verteile ich sie zwischen den Kugeln.

Das Licht im Haus ist mild. Ich versuche, die Quelle auszumachen, und sehe Fenster, deren Glas mir zunächst wie tausendfach gesprungen vorkommt, als wäre es von haarfeinen Rissen durchzogen. Dann verstehe ich, dass die Fenster aus unzähligen Insektenflügeln gebaut sind. Es müssen Tausende von Libellen- oder Zikadenflügeln sein.

»Wie schön«, hauche ich, dabei drehe ich mich im Kreis und lasse den Zauber ganz auf mich wirken.

Die zarten Fenster beeinflussen meine Bewegungen. Ich wage es kaum, mehr als nur die Fußballen aufzusetzen. Sogar der Boden scheint zerbrechlich. Auch im Palast gibt es einen großen Kontrast zwischen der Außenwirkung und dem tatsächlichen Inneren. Alles hier wirkt hell und heiter. Wenn meine Großtante nur halbwegs so freundlich herrscht, wie es das zarte Licht und die Transparenz versprechen, sollte meiner Rückkehr nichts im Weg stehen.

Der schwabbelige Diener hüpft uns wieder entgegen und stört das Bild. »Die Erzin bittet zu sich.« Er deutet auf eine große Tür, die aus Reispapier oder einem anderen durchscheinenden Material besteht.

»Pass auf, Thekla mag Schwäche nicht sonderlich«, raunt mein Vater mir zu. »Und drinnen sitzen bestimmt zwanzig, dreißig Ratsleute, die alle gespannt sind, was an dir und der Legende dran ist. Lass dir nichts anmerken. Bleib ganz ruhig.«

»Hä? Was denn anmerken lassen?«, frage ich, aber schon wird die Tür vom Froschmann aufgestoßen. Hätte ich vor einigen Stunden noch meinen Vater zum Meisterwerk der Schöpfung gekürt, muss ich nun zugeben, dass seine Schönheit neben der von Thekla

Tullwiss verblasst. Sie steht, reglos wie eine Statue, die Hände in die Hüften gestützt, mitten im Raum.

Im gesamten Saal herrscht eine angespannte Stille, die nur vom Klirren eines einzelnen Löffels an Porzellan unterbrochen wird. Jemand zischt, dann ist es still.

Die Vertreter der verschiedenen Völker sitzen mit offenen Mündern im Halbkreis, doch ich streife sie nur kurz mit meinem Blick, denn Theklas Anblick fesselt meine ganze Aufmerksamkeit. Nur ein durchscheinender Hauch aus milchigen Federn überzieht ihre Beine. Die Flügel schmiegen sich glatt an ihre Arme wie die Ärmel eines raffinierten Kleidungsstücks. Unvorstellbar, dass sie die zu Schwingen auffächern kann. Das Kleid ist ebenfalls weiß, darunter schimmert die helle Haut. Ihr Haar jedoch türmt sich schwarz und schwer zu einem prächtigen Gebilde aus Locken auf. Die schiere Menge scheint kaum zu bändigen zu sein, und einzelne widerspenstige Strähnen reichen bis zur Taille hinab. Thekla Tullwiss ist die schönste Frau, die ich mir vorstellen kann. Kein Wunder, dass sie die Chefin des Ladens ist.

Kurz schweift mein Blick in die Runde. Von den Lykoten ernte ich feindselige Blicke, auch die Fraktion der Bajune schaut genervt.

Ein großes Schmuckstück an Theklas Hals fällt mir auf. Kleine Libellenflügel reihen sich zu einer Kette aneinander. Ein leises Klirren verrät, dass das Schmuckstück nicht aus echten Flügeln, sondern aus feinstem Glas und Metall gefertigt ist. Doch der typische bläulich-grünliche Schimmer fehlt nicht. Unter der filigranen Kette schimmert Theklas sonst helle Haut dunkel. Täusche ich mich, oder hat sie einen Abdruck hinterlassen?

Mein schamloses Gaffen fällt nur deshalb nicht auf, weil Thekla mich ebenfalls begutachtet. Doch das Schweigen im Raum nimmt mittlerweile unangenehme Züge an. Jemand sollte mal etwas sagen.

Endlich rührt die Erzin sich und geht auf uns zu.

»Keine Flügel«, stellt sie fest. »Nichts, was ihre Verwandtschaft zu einem Tylwyth Aden beweist. Wie soll ich sicher sein, dass sie ein Adenkind ist?«

Die Anschuldigung verschlägt mir die Sprache. Erst verschleppt man mich hierher, weil mein Vater ein Aden ist, und jetzt muss ich meine Herkunft auch noch beweisen. Das wäre ja noch schöner!

Im Saal wird Getuschel laut: »Sieht aus wie alle Menschen, plump und primitiv.«

»Ich finde sie ganz appetitlich.«

»Wenn wir sie als den Mischling aus der Legende präsentieren wollen, müssen wir ihr dringend etwas anderes anziehen. Und sie sollte eine andere Frisur tragen. Sie wirkt doch sehr gewöhnlich.«

Ich will am liebsten wegrennen.

»Warte ab, liebe Tante«, springt Papa ein. Er beugt sich an ihr Ohr und flüstert einige Worte.

»Na schön, wir werden sehen. Und du?« Sie richtet sich an mich. »Kannst du auch reden?«

Ich nicke.

»Dann sag etwas. Möglichst etwas Geistreiches.«

Thekla wird mir immer unsympathischer, je mehr sie von sich gibt. Wütend funkele ich sie an.

»Stur also.«

Jemand räuspert sich, oder war das ein Kichern? »Wenn du meinst. Was führt dich zu mir? Ich nehme an, du willst dir eine

Sondergenehmigung erbetteln, ähnlich der, die deiner Mutter gewährt wurde?«

»Nein, ich will hier weg.« Ich gebe mir Mühe, nicht allzu viel zu zwinkern und ihr fest in die Augen zu schauen. »Es gab einen Mann, einen Tauschling. Morgen sollte der Austausch stattfinden. Doch er wurde ermordet, und ich stecke hier fest. Ich will Sie bitten, mich nach Hause zu lassen.«

»Unmöglich«, wispert jemand.

Mit leicht geöffnetem Mund blickt Thekla auf einen unbestimmten Punkt über mir. Dann wendet sie den Kopf ruckartig zur Seite und schreitet davon. Sie kann nicht wirklich vergessen haben, dass wir hinter ihr stehen und ich auf eine Antwort warte.

»Hallo? Sie können mich doch nicht dazu zwingen, hierzubleiben!«, rufe ich.

Papa greift barsch nach meinem Arm, doch es ist schon heraus.

»Dann verschwinde!«, zischt eine Stimme.

Thekla hebt ruckartig den Kopf. Auch sie hat es gehört.

»Du bist freiwillig übergetreten. Wenn man sich einmal entschieden hat, steht es unumstößlich fest.« Thekla hat ihr Gesicht zur Wand gedreht. Sie sieht mich nicht an, aber ihre Stimme ist schneidend, und fast glaube ich, die Worte richten sich an denjenigen, der dazwischengezischt hat.

Mir steigen Tränen in die Augen. »Ich wusste doch nicht, dass es so schwer ist, zurückzugehen. Bei uns ist das anders. Man kann sich auch wieder umentscheiden. Besonders, wenn man merkt, dass die Entscheidung falsch war. Man kann heiraten und sich anschließend scheiden lassen. Man kann auswandern und wieder heimkehren. Man ist *frei*. Verstehen Sie?«

»Ja, das verstehe ich. So seid ihr in eurer Welt.« Sie klingt herablassend. »Wann ist dein Geburtstag?«, fragt sie und dreht sich wieder zu uns um.

»Am 18. Februar.« Meine Stimme zittert.

»Gut, bis dahin bleibst du. Wir werden sehen, ob du von meinem Neffen abstammst. Falls nicht, kannst du meinetwegen verschwinden. Ohne deine Erinnerung, versteht sich.«

Ihre Miene spiegelt keinerlei Gefühlsregung. Darum unterdrücke ich meinen Zorn ebenfalls.

»Was ist, wenn ich mich als Adenkind erweise? Muss ich dann für immer hierbleiben?«

Ich habe keine Ahnung, was sie von mir verlangt.

»Damit wären wir wieder bei unserem Punkt.« Ein Bajun erhebt sich. »Was wird aus dem Portal? Soll es offen stehen, bis das Kind gehen darf?«

»Willst du Mischa hierbehalten?« Die Frage des Lykoten, der sich ebenfalls erhebt, klingt gierig.

Eine behufte Frau mit dunklem Zopf, nacktem Oberkörper und mit Brustwickel, eine Schafsfrau, ein kleiner Mann von Myrells Leuten, ein junger Typ aus Ergors Volk, ein Tylwyth Teg mit Schwingen und eine ohne Libellenflügel, aus eigentlich jeder Gruppe steht ein Vertreter auf.

»Wir Kirone haben kein Interesse an der Menschenwelt«, ruft die Frau mit dem Brustwickel.

»Aber an unserer Welt doch schon? Oder?«, zischt die mit dem Schaffell sie an. »Wenn sie der Mischling ist und den Frieden über uns bringen kann, dann brauchen wir sie!«

»Die Floraner«, sagt der junge Mann, »haben Interesse an der menschlichen Welt. Nicht an den Menschen, an den Kräutern, den Pflanzen. Ich finde Theklas Entscheidung ausgesprochen weise, Brims Mädchen hierzubehalten und zu schauen, ob sie der Mischling ist. Gleichzeitig möchten wir darum bitten, nichts zu riskieren.« Er richtet sich nun direkt an Thekla. »Wir wissen nicht, was geschieht, wenn wir das Portal schließen. Es muss offen bleiben!«

»Warum nur dieses eine Portal?«, ruft die Tylwyth Teg ohne Flügel. »Bis vor Kurzem gab es in jedem Teil unseres Landes Portale. Jedem Volk gehörte ein eigenes. Wir alle haben zugestimmt, dass wir sie durch Wächter kontrollieren. Doch nun existiert nur noch eines, hoch in der Luft und im Adenland!«

»Genau so ist es!« Natürlich rebellieren die Lykoten und auch ein paar Bajune stimmen ein.

»Der alte Aberglaube, dass unsere Welt untergeht.« Die Amazone mit dem Brustwickel schüttelt spöttisch den Kopf. »Wir brauchen kein Portal, um zu bestehen. Warum soll irgendjemand dafür leiden? Was haben wir von der Welt? Nur Ärger bringen uns die Menschen!« Einige Aden applaudieren.

»Ah, seht ihr? Seht ihr es nicht? Seit heute Morgen streiten wir uns«, ruft die Schafsfrau. »Begreift doch, wie dringend wir den Mischling brauchen! Sie hat die Macht, uns zu versöhnen. Mischa«, wendet sich die Schafsfrau an mich, »wir Gusen folgen dir. Bring unserer Welt Liebe und Frieden!« Sie reckt ihre Arme vor wie zum Gebet.

Ich spüre plötzlich eine Hand auf meiner Schulter. »Meine Tochter«, Papa betont das Wort, »sollte nicht zwei Monate in Hain verbringen. Es ist nicht sicher …«

»Es reicht!« Thekla unterbricht ihn schroff.

»Ihr habt längst mein Urteil gehört. Februar! Der Rat diskutiert nun unter sich weiter.«

»Wenn Mischa sich nicht als Adenkind entpuppt, darf sie gehen. Aber was, wenn sie sich als mein Kind erweist?« Papas Stimme klingt provokant.

»Das wird dann entschieden. Im Moment bin ich noch eure Erzin. Ich versuche seit Jahren, den Frieden herzustellen. Deswegen fordere ich euch Lykoten letztmalig auf, freiwillig zu verraten, wo ihr das illegale Portal verbergt. Ob und wann ich das offizielle schließe, hängt auch davon ab.«

Im Saal wird es laut. Einige reden auf die Lykoten ein, dass sie ihren Starrsinn für das Gemeinwohl aufgeben sollen.

Thekla winkt den Froschmann herbei, der uns aus dem Saal führt.

Mein Vater ist nicht zufrieden mit dem Ausgang unserer Audienz. Er kneift die Augen zusammen und verschränkt die Arme vor der Brust. Sein kleiner Finger morst auf dem Unterarm. Abrupt dreht er sich zu dem Diener: »Ich muss die Erzin noch einmal sprechen. Unter vier Augen. Offensichtlich hat sie ein paar Aspekte nicht bedacht.«

# KAPITEL ZEHN

Doch aus dem Gespräch unter vier Augen wird erst einmal nichts. Der Diener führt uns in ein Schlafgemach und serviert uns dort ein »Süppchen«, einen zähen Brei aus Getreide und Kräutern, der leider nichts mit den köstlichen Speisen in Hainpforta gemein hat.

Jetzt liegen mein Vater und ich schweigend in den »Bettlein«. Die Augen meines Vaters sind geschlossen. Ich kann nicht sagen, ob er wirklich schläft. Abwechselnd betrachte ich seine entspannten Gesichtszüge und das Zimmer.

Zwei Monate soll ich also hier aushalten. Lieber würde ich den gesamten Rest meiner Schulzeit unter Aden Tweicks Kommando auf Hainpforta verbringen, als hier von Tag zu Tag aufs Neue zu bibbern, ob mich ein Lykot schnappt. Diese Mischlingslegende ist vollkommener Blödsinn. Wie soll ich es denn schaffen, Frieden zu stiften?

Vielleicht kann ich Papa überreden, dass er seine Vaterschaft abstreitet.

Ich denke an Mama. Sie weiß weder, dass der Tauschling tot ist, noch, dass ich wochenlang von zu Hause fortbleiben werde. Aber will ich mir die Erinnerung löschen lassen? Ich werde alles daransetzen, dass ich noch vor dem neuen Jahr wieder bei ihr bin! Und wenn ich auf eigene Faust zu diesem Portal zurückwandere!

Solange die Raunächte dauern, kann man leichter übertreten, heißt es. Vielleicht schaffe ich es sogar allein?

Meine Schienbeine jucken immer noch. Ich krempele mein rechtes Hosenbein hoch. Die Haut ist trocken und schuppig.

Der Froschmann hüpft herein. Ich lege meinen Zeigefinger an die Lippen, in der Hoffnung, sein Quaken verhindern zu können. Er versteht den Hinweis und schleicht so leise, wie es sein watschelnder Gang zulässt, durch das Zimmer.

»Wie heißen Sie?«, frage ich leise.

»Joggl«, sagt er. »Brim Tullwiss darf die Erzin nun sprechen. Richte es ihm aus, wenn er erwacht.«

Papa reckt sich. »Schon gut, ich bin wach.« Er fährt sich mit der Hand über die Oberarme, eine Angewohnheit, die verrät, dass gleich die Federn sprießen werden. Ich blicke beiseite, denn noch immer ist mir dieses Schauspiel unangenehm.

»Bleib bei Mischa und pass auf sie auf«, befiehlt er Joggl im Hinausgehen. Die beiden scheinen sich näher zu kennen, als es zunächst den Anschein hatte.

Joggl nickt und verschränkt die Hände hinter seinem Rücken. Er rührt sich keinen Millimeter von der Stelle.

»Bin ich jetzt eingesperrt?«, frage ich nach einer Weile.

»Ich soll auf dich aufpassen. Dein Väterchen hat's befohlen. Und die Erzin wünscht deine Sicherheit.«

Er schwabbelt ein Stück näher und deutet auf meine Beine.

»Soll ich dir ein Sälblein bringen gegen den Juckreiz?«

Ich seufze. »Das wäre großartig.«

Ein paar Minuten später erscheint er mit einem Cremetiegel. Ich verreibe eine dünne Schicht auf meiner Haut. Das Jucken hört schlagartig auf.

Eine Weile schweigen wir uns an. Ich frage mich, was es so lange zu besprechen gibt. Sicher berichtet er von dem Lykotenangriff. Ich hoffe, dass er Thekla überzeugen kann, dass es in meiner Welt weniger gefährlich für mich ist.

Meine Welt. Mein Herz fängt wie wild an zu schlagen bei dem Gedanken, dass ich nie wieder zurückkehren darf. Mama, Klaas, meine Großeltern, diese Menschen sind mein Leben und sollen es bleiben. Trauer erfasst mich, als wäre es bereits beschlossen, dass ich sie alle nie wiedersehen werde. Mit einem Mal vermisse ich sogar Hanna, Fridolin, selbst Jette so sehr, dass mir Tränen in die Augen schießen. Ich hoffe wirklich, dass Papa einige schlagkräftige Argumente vorträgt und seine Tante umstimmt.

»Gibt es hier eigentlich einen Nynyktar?«, höre ich mich mit zitternder Stimme fragen.

»Natürlich. Aber ohne Genehmigung …« Joggl zuckt mit den Schultern.

»Ich will bloß mit meiner Mama sprechen.«

»Tut mir leid …«

»Dann lassen Sie mich wenigstens meinem Freund etwas ausrichten. Basilander Wyth, ein Tylwyth Aden. Es ist wirklich wichtig.« Ich greife Joggls Hand und drücke sie fest. Seine Handschuhe fühlen sich an wie Krepppapier. »Bitte. Ich muss verhindern, dass er sich auf eine gefährliche Reise begibt.«

»Tut mir leid, dein Väterchen hat …«

»… nur gesagt, dass Sie auf mich aufpassen sollen. Er hat nicht gesagt, *wo*«, unterbreche ich ihn.

»Na schön. Na schön. Zwei, drei Wörtchen müssten genehmigt sein.«

»Genau, allen Gefangenen wird ein Telefonat gestattet.«

»Wie bitte?«

»Ach, nichts«, sage ich.

Joggl lotst mich umständlich durch die verschiedenen Etagen, sodass ich bald die Orientierung verliere. Vermutlich verwirrt er mich absichtlich. Ich gebe es auf, mir die Gänge, Abzweigungen und Treppen einzuprägen.

Während unserer Wanderung durch den Palast erzählt Joggl mir von der Geschichte Hains. Soweit ich sie verstehe, denn zu Beginn fällt es mir schwer, mich zu konzentrieren, die vielen Eindrücke verwirren mich – Gemälde, diese Libellenfenster, merkwürdige Dekorationsstücke und das Auf und Ab durch den Palast. Und mein Herz ist so unruhig. Alles dringt gleichzeitig auf mich ein. Jedenfalls verpasse ich die Ur- und Frühgeschichte und steige erst da wieder mit meiner Aufmerksamkeit ein, als er beginnt, vom Bund zu erzählen, der sich nach langem, erbittertem Kampf zwischen den verschiedenen Völkern gegründet hat.

»Der legendäre Mischling tauchte nie auf. Auch als viele sich aufmachten in eure Welt, um den Mischling zu zeugen. Ja, es gab eine Zeit, da war es ein richtiger Sport, Mischlingsväterchen oder -mütterchen zu werden. Doch nie verband sich ein Menschlein in wahrer Liebe. Selbst die Tylwyth Teg und die Aden, die durch ihre Schönheit und manch anderen Trick betören, verführten nur, aber berührten nie das Herz der Auserwählten. Nein. Einmal gelang es einem Bajun, Liebe zu erwecken, doch bei einem Mann. Aufgeklärte Stimmen erhoben sich, die Legende sei Humbug. *Taten statt Warten* lautete die Parole. Der Bund wurde gegründet, und seitdem gibt es den gemeinsamen Rat. Das hat uns etwas Frieden gebracht. Die Völker stellen den Erz oder die Erzin im Wechsel.

Thekla Tullwiss hat den Vorsitz nun seit zehn Jährchen. Und es wird Zeit für die Ablösung.«

»Wieso? Thekla ist doch noch jung.«

»Die anderen Völker dulden eine solch lange Regentschaft nicht. Doch wer sollte nach ihr kommen? Ein Lykot? Ein Bajun? Nein, als bekannt wurde, dass dein Vater mit einer Menschin zusammenlebt und ein Kind gezeugt hat, ist die Legende wieder zum Leben erwacht. Immer mehr Anhänger folgten ihr. Brim und Wendla wurde gefeiert. Sicherlich, es wäre klug, den Mischling zu küren. Jemanden, der nicht die Interessen eines einzelnen Völkleins vertritt.« Er schaut mich an, und ich verdrehe demonstrativ die Augen.

»Wir fürchten uns hier sehr vor den Streitigkeiten, die mit einem anderen Wechsel einhergehen werden. Und so bleibt Thekla Erzin Jährchen um Jährchen.« Er bleibt stehen.

Wir stehen vor einem Gemälde, dass einen hochgewachsenen Mann mit Libellenflügeln zeigt. Er trägt die Kette, die nun Theklas Hals ziert.

Wir schweigen einen Moment, dann patscht Joggl weiter. »Thekla glaubt nicht an die Legende, Kindlein. Auch nicht daran, dass du in irgendeiner Weise fähig wärst, unsere Welt zu regieren. Aber wenn du, der Mischling, ihre Großnichte, ihr zur Seite stehen würdest, wäre die Wiederwahl gesichert. Sie ist eine gute Erzin. Ich hoffe, dass die Völker sich friedlich einigen werden.«

Während wir weiterlaufen, wirbeln die Informationen durch meinen Kopf. Thekla Tullwiss will offensichtlich Erzin bleiben. Die Frage ist, ob mein Auftauchen für sie eher hinderlich ist oder ihr nützt. Ich verstehe nun, warum sie abwarten möchte, bis ich mich als Aden erwiesen habe. Wie auch immer das funktionieren soll. Was ich nicht verstehe, ist, wieso sie die Trennung zwischen meiner Welt und Hain will? Und was wollen die anderen Völker? Diese Amazone von vorhin schien regelrecht wütend auf uns Menschen zu sein. Wieso haben die Aden dazu applaudiert?

»Wenn ein Tylwyth Teg oder ein Bajun die Nachfolge antritt, wird es dann eine Lockerung der Gesetze geben? Dürfen dann wieder Waren zwischen den Welten hin und her wandern? Dürfte jemand wie ich kommen und gehen, wie er will?« Ich denke an Basil. Und an die Wechselbälger. An den Durst der Lykoten nach Menschenblut.

»Möglich. Nun ja, die Gesetze werden sicher nicht sofort umgestoßen. Ein Erz entscheidet nicht ohne den Bund. Und dem Bund gehören Vertreter aller Gruppen an. Letztlich wählen wir demokratisch, es ist genauso möglich, dass jemand Erz wird, der die Tore nicht nur versperrt, sondern *zerstört.*«

Wir verlassen den Prunksaal, den wir gerade durchschritten haben. Ein Trupp Wächter läuft in donnerndem Gleichschritt an uns vorbei.

»Nur fürs Protokoll: Wenn die Portale für immer verschlossen würden, könnten sich meine Eltern nicht mehr sehen.«

»Nicht mehr sehen, nicht mehr sprechen. Keiner weiß, was passiert, wenn sich die Tore schließen. Hain und die Erde sind darüber miteinander verbunden. Vielleicht kann die eine Welt ohne die andere nicht existieren? Niemand weiß es, aber alle haben Angst davor. Alle, außer Thekla.«

»Was ist, wenn mit unserer Welt etwas passiert? Klimakatastrophe, Meteoriteneinschlag, Atombombe, was weiß ich.«

Joggl zuckt heftig mit den Schultern. »Damit stellst du eine der zentralen Fragen. Wir wissen es nicht, die Meinungen der Experten gehen auseinander. Manche befürworten deshalb die Trennung, denn sollte eure Welt untergehen, reißt sie uns nicht mit sich in den Abgrund. Andere sagen gerade durch die Trennung unseren Untergang voraus. Es wäre sicher sinnvoll, wenn unsere beiden Welten sich begegnen und gemeinsam erforschen würden, wie sie zusammenhängen. Aber das ist momentan ein utopischer Gedanke.«

Mir gefällt die Vorstellung der sich begegnenden Welten. Dass ich dabei an Basil und mich denke, gebe ich gern zu.

Kurz schließe ich die Augen. Ich stelle mir vor, dass nicht Joggl, sondern Basil mir die Palastführung gibt. Das Patschen der Füße ignoriere ich und bilde mir ein, sein Arm würde langsam über meine Taille rutschen. Die Sehnsucht nach ihm trifft mich wie ein Hammerschlag. Ich reiße die Augen wieder auf, doch da ist nur Joggl, der mich fragend anschaut, und plötzlich überfällt mich die unheimliche Ahnung, dass ich Basil niemals wiedersehen werde.

Wir betreten so etwas wie ein Büro. An einer Wand reihen sich Glasschränke, in denen sich Urkundenrollen und Schriften stapeln. An einer anderen stehen gleich zwei Nynyktare.

»Bitte sehr.« Joggl deutet auf den linken.

In Zeitlupentempo schiebe ich mein Gesicht über den Kristall. Ich habe Angst, dass ich irgendetwas falsch mache und eine Hälfte meiner Nase verliere. Die ganzen rußigen Abdrücke auf dem Findling fallen mir ein. Kann auch beim Übertritt so ein Unfall passieren?

Joggl steht dicht hinter meinem Rücken. Ich drücke erst den rechten, dann den mittleren und den linken Hebel und beschwöre Basil in meiner Erinnerung herauf. Seine hellblonden Haare, seine klaren türkisblauen Augen. Ich erinnere mich, wie er lässig mit wehendem Mantel auf mich zuschlenderte und mein Herz bei jedem Schritt erbebte. Doch es klappt nicht. Es passiert rein gar nichts.

Ich stöhne.

»Alles in Ordnung?«, höre ich Joggl.

Ich ziehe meinen Kopf aus dem Nynyktar.

»Würde es Ihnen etwas ausmachen, mir nicht direkt am Rücken zu kleben?«, frage ich ungehalten.

»Entschuldige, Kindchen, nur reine Neugier, ob es gelingt. Das ist doch dein erster Versuch?« So wie er es ausspricht, könnte man meinen, es handle sich um eine peinliche Angelegenheit.

»Ich schaffe es nicht, eine Verbindung herzustellen.«

»Versuch es mit dem Gefühl, das die Person in dir weckt.«

Joggl tritt einige Schritte zurück, und ich beuge mich wieder über das Glas. Diesmal kneife ich die Augen zu und versuche, daran zu denken, wie ich mich fühle, wenn Basil bei mir ist. Wie alle anderen Dinge klein werden, wenn er meine Hand hält. Dass alles um mich herum verschwimmt, wenn er mich küsst. Ich denke daran, wie er riecht. Nach Wald, gleichzeitig frisch und trotzdem erdig, würzig. Ich denke an den Nachmittag in meinem Bett, als wir nebeneinandergelegen und uns geküsst haben, an die sahneweiße Haut seiner Schultern.

»Mischa!«

Ich reiße die Augen auf und sehe ihn kaum einen Meter vor mir. Einem Impuls folgend, strecke ich den Arm nach ihm aus, doch etwas hält ihn fest. Dankbar begreife ich, dass Joggl mich gerade vor einer Amputation bewahrt hat.

»Basil, ich bin in Haynyr. Wenn alles gut geht, kann ich spätestens im Februar zurück. Aber mein Vater verhandelt gerade noch darüber.«

»Was heißt das, du bist in Haynyr? Hast du Thekla Tullwiss gesprochen?«

»Sie will abwarten bis zu meinem Geburtstag, um zu sehen, ob ich eine Aden bin. Wenn ich nur ein langweiliger Menschling bleibe, darf ich zurück.« Die gelöschten Erinnerungen unterschlage ich. »Wenn ich mich als Halbaden beweise, dann, na ja, ich schätze, dann müssen wir noch mal verhandeln. Aber durch eure Mischlingslegende habe ich ganz gute Karten.« Diese Darstellung des Gesprächs mit Thekla ist übertrieben optimistisch.

»Hast du gewusst, dass ich *der* Mischling bin? Hey, sag bloß, du fandest mich nur deswegen gut«, necke ich ihn.

Ein Zucken in Basils Gesicht.

»Basil? Du brauchst keinen Tauschling mehr für mich aufzutreiben. Das ist doch toll, oder?«

Er antwortet nicht. Er sitzt auf einer grünen Lederbank, und erst jetzt fällt mir das Geräusch auf. Ein gleichmäßiges Rattern.

»Wo bist du? Ist das … ein Zug?«

Er nickt, und plötzlich schiebt sich ein zweiter Kopf in mein Sichtfeld: gebügeltes Hemd, Wuschelhaare, grüne Augen hinter einer schwarz gerahmten Kunststoffbrille.

»Klaas!«

»Hallo, Mischa«, antwortet er und hebt die Hand zu unserer Gettofaust.

»Klaas? Was machst du da? Was ist mit deiner Erinnerung? Wo seid ihr?«

»Wir fahren gerade durchs nördliche Frankreich, unterwegs

nach Carnac«, sagt Basil. »Klaas unterstützt mich bei der Suche nach einem Tauschling. Denkst du, wir sollten umkehren?«

»Keine Ahnung, was denkst du denn?«

»Bei Thekla weiß niemand, was geschehen wird. Darfst du zurück, wenn du eine Aden bist, oder nicht? Was will Thekla denn von dir?«

»Ehrlich gesagt habe ich keinen blassen Schimmer, worauf sie wartet. Ich bin ja auch jetzt schon eine Aden, eine halbe. Ich bin die Tochter meines Vaters. Nur, wie soll ich das beweisen?«

Basil und Klaas blicken mich mit großen Augen an.

»Das hervorstechendste Merkmal eines Tylwyth Aden …«, beginnt Basil und zögert.

Klaas reibt sich nervös über die Lippen.

»Oh«, entfährt es mir. »Ihr meint, sie wartet, ob mir Federn wachsen?«

»Und? Wachsen welche?«, fragt Basil.

Ich schüttele den Kopf. »Bisher nicht.«

»Dann suchen wir weiter. Diesmal werde ich jedenfalls nicht den Fehler begehen, jemandem von dem Tauschling zu erzählen. Außerdem kann Klaas nicht zurück in die Nähe Hainpfortas.«

Jetzt ergreift Klaas das Wort. »Ich habe nur so getan, als würde ich trinken, Mischa. Frag nicht, warum, wahrscheinlich aus Neugier. Oder weil ich dort sein wollte, wo du bist. Basil hat mich im Wald aufgegriffen, als ich auf dem Weg zu diesem Buschmann war.«

Ich brauche einen Moment, bis ich kapiere, dass er Ergor meint. »Du hast also nichts vergessen?«

Er schüttelt den Kopf.

»Und du wolltest nach Hain?«

Er nickt.

»Aber warum flieht ihr?«

Jetzt spricht Basil wieder. »Weil die Lykoten Klaas mit Sicherheit ebenfalls finden wollen. Und wenn nicht die Lykoten, dann zumindest die Wächter.«

»Steht es denn jetzt fest, dass die Lykoten den Alten ermordet haben?« Ich senke meine Stimme.

Basil wischt sich die Haare aus der Stirn, und seine blauen Tropfenaugen verengen sich zu Schlitzen. Er fährt nachdenklich mit der Zunge über seine Unterlippe, was unglaublich schön aussieht. Ich versinke wieder für Sekunden in seinem Anblick. In diesem Moment möchte ich mich am liebsten durch den Kristall zu ihm beamen, so sehr fehlt er mir.

Als er seine Augen wieder öffnet, schimmern sie grün. »Die *Raunächte* dauern noch an. Und die Wunden waren eindeutig.«

»Sind sie wirklich so dumm, eindeutige Hinweise nicht zu vertuschen? Marts kommt mir ziemlich gerissen vor.«

»Vor wem fliehen wir dann?«, murmelt Klaas.

»Ich weiß nicht«, sagt Basil. »Aber Marts hat jeden Grund, dich in Hain festhalten zu wollen. Er hasst dich. Die Lykoten verfolgen ihre eigenen niederträchtigen Ziele, aber so, wie Marts auf Hainpforta über deinen Vater gesprochen hat, weiß ich, dass *er* dich aus persönlichen Gründen hasst.«

»Ich dachte, es geht ihm um mein Blut.« Ich schlucke.

Joggls Kleidung raschelt. Es ist Zeit, die Verbindung zu unterbrechen.

»Basil! Eines noch: Mein Vater hat neulich mit jemandem nyktiert. Ich weiß nicht, wer es war, aber er hat denjenigen beauftragt, dich in die Mangel zu nehmen. Vielleicht sind nicht nur

Klaas und ich in Gefahr. Passt auf euch auf. Und meldet euch, wenn ihr könnt.«

Ich warte auf eine Reaktion Basils, doch das Bild ist plötzlich wie eingefroren. Dann sehe ich nur noch den Kristall vor mir. Was ist passiert? Hat Basil meine Warnung noch gehört?

Langsam ziehe ich meinen Kopf aus dem Apparat.

»Haben Sie die Verbindung getrennt?«, fahre ich Joggl an.

Doch der antwortet nicht. Er wirkt völlig anders als noch vor ein paar Sekunden. Mit eisigem Schweigen zerrt er mich aus dem Büro, immer weiter über die Gänge, bis in unser Zimmer.

»Bist du von Sinnen?«, herrscht er mich an, kaum dass sich die Tür geschlossen hat. »Zwei Wörtchen, damit sich dein Freund nicht auf die Reise begibt. Das war ausgemacht.« Er senkt die Stimme. »Es gibt Angelegenheiten, die dich nichts angehen. Die du einfach nicht verstehst.«

»Meine Freunde werden bedroht. Ich werde bedroht. Ich weiß nicht, ob ich jemals in meine Welt zurückkehren darf. Und Sie sagen, dass mich das nichts angeht?«

»Dies hier ist auch deine Welt, Kindchen. Du bist eindeutig eine vom Vogelvolk«, quakt er mürrisch.

»Und woran können Sie das erkennen?«, frage ich schnippisch. »An meiner zwitschernden Singstimme vielleicht?«

Joggl deutet mit seinen Wackelpuddingfingern auf meine Schienbeine. »Noch etwas Salbe?«

# KAPITEL ELF

Vor den Palastfenstern kreisen Aden. Sie bilden eine V-Formation. Ein schriller Laut, und der Schwarm setzt sich in Richtung der Mauer in Bewegung.

Behutsam krempele ich die Leggings hoch. Im Zwielicht kann ich wenig erkennen. Ich beuge mich dicht über meine Haut. Statt kleiner Härchen überziehen winzige Pünktchen die Schienbeine, Pünktchen, die man für Dreckspritzer halten könnte. Mit dem Zeigefinger fahre ich sacht darüber: Es pikst. Ich streiche fester. Aus dem Piksen wird ein Stechen, und ich ziehe erschrocken den Finger zurück. An der Kuppe bildet sich ein feiner Blutstropfen.

Joggl hat recht. Ich bin eindeutig dabei, eine Tylwyth Aden zu werden. Ein Vogelwesen.

Meine Hand zittert, als ich meinen Pulloverärmel langsam zurückstreife. Die Haut an meinen Armen juckt bisher nicht. Sie ist noch ganz bleich vom Winter. Die Adern schimmern bläulich, aber schwarze Pünktchen kann ich keine erkennen. Behutsam lege ich die Fingerspitzen der rechten Hand auf meinen linken Arm. Sie sind eiskalt, aber die Haut an meinem Arm ist warm und weich. Kein Piksen. Flügel wachsen mir vorerst keine. Ich untersuche den rechten Arm und finde auch dort nicht den kleinsten

Kiel. Noch nicht, denke ich, blicke auf meine Waden und weine. Die Kiele, die sich da kaum erkennbar aus meiner Haut schieben, sehen so fremd aus und so hässlich. Wie kleine Zecken, die sich überall in den Waden festgebissen haben. Je länger ich hinstarre, desto mehr von den abstoßenden Punkten fallen mir auf. Wütend wische ich die Tränen fort. Ich will keine Federn an meinen Beinen! Ich will nicht hier sein! Ich will zurück in meine Welt, und ich will Basil wiedersehen!

Als mein Vater das Zimmer betritt, hocke ich noch immer mit der hochgerollten Leggins auf der Liege. Hinter einem Schleier aus Tränen nehme ich wahr, dass er auf mich einredet. Mein Vater ist so in Rage, dass er meine Tränen gar nicht bemerkt.

»Eine der dümmsten Aktionen«, schimpft er aufgebracht.

Hat Joggl mich verraten? So wütend habe ich ihn seit meiner Ankunft nicht erlebt.

»Denken sie, sie könnten sich so leichter verstecken?«

»Was ist?« Meine Stimme zittert. Verstohlen wische ich mir über die Wangen.

»Aden Tweick hat Nachtwache gehalten, wegen der *Raunächte*. Die Schüler dürfen das Gelände gerade nicht verlassen. Aber ein Lykot war im Wald. Es kann niemand aus Hainpforta gewesen sein.«

Im ersten Moment bin ich bloß erleichtert, dass er nichts von meinem Gespräch mit Basil und Klaas weiß. Doch als er weiterspricht, dämmert mir, was passiert ist.

»Der Übertritt hat Thekla provoziert. Sie befiehlt gerade, das Portal in Hainpforta schließen zu lassen.«

»Nein!« Ich richte mich auf. »Das kann sie nicht machen!«

»Alle nötigen Vorkehrungen werden bereits getroffen.«

»Aber Basil und Myrell und all die anderen Internatsschüler, was wird aus ihnen?«

»Die Schüler werden in den kommenden achtundvierzig Stunden evakuiert. Der Übertritt sämtlicher Schüler wird eine Weile dauern, da vor allem die jüngeren noch nicht ohne Begleitung reisen können. Die Wächter bleiben anschließend dort, um Hainpforta zu bewachen, falls der Lykot zurückkehrt. Aden Tweick will den Portalausgang auf eurer Seite finden. Aber er hat nur bis zur Silvesternacht Zeit, dann müssen auch die Wächter übertreten, und das Portal wird versiegelt.« Missmutig schiebt er sein Bündel vom Stuhl und lässt sich darauf fallen.

»Was ist mit mir? Kann ich dann nie mehr zurück?«

»Mach dir keine Sorgen. Ich denke, dass Thekla mit sich reden lässt. Nur deine Mutter werde ich wohl nicht wiedersehen.«

Wahrscheinlich wünscht er sich, dass ich nun sage, ich wäre bereit für Hain. Und dass wir meine Mutter schon überreden werden, hier zu leben. Doch der Schock über die Kiele an meinen Schienbeinen macht mir deutlich klar, wie wenig ich zu dieser Welt gehören will.

Joggls Worte dröhnen in meinem Kopf, von der einen Welt, die ohne die andere nicht leben kann. Solange die Lykoten ihr Portal offen halten, besteht zumindest noch eine Verbindung.

»Und wenn Thekla nicht mit sich reden lässt?«, frage ich zaghaft.

»Ich weiß es nicht. Wenn die Wächter das Lykotenportal finden, ändert Thekla vielleicht ihre Meinung. Der Erfolg könnte sie versöhnlich stimmen, was wir ausnutzen müssen.«

An meinen nackten Waden sprießen kaum sichtbare Federkiele, noch ein paar Stunden oder auch Tage, und sie sind scharf, und noch ein bisschen mehr Zeit, und sie werden sich in Federn verwandelt haben. An meinen Armen werden Flügel gewachsen sein, und mein Gehör wird Dinge wahrnehmen wie das Klopfen von Spinnenfüßen auf der Wand. Ich werde als der Inbegriff einer Aden vor Thekla stehen, und ich hoffe, dass meine schauderhafte Verwandlung ihr nicht völlig egal sein wird.

»Kann sie es denn einfach wieder öffnen, das Portal? Kann sie es auf- und zumachen, wie es ihr gefällt? Dann ist es gar nicht für immer verschlossen?«

Mein Vater schaut mich an und lächelt, doch in seinem Blick liegt Traurigkeit.

»Mischki, uns bleiben noch ein paar Tage, um das andere Portal zu finden, und dann kehrst du bestimmt wieder zurück.«

»Nein!« Ich lasse mich auf mein Bett sinken. »Wir brauchen nicht zu warten. Mir wachsen Federn«, stoße ich hervor.

Mein Vater beißt sich auf die Lippen, aber er schaut nicht hin.

Wortlos strecke ich mein Bein in seine Richtung. Er schweigt.

»Du hast die ganze Zeit gewusst, dass es keine Sonnenallergie ist, oder? Wieso hast du es Thekla nicht gleich gesagt? Wieso sitzen wir noch hier?« Ich springe auf. »Ich will zu ihr! Neu verhandeln.«

»Es geht nicht. Ich habe schon mit Thekla geredet. Die Evakuierung von Hainpforta hat jetzt Vorrang.«

»Und? Zwei Tage, die sitze ich hier locker ab!«

»Nein!«, sagt er entschieden und drückt mein Bein nach unten. »Dein Aufenthalt hat sich herumgesprochen. Wir werden an einen Ort fliegen, wo du nichts zu befürchten hast. Dort wird es dir gefallen, glaube mir.«

Ich stehe auf, nehme meinen Rucksack und gehe zur Tür.

»Wo willst du hin?«

Ich reiße die Tür auf und renne los. Doch keine drei Schritte, da hält mich mein Vater auf. Er nimmt mein Gesicht fest in beide Hände, nicht grob, aber so, dass ich gezwungen bin, ihn anzusehen. »Du bist meine Tochter, mein einziges Kind. Es lässt mich nicht kalt, dich so aufgewühlt zu sehen. Aber du musst mir vertrauen. Ich sorge für dich. Und im Moment gehört dazu, dass du bei mir bleibst und wir morgen zu diesem Ort fliegen.« Der Druck seiner Hände lässt nach. »Hab Geduld!«

»Ich will hier weg, heute noch«, sage ich, aber es klingt schon weniger nachdrücklich als noch vor ein paar Augenblicken.

»Du wirst nach Hause kommen. Ich verspreche es. Aber jetzt gehen wir in unser Zimmer und schlafen.« Er hält mir seine Hand hin. »Bitte.«

Vielleicht ist es der größte Fehler, den ich je begehen werde, aber ich lege meine Hand in seine und folge ihm.

In der Nacht liege ich reglos neben meinem Vater wach und weiß nicht mehr, was ich glauben soll. Das Portal wird geschlossen, aber es ist fast wie mit dem Adenwerden, erst jetzt, da mir Federn wachsen, verstehe ich, was es bedeutet.

Das Portal wird geschlossen!

Es kommt mir irreal vor, dass ich womöglich für immer hierbleiben muss.

Vorsichtig taste ich meine Beine ab. Ich spüre immer mehr und mehr Stoppeln, so als explodierten sie förmlich aus meinen Poren. Tränen rinnen meine Wangen hinab.

Die Hand meines Vaters beginnt sanft, mich zu streicheln. Leise murmelt er, dass alles gut wird. Ich berge meinen Kopf an seiner Schulter. Bevor ich einschlafe, gilt mein letzter Gedanke Basil. Ich muss noch einmal mit ihm reden und ihn warnen, damit er nicht in unserer Welt gefangen ist. Wenn er in meiner Welt feststeckt und ich in seiner, das wäre das Schlimmste überhaupt. All das passiert nur meinetwegen. Weil ich nach Hainpforta gekommen bin. Wäre ich nur niemals auf dieses verdammte Internat gegangen.

# KAPITEL ZWÖLF

Am nächsten Morgen sieht die Welt kein bisschen besser aus. Joggls Salbe beruhigt die gereizte Haut, reduziert das Jucken auf ein erträgliches Maß. Trotzdem muss ich meine ganze Willenskraft aufbringen, um nicht ständig nach den kleinen Kielen zu tasten.

Die Laune meines Vaters hat sich gebessert, er wirkt zuversichtlich. Beim Frühstück äugt er aufmerksam zu mir herüber. Ich reibe mit der flachen Hand verstohlen über den Leggingsstoff.

Wie mühelos er meine Verwandlung überspielt.

»Du und Aden Tweick habt euch über meine Veränderung unterhalten. Er will sicher, wie alle, wissen, ob ich wirklich ein Mischling bin. Ihr habt geahnt, was hier mit mir geschehen wird. Hab ich recht?«

»Du tust so, als wären wir zwei Tratschweiber. Ausgerechnet Tweick.« Er stößt ein raues Lachen aus. »Normalerweise kommt man als Aden auf die Welt. Und ich bin dein Vater, natürlich interessiert es mich, wie du dich entwickelst. Und ja, die Leute hier wollen wissen, welche Attribute aus unserer Welt der Mischling trägt.«

Es ist schon seltsam, wie stark die Gefühle für meinen Vater schwanken. In meiner Welt war er mein Held. Ausschließlich und absolut. Ich habe selten etwas anderes als Bewunderung und Liebe für ihn empfunden. Jetzt fällt es mir schwer, zu verstehen, warum er manchmal so seltsam reagiert, als wäre er immer ein Stück weit entfernt. Er lebt nun schon seit sieben Jahren wieder in dieser Welt. Vielleicht ist es ja das. Was weiß ich schon über die Tylwyth Aden und all die anderen fremdartigen Wesen? Vielleicht kann er auch mich nicht vollends verstehen.

Joggl wackelt ins Zimmer. Hoffentlich erwähnt er meinen Ausflug zum Nynyktar nicht. Der Ausflug, bei dem ich Basil gesteckt habe, das mein Vater jemanden auf ihn angesetzt hat. Wieder etwas, das ich nicht verstehe und wofür ich ihn nicht mag.

Joggl stellt eine Kanne mit Wasser vor mir ab.

»Ist das zum Trinken oder zum Waschen?«, frage ich und lächele ihn an.

Stumm gießt er das Wasser in meinen Becher.

»Schade, dass das Portal geschlossen wird. Finden Sie nicht?« Auch mein Vater erhält einen Becher voll Wasser.

»Kann man dann eigentlich noch nynyktieren?«

»Die Nynyktare werden ebenfalls in unsere Welt geschafft«, sagt er.

»Aber von Hain in unsere Welt, ginge das?«

»Mischa«, unterbricht mich mein Vater und reicht Joggl seinen leeren Teller. »Wir haben andere Sorgen. Iss! Stärke dich für die Reise.«

Mir bleibt keine Zeit, um herauszufinden, ob Joggl mich noch einmal zu diesem Nynyktarraum begleiten würde, denn mein Vater treibt zur Eile. Seine Zuversicht ist Anspannung gewichen.

Wir stehen auf demselben Balkon, auf dem wir gelandet sind. Mein Vater schirmt seine Augen gegen die Sonne ab, die noch flach am Horizont steht, aber bereits so heftig brennt, dass die Luft um sie herum zu vibrieren scheint.

»Nutzen wir die kühlen Morgenstunden.«

Das Tragegeschirr schaukelt langsam vor und zurück, während mein Vater sich in die Luft schraubt.

Vielleicht brauche ich das Ding bald nicht mehr, fährt es mir durch den Kopf, und ich schlucke die Tränen herunter, die gleich wieder aufsteigen wollen.

Stunden später brennt die Sonne unerbittlich auf unsere Schädel. Keine Wolke spendet Schatten, nur ab und an fliegen wir unter den dürren Kronen von Bäumen hindurch, die allmählich dichter werden. Die Steppe geht in eine waldreiche Gegend über.

Ich bette meinen Kopf auf den Rucksack in meinem Schoß. In meinen Schläfen pocht es. Als ich darüberstreiche, merke ich, dass meine Stirn heiß ist. Mein Vater pfeift eine heitere Melodie.

»Wie lange kannst du ohne Unterbrechung fliegen?«, rufe ich gegen die Geräusche und sein Pfeifen an.

»Wenn es sein muss, fliege ich sogar im Schlaf. Wusstest du, dass Mauersegler Monate in der Luft verbringen?«

Und Menschen verbringen ihr Leben am Boden, denke ich. Ich brauche keine Flügel. Und ich will mir nicht vorstellen, wie es sein wird, wenn mir welche gewachsen sind.

Mein Vater steigt höher in die Luft, wo es etwas kühler ist. Ich richte mich auf. Wir fliegen nun so hoch, dass ich die Ausmaße des Waldgebiets erst richtig erfasse. Endlos ziehen sich die Wipfel, die von hier oben aussehen wie lauter Brokkoliröschen.

Mein Vater steuert nicht in das üppige Zentrum hinein, sondern hält sich dicht am Rand des Waldes, den er wie eine Wegmarkierung nutzt.

»Ist es noch weit?«, frage ich angesichts der schier endlosen Waldfläche.

»Noch gut zwei Flugstunden.«

Er fliegt nun so dicht über den Kronen, dass meine Füße die obersten Äste fast streifen. An manchen Zweigen wachsen Früchte, manche blühen in feurigem Orange oder zartem Hellgrün.

Ich weiß nicht, wohin mein Vater uns bringt, aber ich hoffe, dass es dort einen Nynyktar gibt, mit dem ich Basil erreichen kann. Ich lege meinen Kopf wieder auf den Rucksack.

Will ich denn überhaupt, dass er meine Welt verlässt? Wie war das? Wenn man als Aden zu lang in unserer Welt bleibt, verliert man seine Kräfte? Oder seine Federn? Heißt das also, ich werde in meiner Welt gar keine besitzen? Und Basil würde sie auch verlieren? Das Pochen in meiner Schläfe wird wieder stärker.

Vor uns flattert etwas auf. Erschrocken fahre ich zusammen. Eine Adenfrau steigt in die Luft. Hinter ihr tauchen noch zwei weitere auf, eine Frau und ein Mann. Sie umkreisen uns in einiger Entfernung.

Nach zwei Tagen in Hain habe ich mich fast an den Anblick der geflügelten Menschen gewöhnt, ihre Federn bringen mich kaum noch aus der Fassung, nur die Krallenfüße blende ich aus.

Die Aden vor uns schmückt allesamt das gleiche dunkelgrüne Gefieder, an den ungefiederten Stellen schützt glänzende Lederkleidung ihre Haut. Über ihren Schultern hängen Bögen und Köcher. Sie umkreisen uns mit Abstand.

»Was wollen sie?«, frage ich meinen Vater.

»Unter uns erstreckt sich das Gebiet der Lykoten. Sie überwachen es.«

»Brim!« Eine junge Frau mit eng an den Kopf geflochtenen Zöpfen schwebt nun vor uns. »Ihr seid weit weg vom Adengebiet. Was treibt euch her?« Misstrauisch ruhen ihre Augen auf uns. Sie haben einen stumpfen Grünton, wie die Augen von Puppen.

»Mischa, darf ich dir Kaaden vorstellen? Und ihre Schwester Ruli und Aram, den Bruder.« Alle drei schwenken zum Gruß einen Flügel.

»Du kennst ihren älteren Bruder, Aden Tweick.«

Die Frauen und der junge Mann tragen die typisch einnehmenden Züge der Adenleute und deren dichtes Haar, auch wenn Ruli ihres raspelkurz geschnitten hat. Das Grün ihrer Federn ist kräftiger und dunkler als bei Aden Tweick. Nein, Ähnlichkeit kann ich kaum erkennen.

Ich lächle unsicher.

»Und du bist der Mischling, halb Mensch?« Kaaden schaut abschätzig auf meinen Sitz.

Ich spüre, wie ich fast beleidigt bin. Hab ich mich so schnell an die Ehrfurcht gewöhnt, die mein Mischlingsstatus mit sich bringt? Wahrscheinlich ist es nicht böse gemeint. Die Aden sind sehr direkt. Das habe ich ja mittlerweile gelernt.

Ruli und Aram kreisen wieder. Aram wirkt nervös.

»Der gelbe Pullover«, sagt er unvermittelt. »Wir halten seit drei Tagen mühevoll unsere Tarnung aufrecht. Zieh ihn aus!«

»Suchen wir besser Schutz zwischen den Wipfeln.« Ruli fliegt steil auf und dann in scharfem Sturzflug in das Dickicht der Kronen. Wir folgen ihr.

Die Hütte auf der Plattform ist nicht so groß und komfortabel wie das Baumhaus meines Vaters, sondern nur ein einfacher Wachstand, aber ich bin froh, dass wir endlich landen. Mir ist vom langen Flug schlecht. Außerdem fühle ich mich auf meinen eigenen Füßen den Aden gegenüber nicht mehr so unterlegen.

»Also, was treibt ihr hier draußen im Lykotenland?«, fragt Kaaden, während Ruli und Aram am Rand der Plattform Posten beziehen. Die Bögen vor der Brust, bereit zum Schuss, schweifen ihre Blicke durch den Wald.

»Wir sind auf der Durchreise, weiter zum Ring. Also nehmen wir nur einen Augenblick eurer Gastfreundschaft in Anspruch.«

*Ring.* Hab ich das nicht in den letzten Tagen schon einmal gehört? Doch mir ist so übel, dass ich mich nicht auf den Gedanken konzentrieren kann.

»Ich habe nichts dagegen, wenn ihr bald wieder aufbrecht.« Kaaden bewegt sich keinen Zentimeter vom Fleck.

»Habt ihr schon etwas entdeckt? Ich bin durch Mischas Besuch nicht zur Portalsuche eingeteilt, aber es interessiert mich natürlich. Ihr wisst, das Thekla unser Inselportal schließt?«

Ruli und Aram werfen sich einen Blick zu.

»Gestern hat Ruli etwas glitzern sehen, aber es war Fehlalarm«, sagt Kaaden. »Nur ein Silberreif, den jemand von den Tylwyth Teg verloren haben muss.«

»Überwacht ihr so ein großes Gebiet, bis zum Korriganenland? Zu dritt? Finden keine Verhöre statt?«

»Die Verhöre führen die Kirone. Vom Boden aus. Thekla hat nur uns für die Überwachung aus der Luft abkommandiert. Das ist unauffälliger, meint sie.«

»Es ist nutzlos«, stößt Ruli hervor.

Aram fliegt auf. Vielleicht hat er am Waldboden etwas entdeckt? Wir anderen schweigen und warten.

Der Juckreiz an meinen Beinen nimmt wieder zu, aber ich werde einen Teufel tun und mich vor diesen eingebildeten Aden bücken. Aden Tweick nimmt sich gegen seine jüngere Schwester richtiggehend herzlich aus.

»Die Verhöre bringen auch nichts«, fährt Ruli unvermittelt auf. »Die Lykoten erkennen Thekla nicht mehr als Erzin an. Unsere Rechte und Regeln treten sie mit ihren räudigen Pfoten. Warum knickt Thekla ein und schließt unser Portal? Merkt sie nicht, dass sie den Lykoten damit noch mehr Macht überlässt? Wir verschwenden unsere Zeit damit, über das Lykotenland zu kreisen, in der Hoffnung, dieses verlogene Pack würde uns sein Portal bereitwillig präsentieren.«

»Ruli«, zischt Kaaden. »Deine Meinung ist unwichtig.«

»Es ist auch deine Meinung!«

Verstohlen scharre ich nun doch mit meinem Fuß an der Wade, denn das Jucken wird immer unangenehmer. Die Übelkeit regt sich auch wieder. Ich würde mich gerne hinsetzen. In meinen Waden brennt es, wahrscheinlich hätte ich nicht kratzen sollen. Wie das Gift eines Bienenstichs breitet es sich aus.

»Das Portal befindet sich unter der Erde, jede Wette. Und wir haben alles Recht, eine Armee gegen die Lykoten aufzustellen und sie zu zwingen, es aufzugeben«, sagt Ruli.

Aram taucht wieder auf, atemlos. Noch in der Luft ruft er: »Feuer! Sie greifen die Bodenstützpunkte an.« Dann dreht er ab.

Ruli stößt sich von der Plattform ab und stürzt ihm hinterher.

Auch Kaaden richtet ihr Gefieder auf. »Wenn euch unterwegs etwas auffällt, dreht ihr um und gebt uns Bescheid.«

Mein Vater nickt.

In mir brennt es wie Feuer, und mein Kopf beginnt zu schmerzen. Das ist alles zu viel für mich.

Ich muss mich hinsetzen und stolpere einen Schritt auf den Rand der Plattform zu. Das Grün der Bäume scheint sich mit einem Mal zu verdichten, und ich brauche dringend Luft und Platz. Irgendetwas läuft hier falsch.

»Mischa?«, fragt mein Vater.

Ein Flügel greift nach mir, ich verliere das Gleichgewicht und stürze.

Kühle Luft streift meine Stirn. Unter uns breitet sich immer noch Wald aus. Ich sitze wieder in dem Sitz aus geflochtenem Strick, festgeschnürt, sodass ich mich nicht bewegen kann.

Mein Vater über mir pfeift nicht mehr. Ich höre seinen angestrengten Atem und spüre die kräftigen Schläge seiner Flügel bis in meine Knochen, die davon schmerzhaft vibrieren. Der Flugwind ist eisig, aber meine Wangen glühen.

Ich will ihm zurufen, dass ich wach bin, aber aus meinem Mund dringt nur ein schwaches Stöhnen.

»Direkt unter uns liegt der *Einsame Wald*«, höre ich meinen Vater.

Kahle schwarze Äste ragen unter mir auf. Die Äste verwandeln sich in rußige Holzbalken, auf denen Aden in weiten Hosenröcken sitzen. Ich erkenne eine. Es ist Jette, die mir zuwinkert. Die Äste beginnen zu glühen, und alle Aden fliegen gleichzeitig in die Luft, wie bunte Schneeflocken, die in den Himmel hinauffallen.

Jette kommt zu mir. »Die Farbe«, sie deutet auf einen Holzbalken, zwischen dessen Schwarz es nun Türkis glimmt, »anziehend, oder? Wusstest du, dass wir Aden jeden bezaubern? Ach, wenn ich doch nur nicht so schreckliche Augenringe hätte.«

Plötzlich trägt sie keine Federn mehr. Wir stehen vor unserer Schulruine und wollen die Hamster retten, doch die Tür ist verschlossen. Ich rüttle an ihr, greife nach dem Türklopfer, der aussieht wie ein Pferdekopf. Jede Ecke der Tür ziert ein geschnitzter Kopf, ein Mensch, ein Adler, ein Ochse und ein Hund, was mich irritiert, doch ich habe keine Zeit, darüber nachzudenken. Ich klopfe mit dem Ring, der dem Messingpferd durchs Maul ragt. Die nackte Frauenfigur in der Mitte der Tür öffnet die Augen. »Was willst du, Mischa?« Es ist Thekla. Mit ihren langen schwarzen Locken bedeckt sie den nackten Körper, durch den ein Riss geht, genau dort, wo sich die Türflügel berühren. Sie lacht plötzlich. »Aber du bist ja gar nicht Mischa.«

Ich erwache. Über mir der Himmel, die Wolken bewegen sich, aber ich liege still, nur mein Atem geht schnell und flach.

Ich liege?

Neben mir im Gras kniet mein Vater. Seine kühle Hand streichelt meine Stirn.

»Trink etwas«, sagt er und hilft mir beim Aufrichten. »Du hast Fieber. Aber wir sind bald da, in Sicherheit. Dann kannst du dich ausruhen.«

Ich trinke Wasser aus einer Feldflasche, die er aus seinem Bündel holt.

»Du reagierst sehr heftig auf deine Verwandlung. Aber keine Sorge, dort, wo ich dich hinbringe, kennen sie sich mit solchen Reaktionen aus.«

Meine Verwandlung. Ich lasse mich zurücksinken. Die letzten Worte meines Traums fallen mir wieder ein.

Das Mädchen, das ich vor Wochen war, bin ich das noch?

Mein Vater steht schwerfällig auf, braucht beide Hände, um sich hochzustemmen. Er zurrt sich den Gurt um seinen Oberkörper fester. »Nur noch ein kleines Stück, Mischa, wir müssen weiter.« Er reicht mir seine Hand. »Du hältst das durch. Nimm das und leg es dir auf die Zunge.«

Der Griff in die Tasche des Hosenrocks bringt ein zusammengerolltes, welkes Blatt zum Vorschein. »Ich habe gesehen, wie du das Daunblatt der Alten auf den Konfektteller hast fallen lassen.«

Die Pflanze schmeckt nach nichts Besonderem, vielleicht wie Gras. Mir wird wieder schwindelig. Mit zittrigen Beinen rutsche ich in den Sitz und schnalle mich fest, für den Fall, dass ich noch einmal das Bewusstsein verliere.

Bald erreichen wir ein Hügelfeld. Mein Kopf liegt schlaff auf dem Rucksack in meinem Schoß. Die Hügel, ein Dutzend oder mehr, schieben sich wie grasbewachsene Beulen vor uns aus dem Erdreich, in gleichmäßigem Abstand, etwa alle fünf Meter.

Je näher wir dem Feld kommen, desto unruhiger wird mein Vater. Ich spüre es an seinem Flügelschlag, er verliert an Gleichmäßigkeit. Mein Fieber oder die Verwandlung machen mich empfindlich für jede Erschütterung, die unangenehm in meinen Gliedern widerhallt. Seine Unruhe überträgt sich bald auch auf mich.

Der Hügel, vor dem wir landen, ist ein Hügel, ist ein Hügel, ist ein Hügel. Bis mein Vater sich eine Feder ausreißt, sie in einen kaum wahrnehmbaren Schlitz schiebt und eine Tür aufspringt. Sie öffnet sich in einen schwach beleuchteten Gang, der erst tief im Innern des Hügels abzweigt.

Ich löse die Schnallen und gleite mit wackligen Beinen aus dem Sitz. Das Brennen in meinem Körper ist nicht besser geworden.

Ich spucke das Daunblatt aus. »Wo sind wir?«, frage ich schwach.

»Diese Hügel sind Abraumhalden. Wir sind in einer Gegend, die wir den Ring nennen.«

In mir regt sich Widerstand. Den Namen habe ich bereits einmal gehört. Ich weiß nicht mehr, in welchem Zusammenhang, vielleicht bin ich zu matt, um mich zu erinnern, aber sein Klang löst ein unangenehmes Gefühl bei mir aus.

»Hier wurde früher der Kristall abgebaut, den wir für unsere Portale, die Nynyktare und den *Einsamen Wald* nutzen.«

Das also ist es. Der Ring! Aden Tweick und mein Vater haben sich darüber unterhalten. Mein Vater wollte hierher, um etwas über das Lykotentor herauszufinden. Ich habe erwartet, dass wir zu einem ruhigen Platz aufbrechen, an dem ich sicher bin. *Dir wird es gefallen*, hat mein Vater versprochen. Aber was soll mir an einem dunklen Tunnel gefallen? Wie sollte es mir bei Kollaborateuren der Lykoten gefallen?

»Du bringst mich unter die Erde? In einen Bergbau?«

Am liebsten würde ich mich am Eingang hinhocken und streiken. Lauthals rufen, alle sollen mit dem Quatsch aufhören, ihre Kostüme ausziehen, die Kulissen abbauen und mich endlich in Frieden lassen.

Das Gefühl der Machtlosigkeit legt sich wie mächtige Pranken auf meine Schultern, quetscht meine Brust zusammen und drückt mich nieder, sodass ich schließlich doch vor dem Eingang auf allen vieren hocke und keuche.

»Mischa? Ist dir übel?«

Mein Vater, noch mit dem Abschnallen des Fluggeschirrs beschäftigt, legt mir eine Hand auf die Stirn.

»Steigt das Fieber? Mischki, gleich kommt Hilfe.«

Ich schüttele den Kopf, dankbar, dass mein Gesicht von schwarzblauen Haarsträhnen verborgen wird. Andernfalls würde er bestimmt die Tränen bemerken.

»Geht schon, geht gleich wieder«, schwindele ich.

Ich atme tief ein und versuche, das Schwindelgefühl und die Enge in meiner Brust zu vertreiben.

Mein Vater tritt neben mir unruhig von einem Bein auf das andere. Ich hebe den Kopf und sehe in der Tiefe des Tunnels ein Licht auf uns zuschaukeln.

Ich spüre noch, wie die Arme meines Vaters unter mich gleiten und mich hochheben, dann kippt mein Kopf vornüber und landet hart an seiner Brust.

# KAPITEL DREIZEHN

Für einen Augenblick muss ich das Bewusstsein verloren haben. Weich wie auf Wellen schaukle ich dahin. Ich schlage die Augen auf. Ein Licht wird größer und größer. Ich erkenne graues Fell, eine lang gezogene Schnauze, spitze Ohren und behaarte Pfoten, die eine Laterne tragen. Ein Lykot!

Träume ich? Meine Augen fallen wieder zu. Überdeutlich höre ich von irgendwo her das Tropfen von Wasser, einen hellen Ton. Ein stetiger Luftzug streift meine Haut.

Mein Vater begrüßt jemanden, während er mir beruhigend über den Rücken streicht.

»Ay, welch freudige Überraschung, dass du zu uns kommst! Und dass du deine Tochter mitbringst.«

»Rodwang, Mischa ist krank. Sie gehört dringend ins Bett und braucht jemanden, der etwas vom Heilen versteht.«

»Daher die Blässe.«

Mir entweicht ein leises Stöhnen.

»Dann sollten wir uns beeilen.«

Mein Vater greift mich fester, und das Schaukeln beginnt von Neuem. Meine Lippen kleben aneinander. Kurz dämmere ich wieder weg, zucke zusammen und kämpfe mit aller Macht dafür, mein Bewusstsein zu behalten.

Das Tropfen klingt jetzt lauter. An der Wand wippen unsere Schatten. Manchmal verbinden sie sich zu einem einzigen Wesen. Dann zerteilt es sich wieder, und wir sehen aus wie die Figuren aus einem dunklen Märchen: Vogel, Hund und Mädchen.

Rodwang lotst uns durch die Tunnel, die mir wie ein gigantischer Irrgarten vorkommen.

»Ich bringe euch zum Kern. So nennen wir die inneren Höhlen, die sich ringartig um ein großes Gewölbe schließen. Dort haben wir unser Lager.«

Mein Pullover ist nass geschwitzt und klebt kalt an mir. Meine Zähne schlagen aufeinander.

»Schneller, Rodwang, sie hat Schüttelfrost.« Wir laufen jetzt, und mein Kopf fällt rhythmisch gegen Papas Brust.

Ich sehe den Lichtstrahl die Tunnelwand emporleuchten zu einer vergitterten Öffnung in der Decke. *Luftschächte* höre ich und dann *Wasser*. Kalte Luft fällt von oben. Ich wünsche mir eine warme Decke, damit das Zittern aufhört.

Meine Füße stoßen gegen irgendetwas. Ein betäubender Schmerz schießt bis hinauf in meine Oberschenkel. Mir wird wieder übel.

Plötzlich endet das Schaukeln. Auch der Luftzug und das tropfende Geräusch haben aufgehört. Ich liege. Eine Decke breitet sich über meinen Körper.

Dann dringen leise Worte an mein Ohr.

»Ruht euch aus. Auch du, der Flug war anstrengend. Ich zeige euch später das Gelände um den Kern. Das ist überschaubar. Doch je weiter ihr euch vom Zentrum entfernt, desto unübersichtlicher wird das Höhlensystem. Es ist sehr leicht, sich zu verirren. Ich rate euch dringend, nicht ohne einen von uns herumzustreunen.«

Mein Vater schnauft. »Du willst nur vermeiden, dass wir euer Waffenlager finden.«

»Brim, du glaubst doch nicht ernsthaft, dass ich einem Wächter unsere Geheimnisse anvertraue? Wenn wir denn welche hätten.« Rodwang lacht. »Ay, ihr seid unsere Gäste, aber verlang nicht, dass wir uns vor dir bloßstellen. Wenn du Teil der Gruppe wirst, schauen wir weiter.«

»Welche Gruppe?«, frage ich. Das Schlucken fällt mir schwer, und nun brennen auch meine Augen.

Zwei besorgte Gesichter beugen sich über mich.

»Der Ring stellt sich dir später vor. Sie sind alle schon gespannt auf den Mischling. Underdogs sind im Ring immer willkommen.« Er lacht wieder. Rodwangs Worte klingen freundlich, aber sein Äußeres versetzt mich nach wie vor in Unruhe.

»Brim, sieh nur, wie glasig Mischas Augen werden. Sie braucht dringend Hilfe.« Rodwang fasst mir an die Stirn. »Ich suche unsere Floranerin«, knurrt er.

Ich dämmere weg.

»Sie reagiert heftig, jaja.« Die Stimme ist alt, heiser und schmerzt in meinen Ohren. Die Berührung an meinen Waden brennt. Ich drehe mich weg, verstecke meine Beine unter der Decke, aber jemand ist hartnäckig und zerrt sie wieder hervor. Trockener Husten knallt in meinen Ohren.

»Leider, wie ich das sehe, haben wir es nicht mit den Symptomen einer zu schnellen, starken Mauser zu tun. Brim, deine Tochter zeigt Anzeichen einer Abwehrreaktion.«

»Was bedeutet das?«

»Ihr Körper wehrt sich, er verkraftet das Adenwerden nicht.«

Stille.

Ich fühle, wie sich ein Gewicht auf meinen Bauch legt, und öffne die Augen zu Schlitzen, blinzele an mir hinab. Auf der Bettdecke liegt flach eine Hand, die Haut ist schuppig und feucht, wie aufgeplatzte Rinde.

»Ich habe ihre Beine eingerieben, was das Brennen lindern wird. Und sie soll Daunblatt-Tee trinken. Dort in der Kanne auf dem Tisch findest du frischen Tee.« Wieder der trockene Husten. »Sie soll davon trinken, sooft und so reichlich sie kann, er senkt das Fieber und wird die Hitze aus ihrem Körper ziehen. Aber es kann sein, dass es nichts nutzt.«

»Nichts nutzt?« Mein Vater klingt erschrocken.

»Afaida will sagen, dass es für deine Tochter tödlich sein kann, eine Aden zu werden.« Rodwang ist also auch im Raum. »Wenn das Fieber nicht fällt, muss sie Hain verlassen.«

»Flöße ihr nur reichlich Daunblatt ein, dann kommt sie schon wieder auf die Beine.« Die alte Stimme bohrt sich in mein Hirn.

Hain verlassen. Das ist das Einzige, was ich will. Mein Fieber darf auf keinen Fall sinken. Dann müssen sie mich von hier fortschaffen, bevor das Portal verschlossen wird.

»Aber Mischa ist meine Tochter. Mein Kind. Wie kann sie es nicht vertragen, eine Aden zu werden?«

»Es kommt selten vor. Es ist eine Sache des Willens. Mir scheint, deine Tochter wehrt sich dagegen.«

Mein Vater brummt etwas.

»Tut mir leid, wenn ich dir zu nahe trete, Brim, aber wenn sie nur halb so stur ist wie du, kann das durchaus sein. Afaida, wir danken dir.« Rodwang legt der alten Frau eine Hand auf die Schulter.

Die Runzelhand klopft sanft auf die Decke und hinterlässt ein paar holzige Schuppen. Afaida erhebt sich. »Rodwang, Brim, ruft mich, wenn das Kind meine Hilfe braucht.«

Schlurfende Schritte entfernen sich.

Mit gesenkter Stimme sagt mein Vater: »Thekla hat angeordnet, das Portal schließen zu lassen. An Silvester. Mischa muss schnell gesund werden. In diesem Zustand können wir nichts mit ihr anfangen.«

»Weiß Mischa, dass sie hier festsitzt?«

»Sie hofft, wieder in ihre Welt zu dürfen. Aber diese Zusage hat Thekla gemacht unter der Bedingung, dass sie keine Aden ist. Nun wachsen Federn, obwohl sich meine Tochter mit aller Macht dagegen wehrt. Ich weiß nicht, was ich tun soll. Mischa gehört auch in unsere Welt, aber, Rodwang, meine Tochter darf nicht sterben!«

»Dann sollten wir Mischa davon überzeugen, sich nicht länger gegen ihre Mauser zu wehren.«

Ich schlage meine Augen auf.

Auf dem Tisch wartet Essen, und zwei Tonkrüge stehen dort. Ich verspüre keinen Hunger, nur ein furchtbares Brennen im gesamten Körper. Und meine Zunge scheint am Gaumen festgenagelt zu sein. Durst habe ich schon.

Mein Vater steht mit dem Rücken zu mir. »Ich danke dir, dass ihr uns aufnehmt.«

»Mach dir keine Sorgen, mein Freund. Mischa wird gesund. Afaida ist eine erfahrene Heilerin, und sie übertreibt gern, damit die Patienten sich an ihre Anweisungen halten. Ruh dich aus, du hast einen weiten Flug hinter dir. Später hole ich dich zur Versammlung.« Im Hinausgehen klopft er gegen den oberen Türrahmen. »Weißt du, jemand, der sich gegen sein Naturell wehrt, ist im Ring am richtigen Ort.«

Die Tür schließt sich, und mein Vater setzt sich an mein Bett. »Du bist wach?«

Wahrscheinlich fragt er sich, wie viel ich mitbekommen habe.

»Du sollst Daunblatt-Tee trinken. Viel.« Aus einer der Kannen auf dem Tisch gießt er einen Schwall Flüssigkeit in einen Becher.

Ich tue ihm den Gefallen und schlucke etwas von dem Gebräu hinunter.

»Wie geht es dir?«

Ich räuspere mich. »Mein Kopf tut weh.« Langsam richte ich mich auf.

Papa beginnt, die Lebensmittel vom Tisch in das kleine Regal zu räumen. Ich schlage die Decke beiseite, die mir so schwer vorkommt, als wäre sie mit Sand gefüllt. Erschöpft halte ich inne. Jemand hat mir meinen Pullover ausgezogen und auch die kurze Hose, die ich über der Leggings trug. Mein T-Shirt ist vom Schweiß klatschnass. Die Leggings ist bis zu den Knien hochgerollt. Vorsichtig taste ich nach den Kielen.

Eine durchsichtige Paste klebt auf meiner Haut, sie betäubt den Juckreiz tatsächlich. Die winzigen Pünktchen haben sich vermehrt und sind größer geworden.

»Sonderlich froh bist du nicht darüber.« Papa nickt mit dem Kinn in Richtung meiner Beine.

»Denkst du wirklich, es freut mich, wenn mir Federn wachsen? Es ist schon schwer genug, *dich* damit zu akzeptieren.«

»Mischa, jeder Mensch verändert sich auf dem Weg zum Erwachsensein.«

»Aber doch nicht so! Ich will keine hässlichen, schwarz gefiederten Beine und auch keine Flügel. Das ist gruselig. Damit sehe ich aus wie ein Monster.«

»Ich glaube nicht, dass deine Federn schwarz werden«, sagt er trocken und dreht mir den Rücken zu.

»Entschuldige. Das war fies«, sage ich zu dem eindeutig beleidigten Rücken.

Er rührt sich nicht.

»Du bist nicht gruselig.« Auch mein zweiter Versuch prallt an ihm ab. »Ich finde die Federn bei dir richtig hübsch. Thekla sieht phänomenal aus. Basil sowieso. Ich finde die Tylwyth Aden nicht hässlich, wie könnte ich? Bis auf Aden Tweick sind alle wunderschön. Nur, warum muss *ich* eine werden? Ich kann doch auch deine Tochter sein ohne Federn.«

Er reagiert immer noch nicht.

»Wie soll ich denn in meiner Welt damit leben?«

Diese Frage bringt ihn schließlich dazu, sich umzudrehen.

In seinem Gesicht finde ich keine Spur von Wut. »Ja, in deiner Welt ist anders zu sein oftmals eine Bürde«, sagt er ruhig. »Hier hingegen wirst du von vielen deshalb bewundert, weil du eben beide Welten in dir vereinst. Weil du anders bist. Du stellst die Verbindung her. Du bist ein Wunder. Allein deine Existenz zeigt, dass sich unsere Welten vereinigen können. Du hast die Macht, verfeindete Völker zu versöhnen. Du bist eine Aden. Auch wenn du es nicht wahrhaben willst, solltest du darüber nachdenken. Wenn du willst, könnten wir mit Wendla hier leben.«

Ich öffne den Mund, um zu protestieren. Ich bin kein Wunder. Ich will nicht in Hain leben, und ich habe keine Macht zu irgendetwas.

Papa lässt meine Unterbrechung nicht zu.

»Trotz und Wut werden dir nichts nützen. Entweder du akzeptierst es, oder …« Er stößt einen Seufzer aus. Er öffnet den Schrank, stellt eine Tasse auf den Tisch. Besteck klirrt, Teller klappern.

Wenn ich die Augen schließe und nur auf die Geräusche lausche, kann ich mir einbilden, zu Hause zu sein, und Mama bereitet in der Küche unser Abendessen vor.

Der Gedanke an zu Hause, an mein altes, normales Leben macht mich traurig.

Ist heute Heiligabend? Oder war das gestern schon? Ich habe die Zeit aus den Augen verloren.

»Ist in einer Kanne Wasser?«

»Du trinkst den Daunblatt-Tee.«

»Werde ich nicht«, sage ich.

»Wirst du doch!«

»Nein, denn wenn mein Fieber steigt, muss ich aus Hain weggebracht werden.«

»Wenn dein Fieber steigt, bleibt keine Zeit mehr, um nach Haynyr zu gelangen oder sogar zum Portal. Dann wird dein starrsinniger Kopf überhaupt nichts mehr wollen.«

»Ich muss nicht nach Haynyr. Ich muss nirgendwohin, wir sind genau an der Quelle. Du vermutest doch selbst, dass der Ring den Lykoten Kristall besorgt hat für ihr Portal.« Ich greife den noch fast vollen Becher, der neben mir auf dem Stuhl steht, und kippe seinen Inhalt auf den Boden. »Ich bin kein blödes Wunder!«

Verblüfft starrt mein Vater mich an. Dann, ganz langsam, nimmt er die Kanne mit dem Daunblatt-Tee vom Tisch. Er schüttet den Becher voll, dann führt er ihn an meinen Mund.

Ich kneife die Lippen zusammen. Mein Vater stellt die Kanne

ab und presst meine Wangen mit einer Hand so fest, dass mir keine Wahl bleibt. Ich öffne den Mund.

»Du trinkst«, sagt er ruhig.

Wütend funkle ich ihn an.

»Tut mir leid, Mischa, dass ich so hart zu dir sein muss, aber deine Stirn fühlt sich an wie Feuer, und das Letzte, was ich möchte, ist, deiner Mutter die Nachricht überbringen zu müssen, dass du tot bist.«

Ich schlucke.

Der weiche Rhythmus gepolsterter Pfoten kündigt Rodwang an. Mein Vater hat gerade noch Zeit, seine Hand von meinem Gesicht zu lösen.

»Ay, wie ich sehe, ist unser Fräulein Tullwiss bei Bewusstsein, freut mich.« Auf seinen struppigen Beinen stakst er durch den kleinen Raum.

Ich überlege, ob ich die Kanne nehmen und auch deren Inhalt auf den Boden kippen soll, damit er sieht, was ich von seiner Freude halte. Dann belasse ich es dabei, tiefer ins Kissen zu rutschen. Als ich die Decke hochziehe, merke ich, dass meine Hände zittern, doch ich weiß nicht, ob nur aus Wut oder auch vor Erschöpfung.

»Brim, wir wären dann bereit.«

»Ich möchte mit meiner Mutter sprechen«, sage ich. »Sie haben doch bestimmt einen Nynyktar.«

»Ja, natürlich, den haben wir. Aber du musst dich gedulden, bis dein Vater und ich von der Versammlung zurück sind.«

Mein Vater fasst Rodwang an der Schulter. »Sie darf mit ihrer Mutter sprechen, wenn sie die Kanne leer getrunken hat.« Er schiebt den Wolfsmann aus der Höhle.

Schüttelfrost überkommt mich, und ich wickle mich in die Decke, nur mein Kopf schaut noch hervor. Unter der Decke schiebe ich vorsichtig eine Hand auf meinen Arm. Gänsehaut, aber die kommt vom Schüttelfrost. Die Haut ist ganz weich, wie früher. Wie immer. Will mein Vater ernsthaft, dass wir hier als Familie in Hain leben?

Ich schiele zur Kanne. Kann ich den Inhalt unauffällig irgendwo verschwinden lassen? Ich sehe mich um, entdecke aber nicht mal ein Waschbecken oder eine Toilette.

Was, wenn Afaida recht hat und ich tatsächlich sterben werde, wenn ich den Tee nicht trinke?

Ich muss mit jemandem reden. Mit jemand Normalem, einem Menschen.

Irgendwo in diesem beknackten Höhlensystem wird es sicher einen Nynyktar geben. Ich muss mit meiner Mutter sprechen. Ob sie den Stapel Papier hinter dem Bild gefunden hat. Weiß sie von dem toten Wechselbalg? Und Basil, hat er meine Warnung noch gehört? Weiß er, dass die Portale geschlossen werden sollen?

Wenn ich mich nicht zu weit von dieser Höhle entferne, mir den Weg gut einpräge, werde ich mich schon nicht verlaufen.

Mühsam schiebe ich mich aus dem Bett. Dieser Tee hat gar nichts gebracht. Meine Beine fühlen sich schwach an. Mir wird schwindlig.

Ein Bild flackert vor mir auf. Marts' Zähne, vergraben in Basils Beinen. Ich muss mit Basil sprechen und mit meiner Mutter.

Wütend zerre ich an der Leggings, die an meiner eingesalbten Haut kleben bleibt. Ich schwitze, obwohl ich gerade noch vor Kälte geschlottert habe. Keuchend halte ich inne.

Ach, verdammt!

Ich stürze einen Becher Tee hinunter und gleich einen zweiten hinterher. Warte einen Moment.

Dann trinke ich einen dritten Becher, langsamer und achte dabei auf Veränderungen in mir. Das Einzige, was sich bemerkbar macht, ist meine Blase.

Also stehe ich auf, um eine Toilette zu suchen.

# KAPITEL VIERZEHN

Kleine Höhlen, die sich ringartig um eine größere, das Gewölbe, schließen. Ich erinnere mich an Rodwangs Worte, jetzt, da ich den Gang entlangschaue, der sich in beide Richtungen wölbt. Die Wände sind glatt gehauen und poliert, sodass der Glimmer im Stein auffunkelt und seine Maserung zum Vorschein kommt, sie bildet wolkige Muster. Auf der linken Seite des Gangs reihen sich die Türen zu den Höhlen aneinander, auf der gegenüberliegenden Seite stecken Lüster mit Kerzen in Halterungen. An der taste ich mich auf wackligen Beinen voran, doch der Tee fängt an zu wirken. Ich schwitze nicht mehr, und auch das Zittern lässt nach.

Als mein Vater mich fiebernd hier entlanggetragen hat, ist mir die Schönheit des unterirdischen Tunnels nicht aufgefallen. Wenn es nur ein wenig Sonnenlicht gäbe. Und ein Klo!

Gut, also egal, in welche Richtung ich gehe, ich kann mich nicht verirren, wenn der Gang von unserer Höhle aus im Kreis wieder zu ihr zurückführt.

Ich klopfe an jede Tür, überlege schon, mich einfach hinzuhocken, um zu pinkeln, da öffnet sich endlich eine, und eine dünne, alte Frau erscheint.

»Mischa?«

Ich ahne, wer vor mir steht. Die Finger sind braun wie morsches, feuchtes Holz, und eine Hustensalve empfängt mich. Die Alte trägt ein straff gezurrtes Kopftuch und einen Kaftan oder Kimono, jedenfalls ein bodenlanges Kleid mit weiten Ärmeln, das um die Hüfte gegürtet ist.

»Gibt es bei Ihnen eine Toilette? Bitte! Ich mache mir gleich in die Hose.«

»Ja, ja, komm rein. Hinter dem Vorhang dort …« Sie zeigt auf eine dunkelblaue Stoffbahn.

Ich flitze los.

»Du solltest im Bett liegen, nicht herumlaufen, auch wenn es mich freut, dich wieder auf den Beinen zu sehen. Dann hat mein Tee dir geholfen?«

Nur am Rand nehme ich das Durcheinander aus Kräutern und Töpfen wahr und einen stickigen Geruch wie verkohltes Laub. Erleichtert lasse ich mich auf die Kloschüssel plumpsen. Mein Herz schlägt heftig von der Anstrengung. Erschöpft schließe ich meine Augen und lehne mich seitlich an die schroffe Felswand.

»In eurer Höhle gibt es auch eine Toilette, hat dein Vater sie dir nicht gezeigt?«

»Er ist nicht da. Er ist mit Rodwang zu einer Besprechung.«

Leise klickt das Türschloss. »Möchtest du, dass ich dir einen Tee koche?«

Ich winde mich durch den Vorhang. Die Höhle ist vollgestopft mit Kräutern und Utensilien, doch was mir im Vorbeihasten wirr und chaotisch vorkam, entpuppt sich als eindeutig sortiert. Nur eben hängt und steht und stapelt sich viel zu viel. Jeder Handgriff zieht zehn weitere nach sich, schätze ich.

»Setz dich!« Sie rückt mir einen Korbstuhl zurecht, auf dem ein mit einem blühenden Busch besticktes Sitzkissen liegt. Ich gehorche, denn vielleicht besitzt die alte Frau nicht bloß ein Klo, sondern auch einen Nynyktar. Vielleicht weiß sie, wo ich einen finden kann.

»Ich koche dir etwas Besonderes.« Schon schiebt sie einen Schemel an die Wand, kraxelt hinauf, wühlt sich durch Kräutersträuße. Die Regale sind voll mit Glasfläschchen und Salbentiegeln. Sie reckt sich hoch, zu einer vollgehängten Stange, von der kleine Stoffsäckchen baumeln. Sie zieht eines nach dem anderen ab, schnuppert daran, und als ihre Arme so voll sind, dass kein weiteres Säckchen mehr Platz findet, ruft sie mich.

»Halte das bitte!«

Endlich hat sie ein Päckchen gefunden, mit dem sie zufrieden ist. Ein kurzer Blick auf mich. In meinen Armen balanciere ich die Säcke wie ein Wickelkind.

»Ist dir schwindelig?«

»Nein.«

»Wie steht es mit der Übelkeit, Fieber?«

»Schon besser.« Tatsächlich, das Daunblatt muss starke Heilkraft besitzen, denn an meiner Einstellung zu den Federn hat sich nichts geändert, doch die Krankheitssymptome sind fast verschwunden.

Überlegt Afaida, welchen Tee sie mir kochen will?

»Gut, dann sei bitte so lieb, mein Kind, und häng du die Säckchen wieder auf, du bist ein ganzes Stück größer als ich.«

Während ich mit den kleinen Stoffbündeln in meinen Armen hantiere, wuselt die Alte durch ihr Reich, zieht Schubladen auf, holt noch mehr Kräuter und Fläschchen, die allesamt auf dem Tisch landen. Besorgt schiele ich zu dem anwachsenden Haufen.

»Ach, wie angenehm, einmal Hilfe zu haben«, sagt die Alte unter einem Anfall von bellendem Husten. Es klingt, als schüttle jemand ein Döschen mit Pfefferminzpastillen.

Ich klettere vom Schemel und schlendere die Regale entlang. Schließlich setze ich mich wieder auf den Korbstuhl, um ihr zuzusehen.

»Sie …?«

»Afaida heiße ich.«

»… gehören zum gleichen Volk wie Gwindula und Ergor.«

»Ja, ja, Mischa, wir sind Floraner.«

»Sie kennen die beiden?«

»Oh ja, natürlich. Gwindula kenne ich nur vom Hörensagen, aber Ergor ist mein kleiner Bruder.« Sie lacht und bekommt einen erneuten Hustenanfall. »Für einen Floraner ist er außergewöhnlich ehrgeizig und hat ganz eigene Visionen. Das verleiht ihm schon eine gewisse Bekanntheit. Wir Floraner sind freundliche Wesen, wir helfen, wir geben, aber selten verfolgen wir eigene Pläne.«

Sie prüft die Zutaten auf dem Tisch, zupft Blätter ab, sortiert Kräuter, wiegt Mengen in der hohlen Hand, und was ihrem Urteil standhält, fällt in einen silberglänzenden Topf. Überall hinterlässt sie dabei braune, holzige Schuppen.

»Was bereiten Sie da zu?«

»Das ist ein Trank, den ich schon lange nicht mehr gebraut habe.«

»Und? Was bewirkt er? Löscht er meine Erinnerungen, oder bringt er mich dazu, keine Fragen zu stellen?«

Afaida sieht mich erschrocken an. »Oh, Mädchen, nein! Du musst keine Angst haben. Der Trank ist gesund und heilsam, aber in erster Linie bereite ich ihn wegen des Geruchs zu.« Sie hält inne. »Ich meine, ich könnte, wenn du es willst, einen Trank daraus machen, der deinen Willen weniger widerspenstig sein lässt.« Sie grinst und greift nach einem Strauß dunkelblauer Kräuter.

»Nein, danke!«

Afaida legt ihren Kopf schräg, sagt nichts, atmet schwer ein. »Weißt du, ich kann dir helfen, aber wenn es aus dir selbst kommt, wenn du es annehmen kannst, wer du wirst, wer du im Grunde schon bist …«

»Haben Sie einen Nynyktar?«, unterbreche ich Afaida.

»Nein.«

Sie stellt den Topf auf den Herd, entfacht mit respektvollem Abstand ein Feuer. Dann rührt sie im Tee. Die gleichmäßige Bewegung wird begleitet von kleinen Funken, die aufschlagen und verglimmen.

»Ah, dieses Feuer«, stöhnt sie. »Wenn es jemanden gäbe, der mein Leiden lindern könnte, ich würde es nicht so leichtfertig abtun wie du.«

Die Funken prasseln und knistern. »Elende Kummerrinde«, höre ich Afaida vor sich hin schimpfen. »Mischa, rühr du für mich, ich verbrenne förmlich.«

Auffordernd hält sie mir den Löffel hin, und als ich nicht reagiere, stößt sie ihn gegen meine Brust, als ob es wichtig wäre, dass ich diesen Trank rühre. Ich nehme ihr den Kochlöffel aus der Hand, die dampft und qualmt.

»Was ist mit Ihrer Haut?«, frage ich entsetzt.

Afaida kratzt eine Salbe aus einem Tontopf unter dem Herd und reibt sie auf die Hände. Der Geruch nach verschmortem Fleisch mischt sich mit dem blumigen Aroma aus dem Topf. Ein erleichterter Laut dringt aus ihrem Mund. Sie richtet sich wieder auf.

»Eine Anomalie. Meine Haut ist zu feucht und zu morsch.« Sie schlägt den Saum ihres Gewands zurück, verteilt auch dort großzügig die Creme. Wie bei Ergor flechten sich Äste ineinander, ein pflanzliches Skelett. Doch bei Afaida sprießen nur spärlich Blätter, und diejenigen, die wachsen, sind verkrüppelt und fleckig.

»Keines meiner Kräuter und Hölzer kann ich verwenden, entweder schimmeln sie, oder sie sind von Krankheit befallen.«

Betreten rühre ich im Topf, aus dem ein Duft aufsteigt, der so verführerisch ist, dass ich den Trank probieren will – egal, ob er irgendwelche geheimen Nebenwirkungen besitzt.

»Das ist bestimmt nicht einfach«, sage ich. »Für eine Floranerin.«

»Jedes Kraut, jede Rinde muss ich sammeln. Nichts Verwertbares wächst in mir.« Ihre hässlichen Finger streichen verloren über ihren Bauch. »Wir Floraner haben alle unseren ganz eigenen Zweig. Meinem Bruder zum Beispiel wächst ein sehr starkes Bannkraut. Nur ich kann meine nicht verwenden. Ich habe nie herausgefunden, wofür meine Zweige gut sind.«

Sie seufzt, und ihre dürre Brust hebt sich schwer.

»Aber was beklage ich mich. Ich bin im Ring. Fast jeder hier hat seine Geschichte. Ich bin nicht die Einzige, der etwas fehlt. Du kannst den Topf nun vom Herd nehmen.«

Ich wickle einen Lappen um den Griff und trage das heiße Getränk zum Tisch.

»Soll ich den frei räumen?«

»Nein, setz dich bitte. Du bist noch krank, und ich scheuche dich herum.«

Plötzlich sorgt sie sich wieder um mein Wohlergehen.

Sie gießt den Aufguss in einen Becher. »Der ist nur für dich, liebe Mischa.«

Afaida schaut interessiert zu, wie ich an dem heißen Getränk nippe.

»Es schmeckt gut«, sage ich und puste auf die dampfende Oberfläche.

Ich bin mir sicher, dass Afaida nicht grundlos in den hintersten Winkeln nach Zutaten gekramt hat. Sicher besitzt der Tee einen speziellen Zauber.

»Du musst deinen Weg selber finden, meine Liebe. Aber lass dir aus eigener Erfahrung raten, es ist schmerzlich, wenn einem etwas fehlt. Jetzt willst du Federn und Flügel nicht, aber das kann sich ändern.« Sie unterbricht sich. »Ich höre schon auf mit meinem Geplapper.«

»Danke für den Tee«, sage ich.

»Du hast kaum davon genippt. Du vertraust mir nicht, Mischa. Du musst lernen, anderen zu vertrauen, wenn du hier überleben willst. Du bist das begehrteste, angreifbarste, schutzloseste Wesen weit und breit.« Sie presst ihre feuchte Hand gegen den Mund, um ihren Husten zu unterdrücken.

»Weil ich angeblich dieser Mythos bin?«

»Ja, deshalb. Aber nicht nur. Ich habe dich untersucht.« Sie senkt ihre heisere Stimme zu einem rauen Flüstern. »Ich weiß, was dir fehlt.«

Ich runzle meine Stirn.

»Dir wachsen keine Krallen. Und keine Flügel. Deinem Vater habe ich es nicht gesagt. Sicher glaubt er, dass die sich nur später entwickeln werden. Aber unter deiner Haut konnte ich keine Anlage für Klauen ertasten, ebenso wenig wie für die Kiele an den

Armen. Es tut mir leid, aber du wirst nie Flügel haben. Und das, liebes Mädchen, macht dich in Hain sehr angreifbar.«

Das ist so ziemlich die beste Neuigkeit, die ich seit Tagen gehört habe.

»Jedes Volk kann sich verteidigen, auf die eine oder andere Weise«, fährt Afaida fort.

Ich denke an Myrells Schnelligkeit, an die Fähigkeit der Tylwyth Teg, Gedanken zu lesen und andere zu verzaubern, an den einlullenden Gesang der Bajune. Die Floraner haben ihre Hexentränke, mit denen sie den Geist vernebeln können.

»So sehen Sie uns Menschen? Als schwache, wehrlose Beute?«

Afaida nimmt mir die Tasse Tee weg, bückt sich unter den Tisch und richtet sich mit einer Flasche in der Hand wieder auf. Sie gießt den Inhalt der Tasse durch einen Trichter hinein und füllt zusätzlich aus dem Topf von der Flüssigkeit so viel hinzu, bis sie randvoll ist. Dann verschließt sie sie mit einem Stöpsel.

»Du wirst hier so lange keine Freunde finden, bis du lernst, zu vertrauen. Ich meine es gut. Nimm den Trank, keine Sorge, er wird deine Ablehnung nicht auflösen.«

»Was bewirkt er dann?«

»Er nimmt dir den menschlichen Geruch.«

Sie stellt die Flasche zwischen die Kräuter vor mir. Mein Gesicht spiegelt sich im grünlichen Gebräu. Beschämt blicke ich auf das verzerrte Antlitz dieses schwarzhaarigen Mädchens, das immer so stolz war auf ihren widerspenstigen Kopf, die die Beschreibung *stur* als Lob empfand. Ich drehe die Flasche um, weil ich das Mädchen gerade nicht sehen mag, doch das ist natürlich unsinnig, denn die Flasche dreht sich, das Spiegelbild bleibt.

»Danke«, wispere ich.

Als meine Hand die Flasche umschließt, legen sich Afaidas Finger über meine, ein Gefühl wie ein warmer Waschlappen, doch als sie sie löst, hinterlässt ihre Hand ein eisiges Brennen auf meiner. Erschrocken schaue ich auf.

»Teile es dir ein.«

»Das werde ich. Danke!«, sage ich. Ich spüre etwas in mir zerfließen. Nur ein kleiner, weicher Punkt zwischen meinen Schulterblättern, vielleicht dort. Es tut gut, und ganz kurz glaube ich sogar, es wäre schlau, Afaida dankend um den Hals zu fallen. Dann ist der Anfall vorüber, ich straffe meine Schultern und gehe.

Vor Afaidas Höhle weiß ich nicht mehr, ob ich mich nach links oder rechts wenden muss. Ich weiß noch nicht einmal mehr, wie die Tür zu unserer Höhle aussieht. Als mein Vater mich hineingetragen hat, war ich zu schwach, um darauf zu achten. Und vorhin war ich zu sehr damit beschäftigt, ein Klo zu finden.

Der steinerne Boden und die Wände glänzen kalt. Die immer gleichen, dreiflammigen Kerzenlüster liefern keinen Anhaltspunkt.

Ich laufe. Und vielleicht kehrt mein Fieber zurück, denn mir wird schwindelig. Ich höre die Kerzen flackern, als würde jemand feuchte Tücher ausschlagen. Mein Hörsinn gewinnt also an Schärfe. Mich fröstelt plötzlich wieder. Da vernehme ich zwischen dem Knattern der Flammen Stimmen. Ich kann sie genau orten, ohne jemanden zu sehen. Bisher lagen alle Höhleneingänge links, doch die Stimmen dringen rechts von mir aus einer Öffnung, und ihr Schall stößt gegen die glatten Wände und trägt sie bis zu mir. Ich taste mich den Stimmen entgegen.

Dann liegt das Gewölbe vor mir.

»Aber die Lykoten rüsten zum Aufstand«, höre ich die Stimme meines Vaters.

»Woher sollen wir wissen, was das Rudelvolk plant?«, antwortet eine männliche Stimme.

Ich schleiche mich bis an die Pfeiler heran, die den Eingang zum Gewölbe rahmen.

»Das ist nicht schwer zu erraten. Sie haben die Wächterstützpunkte in ihrem Gebiet in Brand gesteckt. In jedem Fall verfügen sie über ein gesetzeswidriges Portal.« Mein Vater ist also dabei, den Ring auszuhorchen.

»Ay, das hat sich auch bis zu uns herumgesprochen.«

Das war Rodwang. Ich lehne mich mit dem Rücken gegen die Wand und lasse mich vorsichtig hinabgleiten.

Der Schwindel nimmt stetig zu. Die Wirkung des Daunblatt-Tees scheint nicht nur schnell einzusetzen, sondern ebenso rasch und heftig wieder nachzulassen.

Ich umschließe die immer noch warme Flasche mit beiden Händen und drücke sie wie eine Wärmflasche auf meinen Bauch, denn das Licht und die Stimmen und die Geräusche der Kerzen setzen mir zu. Mein Atem geht schnell und flach, ich fürchte, wieder ohnmächtig zu werden.

Langsam drehe ich meinen Kopf. Ein Teil der Versammlung wird sichtbar. Die Halle ist beeindruckend hoch und hell erleuchtet, sodass ich blinzeln muss. Es brennen nicht mehr Kerzen als im Gang, doch ein riesiger gewölbter Spiegel überspannt die Decke, der das Licht vervielfacht. Eine handwerkliche Meisterleistung. Ich frage mich, ob er aus Kristall gefertigt ist.

Im Gewölbe hocken zwei Dutzend, vielleicht auch mehr, Aden, Bajune, Korrigane mit Libellenflügeln und ohne, Krötenleute wie Joggl, auch ein paar Lykoten und Kleingezoomte, und bilden einen Kreis.

Von meinem Standpunkt aus, verborgen hinter den Pfeilern, lausche ich.

Ab und an, wenn die Übelkeit etwas nachlässt, werfe ich einen Blick in den Spiegel, um zu sehen, wer spricht, doch sobald ich länger auf die Scheitel der im Spiegelbild verdrehten Versammlung schaue, wird mir wieder schwindelig.

Mein Vater in seiner Rolle als Wächter stößt auf wenig Gegenliebe. Überhaupt scheint das Flügelvolk nicht sehr beliebt zu sein.

Ein Tylwyth Teg schimpft unverhohlen über Thekla: »Das letzte Portal, die letzte Verbindung oben auf einer Insel mitten im Adenland? Erreichbar nur für Geflügelte? Überleg doch, Brim. Wen wundert es denn, dass die Erzin allmählich Anhänger verliert?«

»Nicht nur das.« Ein Kleingezoomter erhebt sich. »Der Kristall ist nahezu erschöpft. Das Graben ist gefährlich. Erst letzte Woche sind vier von uns gestorben, als sie eine Gasblase getroffen haben.«

»Nun, dann dankt doch der Erzin, dass sie euch von der schweren Arbeit entbindet. Neuer Kristall wird wegen ihrer Entscheidung kaum noch gebraucht.«

Ein Sturm aus Widerworten und Empörung brandet auf, und ich muss mir die Ohren zuhalten, denn die Wucht des Lärms dreht mir den Magen um, und ich muss mich beinahe übergeben. Als ich wieder hinhöre, redet eine Bajunin. »Jeden noch so kleinen Kristall aus jedem geschlossenen Portal hortet sie im Palast …«

»Sie hortet nicht, sie verwahrt, in Abstimmung mit dem Bund.

Der Palast ist Sitz des Bundes, nicht Theklas persönliches Refugium …«

Lachen erhebt sich, und mein Vater redet lauter, um sich Gehör zu verschaffen.

»… einer gewählten Vereinigung aller Völker …«

»… die angeführt wird von einer Aden. Du kannst nicht bestreiten, dass die Wächter zum Großteil Tylwyth Aden sind.«

»Auch Kirone, Floraner, Korrigane, Bajune.« Die Federn meines Vaters knistern.

Die Bajunin reckt sich vor, stützt sich auf ihren Armen ab, die Beine angewinkelt wie vorm Sprung. Ich lehne mich wieder zurück und halte die Flasche an die eine Seite meines Halses, an die Halsschlagader, deren Puls schnell und hart gegen das Glas boxt.

»Das ist ein Witz, wenn man sie zahlenmäßig vergleicht. Auf fünfzig Aden kommen drei, vier andere«, zischt die Bajunin.

»Ay, genug jetzt!«, kläfft Rodwang. »Die Aden sollten aufpassen, vor allem Thekla, dass sie nicht in den Verdacht geraten, ihre Macht zu missbrauchen. Wir im Ring beäugen die Entwicklung seit einiger Zeit mit Beunruhigung, denn es stimmt, der Eindruck …«

»Und der Ring sollte aufpassen, dass nicht der Eindruck entsteht, dass ihr die Lykoten bei ihrem Aufstand unterstützt. Worüber reden wir hier eigentlich? Stören euch die Aden? Geht es um das Kristallmonopol?«

Ich beuge mich wieder so vor, dass ich meinen Vater im Spiegel sehen kann. Wieso kämpft er hier allein gegen eine Meute von Andersgesinnten? Was bezweckt er damit? Wenn sie ihn angreifen, was wird dann aus mir?

Er redet unbeirrt weiter, pocht dabei energisch mit der Faust auf die linke Hand. »Wenn der Kristall erschöpft ist, sind wir alle darauf angewiesen, mit den vorhandenen Ressourcen zu arbeiten. Kristall ist teuer. Wer ihn besitzt, verfügt über Macht.«

»Ay, nichts anderes sagen wir.« Rodwang erhebt sich. »Thekla Tullwiss sammelt den Kristall, der uns allen gehört. Was kommt als Nächstes? Sie schließt die Portale. Will sie vielleicht auch noch die Nynyktare unter ihre Kontrolle bringen? Jeden einzelnen Kristall herausbrechen? Mit dem netten Nebeneffekt, dass wir untereinander nicht mehr frei kommunizieren können? Ja, unsere Gespräche kann sie bisher noch nicht überwachen.« Beifall heischend dreht er sich zu seinen Kameraden. »Ihre Macht bröckelt. Thekla wird niemals tatenlos zusehen, wie sie ihr genommen wird. Das Schließen der Portale ist nichts als eine Verzweiflungstat deiner machthungrigen Tante. Und ist es nicht merkwürdig, dass ausgerechnet jetzt deine Tochter in unsere Welt gelangt? Ich hörte, die Schule in ihrer Welt sei abgebrannt, weswegen sie nach Hainpforta kam. Welch ein Zufall! Und wie er deiner Tante in die Hände spielt. Ihre Großnichte, der Mischling. Eine Allianz mit deiner sagenumwobenen Tochter wäre die Rettung ihrer Macht. Ay, Mischa steckt in Hain fest, darüber haben wir vorhin erst gesprochen.«

Ungläubig halte ich den Atem an. Rodwangs Anschuldigungen klingen ungeheuerlich. Aber leider auch bestechend logisch. Sind sie wahr?

Mein Vater windet sich. Er wirft einen Blick zum Eingang, kurz denke ich, dass er weiß, dass ich hier kauere. Oder sucht er jemanden im Raum? Wen?

»Das ist doch Schwachsinn!«, fährt er Rodwang an. Und sofort nimmt die Lautstärke im Saal zu, mein Vater muss beinahe brüllen. »Ich hoffe, dir ist bewusst, dass du dich gerade auf sehr dünnem Eis bewegst? Der Frieden in Hain wird genau durch diese Art von Hetze gestört. Und weder Thekla noch der Bund haben den Lykoten einen Kristall gegeben.«

Das unruhige Gescharre, die Zwischenrufe bereiten mir mittlerweile solche körperlichen Schmerzen, dass ich eigentlich fliehen möchte. Aber mein Vater braucht Hilfe, jemanden an seiner Seite.

Ich drehe die Flasche in meiner Hand. Langsam ziehe ich am Pfropfen, der sich mit dumpfem Schmatzen löst. Ich setze an und trinke.

Mein Vater provoziert die Ringleute immer weiter, der Saal tobt wie ein wild gewordener Schwarm Hornissen.

Der Augenblick könnte nicht günstiger sein. Ich krieche hinter den Pfeilern hervor. Es ist laut, mir ist schwindelig. Ich hoffe, dass der Trank hält, was Afaida versprochen hat. Wenn ich mich still in eine der hinteren Ecken drücke, bin ich ohne Geruch so gut wie unsichtbar. Bei der geballten Ablehnung, die meinem Vater entgegenschlägt, traue ich mich nicht, einfach so in den Saal zu spazieren.

Ich verstecke die Flasche neben dem Pfeiler und krabbele auf allen vieren ins Gewölbe, schleiche mich hinter einen halb nackten Riesen mit ordentlich geflochtenem Zopf, in der Hoffnung, dass sein massiger Oberkörper mich abschirmt. Sein Rücken versperrt mir die Sicht, und ich schaue wieder hoch in den Spiegel.

»Rundheraus gefragt«, mein Vater erhebt sich jetzt, und seine Stimme donnert über die Köpfe, ein tiefer Basston, der mein Trommelfell schmerzvoll zum Vibrieren bringt, »hat der Ring den Lykoten den Kristall geliefert?«

Wütend schnappen die anwesenden Lykoten, sie jaulen auf, reißen die Schnauzen hoch, knurren, und der Mann vor mir dreht sich zu mir um. Ich senke meinen Blick in den Schoß und lasse meine Haare schnell vors Gesicht fallen.

»Freut mich, dich wiederzusehen, Mischa. Setz dich neben mich.«

Bei unserer ersten Begegnung hat Renrus, der Typ, dem unsere halbe Einrichtung zum Opfer gefallen ist, das Haar offen getragen. Ich erinnere mich an den halsbrecherischen Ritt auf seinem Rücken und quetsche mir ein Lächeln ins Gesicht. Warum ist er hier im Ring?

»Ay! Du wagst es«, knurrt Rodwang, »uns so etwas zu unterstellen?« Seine Schnauze zuckt, und seine Stimme dröhnt durch den Saal. »Wir haben dich und deine Tochter in aller Gastfreundschaft aufgenommen. Wie kannst du uns mit einer derartigen Unterstellung beleidigen?«

»Ist es denn eine Unterstellung?«

Renrus neben mir zieht hörbar die Luft ein. Er flüstert: »Nicht!«, aber ich höre es, ebenso wie die unzähligen anderen Anwesenden.

Mein Vater hebt beschwichtigend die Hände, seine Federn liegen eng am Arm. »Keine Beleidigung, eine Frage. Ihr wisst, wir Aden sind keine Schönredner.«

Ich rutsche unruhig neben den Riesen, der mir ein paar Millimeter Platz macht.

»Danke«, wispere ich, froh, in dieser aufgepeitschten Atmosphäre jemanden neben mir zu haben, den ich aus meiner Welt kenne. Na ja, so gut wie kenne.

Renrus zwinkert mir zu.

»Schön!« Ein Tylwyth Teg erhebt sich. »Wenn es so ist, wie Brim sagt, wenn er nichts verbirgt, soll er mich in seine Gedanken lassen.«

»Nimmst du Nolls Vorschlag an?«

»Warum antwortet ihr nicht einfach? Die Frage verlangt bloß ein Ja oder ein Nein.«

Im Saal herrscht schlagartig Stille.

Noll, der Tylwyth Teg, spricht weiter. »Sie …« Langsam wendet er den Kopf um. »… ist hier. Das Tullwisskind ist hier.«

Die Stille im Saal verdichtet sich unheilvoll.

Mein Vater, Rodwang, Noll, Renrus, alle Anwesenden starren mich an. Das ist schlimmer als jeder Schultadel, jeder Verweis, denn das hier ist gefährlich.

Ein Aden breitet seine Flügel aus. Steht stumm mit gespreiztem grauem Gefieder. Ein zweiter steht auf, öffnet ebenfalls seine Schwingen. Einige Sekunden geschieht nichts, doch dann folgt der Saal. Jeder Einzelne erhebt sich, bis auch Renrus neben mir sich hochstemmt, einen Schritt beiseitetritt, um den Blick auf mich freizugeben.

Ich hocke auf dem Boden, der unter mir wegzusacken scheint.

Die geflügelten Tylwyth schweben in der Luft.

Hilfe suchend schaue ich zu meinem Vater, der mit betretenem Ausdruck ebenfalls langsam seine Flügel zu spreizen beginnt.

»Wie schön sie ist«, höre ich jemanden tuscheln. »So zart!«

»Aber blass!«

»Sie riecht nicht.«

»Sie besitzt keine Flügel!«

»Ist sie nicht krank? Rodwang meinte, sie sei zu schwach, um zur Versammlung zu erscheinen.«

»Ob sie zu uns spricht?«

Renrus reicht mir seine Hand und zieht mich auf die Beine. »Geh nach vorn!«, raunt er mir zu.

Also muss ich vortreten, hinein in den leeren Kreis, in dem ich wie in einer Zirkusarena vorgeführt werde.

Zumindest mein Plan ist aufgegangen. Die Versammlung streitet nicht mehr mit meinem Vater, und meine Anwesenheit scheint sie tatsächlich versöhnlich zu stimmen.

Alle starren mich an. Was erwarten sie von mir? Soll ich etwas sagen?

Mein Vater gesellt sich an meine Seite. Rodwang nennt meinen Namen, den längst jeder weiß, trotzdem klatscht die Menge. Peitschenhiebe für mein Gehör.

Ich nehme diese peinliche Aktion nur am Rande wahr, konzentriere mich darauf, ruhig zu atmen, um die Übelkeit in Schach zu halten. Andernfalls würden meine Wangen wohl knallrot anlaufen. So aber fliegt der Jubel an mir vorüber wie Pfeilspitzen, die ihr Ziel verfehlen. Zwanzig, dreißig Gesichter, die mich anstrahlen, als wären wir befreundet. Ich fühle mich wie auf einem Familienfest, wo man niemanden kennt, aber die alten Leute freudig so tun, als hätte man etwas Besonderes geleistet, indem man einfach zur Familie gehört. Aber ich habe nichts geleistet, ich will noch nicht einmal Teil dieser Welt sein. Ich wehre mich gegen die Federn und die Flügel.

Bevor ich davonstürmen kann, fasst mich mein Vater an der Hand. Mit sanftem Druck zwingt er mich, auszuhalten. Jeder Einzelne im Raum defiliert an mir vorbei, nickt oder lächelt mich an. Manche berühren meinen Arm oder streichen mir über die Wange. Ich presse meine Lippen aufeinander, atme und nicke zurück und fühle mich wie ein Betrüger. Ich bin nichts Besonderes. Ich kann ihnen nichts geben.

Meine Vorstellung war Höhepunkt und gleichzeitiges Ende der Versammlung. Keiner denkt mehr daran, mit meinem Vater über die politischen Entwicklungen zu streiten.

Jetzt stehen nur noch wir hier – ein Wolf, ein Muskeltyp mit Pferdehufen, ein Vogel und ein verstörtes Mädchen – und schweigen uns an.

»Warum liegst du nicht im Bett?«, fragt mein Vater endlich. »Hast du den Tee getrunken?«

»Lass doch gut sein, Brim.« Renrus kratzt sich an seiner nackten Brust.

»Bist du ihr Vater oder ich? Vor ein paar Stunden dachte ich noch, sie stirbt.«

Er weist mit dem Kinn zum Ausgang, und ich trotte auf wackligen Beinen hinter den Männern her. Die Flasche wartet verborgen im Schatten neben dem Pfeiler. Ich lasse mich weiter zurückfallen, doch Renrus dreht sich nach mir um, und ich schaffe es nicht, Afaidas Geschenk heimlich zu holen.

»Alles in Ordnung?«, fragt er.

»Ja. Ich dachte, ich muss mich übergeben. Mir ist etwas schlecht. Ich glaube, das hängt mit meinem Gehör zusammen«, sage ich und schiele sehnsüchtig zu der Stelle, wo die Flasche verborgen steht.

»Trink einfach den Daunblatt-Tee!«, ruft mein Vater von vorn dazwischen, doch ich ignoriere ihn.

»Leben Sie nicht auf Hainpforta?«, frage ich den Hufmann.

Er beugt sich zu mir herunter, wobei ihm der Zopf über die Schulter rutscht und nun direkt vor meiner Nase baumelt.

»Nein.« Seine Stimme klingt tief und voll. Selbst sein Flüstern versetzt die Luft in Schwingungen.

»Also leben Sie hier, im Ring?«

»Nein.«

Das Klappern seiner Hufe, die weichen Pfoten und das Kratzen der Krallen meines Vaters vermischen sich zu einem holprigen Rhythmus.

»Hast du schon Thekla kennengelernt?«, fragt er.

»Ja.«

»Hat sie dir die Kette gezeigt?«

»Nein, aber ich habe ihre Kette gesehen, sie ist wundervoll. Wieso sollte sie sie mir zeigen?«

»Es ist ein besonderes Schmuckstück.« Mehr antwortet er nicht.

Plötzlich schaukelt ein Gesicht in unsere Richtung, und ein halb garer Laut der Verblüffung entschlüpft meinem Mund. Aden Tweicks Kopf schwebt plötzlich über uns in der Luft.

»Ah, ihr seid zu viert unterwegs«, legt er los, ohne irgendeine Formel der Begrüßung.

Wen er wohl sprechen wollte? Bei mir hat diesmal nichts gekribbelt. Wofür ich dankbar bin, denn mir ist so schon schwindelig genug. Mein Vater äugt verstohlen von einem zum anderen. Ob er sich dasselbe fragt?

»Hainpforta ist nun geschlossen«, platzt es aus Tweick heraus. »Vorbei! Ende! Alle Schüler sind wieder in Hain. Nur noch Gwindula, Ergor und ich bleiben auf dem Internat bis Silvester, dann entfernen wir den Kristall aus dem Findling, und Thekla öffnet das Portal ein letztes Mal.«

»Ihr seid schnell, alle Achtung«, sagt Rodwang. Erschrocken schaue ich zu meinem Vater.

»Also ist Hain tatsächlich von der Welt abgekoppelt«, sinniert Rodwang.

»Du vergisst das Portal deines Volks«, zischt mein Vater.

»Es ist nicht mehr mein Volk. Auch wenn wir vom gleichen Stamm sind, weißt du genau, dass sie mich verstoßen haben. Sie verachten mich, weil mir der Blutdurst fehlt. Aber lass dir versichert sein, die Verachtung beruht auf Gegenseitigkeit.« So viel Wut liegt in seinen Worten, dass ich plötzlich sicher bin, dass der Ring nichts mit dem Lykotenportal zu schaffen hat. »Aber ich bin gespannt, wie das Rudelvolk die Neuigkeiten aufnehmen wird. Ganz Hain wird reagieren. Das wird Konsequenzen haben.«

»Wie auch immer. Hier haben sich ganz andere Probleme aufgetan, die wir bis Silvester lösen müssen.« Tweick starrt mich mit seinen weißlichen Augen an. »Der Leichnam deines Tauschlings ist aus Hainpforta verschwunden.«

Ein Keuchen entweicht mir. Dann kann ich meine Übelkeit nicht länger unterdrücken. Ich schaffe es gerade noch, mich beiseitezudrehen, und übergebe mich gegen die Felswand.

Eine Hand legt sich auf meinen Rücken, und jemand hält mir die Haare aus dem Gesicht. Mein Vater.

Tweick, als würde ich nicht schwitzend und zitternd an der Wand lehnen und würgen, spricht einfach weiter. »Die Lykoten wehren sich gegen die Vorwürfe, etwas mit dem Mord zu schaffen zu haben. Sie rotten sich zusammen, niemand weiß, was sie vorhaben.«

»In Ordnung«, unterbricht mein Vater. »Das ist nicht der Augenblick, um das weiter zu besprechen. Mischa, geht's wieder?«

Ich nicke.

»Dort vorn ist schon unsere Höhle«, sagt er und hebt mich hoch.

Ich will protestieren, denn mir geht es tatsächlich etwas besser. Doch dann lehne ich mich erschöpft an seine Schulter. Erst als sich Rodwang in Bewegung setzt, wird klar, mit wem sich Aden Tweick verbunden hat. Sein Kopf folgt Rodwang wie ein Luftballon an der Schnur.

Mein Vater stößt die Höhlentür auf. Diesmal merke ich mir, wie sie aussieht: bordeauxrot.

Auf dem Tisch stehen die zwei Kannen. Mein Vater greift die mit dem Daunblatt-Tee. Ich trinke gierig in großen Schlucken. Renrus schließt die Höhlentür und lehnt sich von innen dagegen.

»Rede weiter!«, fordert er Aden Tweick auf, nachdem ich den Becher geleert habe. Der lässt sich nicht zweimal bitten.

»Basilander Wyth ist ebenfalls verschwunden. Er ist der einzige Schüler, der nicht übergetreten ist. Niemand weiß, wo er steckt. Ich nehme an, dass er etwas mit der Entführung des Leichnams zu schaffen hat. Anscheinend macht er gemeinsame Sache mit den Lykoten. Ergor ist ihm bereits auf den Fersen. Wir suchen nun Freiwillige, die ihn in Hain aufspüren, falls er dort untergetaucht sein sollte. Rodwang, das ist der Grund, warum ich mich melde. Ihr habt den Burschen nicht bei euch? Sag schon, das würde uns einige Mühe ersparen.«

»Das ist nicht wahr!« Ich schreie auf.

Tweicks schwebendes Gesicht dreht sich um ein paar Grad und nimmt mich ins Visier.

»Dein Protest lässt vermuten, dass du weißt, wo sich der junge Mann herumtreibt.«

»Basil hat nichts damit zu tun! Ja, ich weiß, wo er ist. Aber ich werde es nicht verraten. Sie können ihn einfach annynyktieren.

Wie soll er den Leichnam gestohlen haben? Er war die letzten Tage nicht auf Hainpforta. Das wissen Sie ganz genau!«

»Selbstverständlich haben wir versucht, deinen Freund über den Nynyktar zu erreichen. Er verbindet sich aber nicht.«

Ich beiße mir vor Ärger auf die Zunge. Natürlich kann er sich nicht verbinden. Klaas ist an seiner Seite. Er ist der Grund, wieso sie sich weiterhin versteckt halten.

»Sie wissen, was in der Nacht vor meinem Übertritt passiert ist. Sie wissen, dass Basil gegen Marts gekämpft hat, dass er den alten Mann zurück nach Hain bringen wollte. Wie können Sie behaupten, er sei in den Mord verstrickt und mache gemeinsame Sache mit den Lykoten?«

»Wie kannst du dir sicher sein, dass er es nicht ist? Er war der Einzige, der den Tauschling kannte. Woher weißt du, dass er den Mörder nicht willentlich zu ihm geführt hat?« Er blinzelt nicht, rührt sich nicht. Wie kann man bloß so eiskalt sein.

»Weil es gelogen ist! Basil würde so etwas niemals tun. Sie kennen ihn besser als ich!«

»Ich wünschte, ich könnte die Untersuchung eines Mordfalls auf purem Glauben aufbauen. Doch das ist eine ernste Angelegenheit, und ich muss allen Möglichkeiten nachgehen. So leid es mir tut, Mischa, dein Freund Basil ist ein Verdächtiger. Wir ermitteln natürlich in alle Richtungen. Ich will dich nicht beunruhigen. Aber es ist noch eine weitere Person verschwunden. Dieser Junge aus der Stadt. Wir gehen nicht davon aus, dass ihm etwas passiert ist, doch ausschließen können wir es nicht. Wenn du weißt, wo Basilander ist, ob der Junge bei ihm ist, dann sag es uns, Mischa. Willst du die Schuld daran tragen, wenn er nie wieder in seine Heimat zurückkehren kann?«

Ich klappe den Mund auf. Die Empörung lässt mich nach Luft schnappen und gibt Rodwang die Chance, unauffällig meine Hand zu umfassen, bevor ich Aden Tweick etwas erwidere.

Beinahe schreie ich auf, als ich das Fell spüre. Der Wolfsmann drückt meine Hand sanft, zum Zeichen, dass ich schweigen soll, und ich folge seinem stummen Rat.

Mein Vater lehnt mit versteinerter Miene an der Wand.

Was soll ich tun? Ich will Basil und Klaas beschützen, aber gleichzeitig will ich Basil nicht die Chance auf eine Rückkehr in seine Heimat nehmen. Ich weiß schließlich verdammt gut, wie sich das anfühlt.

Mindestens eine weitere Person unter uns findet nicht, dass es klug ist, Aden Tweick auf die Spur der Jungen zu bringen. Verstohlen schiele ich zu Renrus, der immer noch die Tür von innen sichert, unbeteiligt geradeaus blickt und Tweick zu lauschen scheint.

»Unabhängig davon, ob er in den Mordfall verwickelt ist, müssen wir Basilander finden. Er muss nach Hain. Mischa, denk darüber nach.«

Ich schlucke.

»Mischa, wenn dir etwas an Basil liegt, solltest du Tweick helfen«, sagt mein Vater.

In den Pokergesichtern der Männer finde ich keinen Hinweis, auf welcher Seite sie stehen.

»Er ist mit dem Zug unterwegs. Südeuropa«, murmele ich.

»Gut, Mischa, Rodwang, Brim, Renrus!« Er nickt unmerklich. »Ich gebe Ergor und Gwindula Bescheid. Helft uns, wo ihr könnt, denn zu dritt … nun ja … wir werden Basil finden. Mischa, wenn er dich kontaktiert, dann melde dich bei mir.«

Sein Antlitz zerfließt wieder zu Schlieren, wie bei einem Ratebild, und löst sich gleich darauf auf.

Mein Vater greift eine Stuhllehne, schiebt sie Rodwang zu, sodass er sich setzen muss.

»Du hast seine letzten Worte gehört. Wenn du etwas weißt über das Lykotenportal, solltest du es jetzt sagen. Wer vom Rudelvolk hat den Kristall besorgt?«

Rodwang fängt leise, aber stetig an zu knurren. »Jedes Bröckchen Kristall, das wir fördern, muss seit Jahren an Thekla gemeldet werden. Wir verkaufen nichts ohne staatliche Genehmigung.«

»Aden Tweick hat recht«, flüstert Renrus.

Ich habe nicht bemerkt, wie er neben mir aufgetaucht ist.

»Sie müssen allen Möglichkeiten nachgehen. Es handelt sich um Mord.«

»Aber niemals Basil. Niemals!«, flüstere ich aufgeregt.

»Sicher nicht. Aber warum ist der Leichnam fort?«

»Wie bitte?«

»Der alte Mann, seine Leiche ist verschwunden. Wieso verschwindet sie?«

Ich zucke mit den Schultern. »Sie wollten sie obduzieren. Weil …«

Renrus legt seinen Finger an die Lippen und nickt. »Genau!«

# KAPITEL FÜNFZEHN

Ich frage mich, ob die Menschen in meiner Welt gerade unter ihren Weihnachtsbäumen sitzen, Mistelküsse tauschen, Geschenke auspacken, Meine-Welt-Dinge tun. Und ob ich diese Dinge jemals wieder tun werde. Werde ich unseren Weihnachtsbaum noch einmal schmücken und mit Geschenkpapier und Klebestreifen kämpfen? Ich sehne mich so sehr nach Hause, denn am meisten frage ich mich, wie es meiner Mutter gerade geht. Weiß sie, dass das Portal geschlossen wurde? Die Fimoschnur in der Hütte meines Vaters wird nie mehr über diese sieben Perlen hinauswachsen. Mein Vater und meine Mutter werden sich nie wiedersehen.

Ich bohre den Daumennagel in die weiche Haut unter der Zeigefingerkuppe, und Tränen schießen mir in die Augen. Das ist so hoffnungslos. Ich will nicht daran denken, was geschieht, wenn die Portale für immer geschlossen bleiben. Keine Sekunde will ich an Thekla zweifeln, dass sie einlenkt und ich an Silvester oder meinetwegen an meinem Geburtstag nach Hause kann. Dass auch danach die Tore geöffnet bleiben. Sie müssen einfach offen bleiben! Was wird sonst aus meinen Eltern? Aus mir und Basil?

»Ich hätte dich bei Thekla im Palast lassen sollen. Ich kann das Lykotenportal nicht suchen mit dir an meiner Seite. Du weckst nur ihren Blutdurst.« Mein Vater sitzt, ein Bein angewinkelt, auf seiner Liege und kontrolliert seine Federn. Sobald er eine beschädigte oder lose entdeckt, zupft er sie aus und legt sie neben sich auf die Decke. Ich kann kaum hinschauen.

»Und Rodwangs Blutdurst? Wird der nicht geweckt?«

»Nein.« Eine weitere schwarze Feder landet auf dem Häufchen. »Er hat nicht gelogen. Ihm fehlt tatsächlich der Trieb.«

Jedem im Ring fehlt etwas, erinnere ich mich.

Ich krempele meine Hosenbeine hoch. Der Daunblatt-Tee zeigt seine Wirkung. Die Federn haben sich mittlerweile gut vier Millimeter aus der Haut geschoben, wie kleine Spinnenbeine ragen sie hervor und zeigen erste Fusselchen.

»Und wenn ich etwas hätte, das den Blutdurst der Lykoten in Schach hält?«

»Was?« Er hält inne.

»Einen Trank. Er überdeckt meinen menschlichen Geruch. Afaida hat ihn mir gebraut.«

»Wann?«

»Vorhin.«

»Zeig mir den Trank.«

»Die Flasche steht noch im Gewölbe.«

»Dann holen wir sie.« Er stößt einen rauen Seufzer aus. »Wie sind wir nur in diesen Schlamassel geraten? Wenn Wendla uns zuhören würde, wie wir uns hier ankeifen. Komm her, Mischki.« Er streckt mir seinen Arm entgegen, und ich lege meine Hand in seine.

»Wir könnten noch mal versuchen, sie anzunynktieren«, sage

ich und lache auf, denn mir fallen die abendlichen Selbstgespräche meiner Mutter in ihrem Zimmer ein.

»Ihr habt nynyktiert!« Ich stupse meinen Vater in die Seite. »Immer wenn sie in ihrem Zimmer Selbstgespräche führt, spricht sie mit dir!«

»Die Erkenntnis kommt dir schnell.« Papa lacht und lenkt mich zum Ausgang unserer Höhle.

»Ich will sie sprechen.«

»Gut, ich versuche, einen Nynyktar aufzutreiben.«

»Es ist Weihnachten, und sie verbringt die Tage zum ersten Mal ganz allein.«

»Ich werde mich um einen Nynyktar kümmern.« Er schiebt mich an den Schultern aus der Höhle.

»Bestimmt sitzt sie tieftraurig …«

»Mischa. Ich kümmere mich!«

»Wann?«

»Wir sind hier zu Gast. Ich frage Rodwang. Heute. Einverstanden? Jetzt holen wir die Flasche.«

Wir gehen nebeneinander durch den Tunnel. Die Bajunin aus der Versammlung kommt uns entgegen.

»Berone«, grüßt mein Vater.

Doch sie hat nur Augen für mich. »Mischa, nimm sie an!«, schnurrt sie.

Mein Vater schiebt mich an ihr vorbei.

»Was meint sie? Meint sie meine Federn? Wissen alle, dass ich mich dagegen wehre?«

Mein Vater grummelt unverständlich vor sich hin. Das ist wahrscheinlich Taktik Nummer drei, wenn man als Aden nicht lügen will: undeutlich reden.

Vor dem Gewölbe hebe ich meine Hand. »Wo?«, formt mein Vater mit seinen Lippen, aber ich höre es trotzdem.

»Neben dem Pfeiler«, gebe ich tonlos zurück.

Mein Vater lächelt anerkennend, weil ich so schnell begriffen habe. Wir sehen uns in alle Richtungen um, dann berge ich die Flasche. Auf dem Rückweg klatschen wir uns ab.

»Warum verbringen wir Heiligabend überhaupt in diesem Loch?«, frage ich, als wir wieder in unserer Höhle angekommen sind. »In deiner Hütte könnten wir mit Mama sprechen, ohne uns darum zu scheren, ob wir Rodwang stören oder nicht.«

Mein Vater pult den Stöpsel aus der Flasche und riecht daran. »Du hast gehört, dass die Lykoten sich zum Angriff rüsten. Keiner weiß, was noch passiert, aber dass sie dich in ihre Gewalt bringen wollen, steht fest. Gegen einen oder zwei von ihnen komme ich an, aber wenn sie in einem Rudel angreifen und dich holen, bin ich machtlos.« Er hebt die Flasche an seinen Mund und nippt einen winzigen Tropfen, den er nicht schluckt.

»Stell dir vor, sie stecken meine Hütte in Brand.«

Die schwarzen Balken meiner abgebrannten Schule blitzen vor mir auf. Rodwang hat Thekla beschuldigt. Doch ehrlich gesagt traue ich es den Lykoten viel mehr zu. Brandstiftung scheint für sie ein gängiges Mittel. Reicht ihr Plan so weit zurück? War der Schulbrand ihr erster Zug, um mich in ihre Welt zu holen?

Plötzlich fühle ich mich unbehaglich. Ahnungslos bin ich durch mein Leben gestiefelt, jeden Morgen durch den Wald zum Internat, als wäre es nicht mehr als ein blöder Zufall, dass sie mich aus dem Lostopf geangelt haben, doch im Hintergrund lauerten bereits die Hunde und Wölfe, beobachteten jeden meiner Schritte, weil sie auf den passenden Moment warteten, um zuzuschlagen.

Mir wird kalt.

»Woher weißt du, dass es die Lykoten so unbedingt auf mich abgesehen haben?«

»Nicht nur die Lykoten wollen dich, der Ring will dich genauso und auch Thekla. Wenn du dich einem Lager zuordnest, bringt das bei den nächsten Wahlen um den Erzsitz die Entscheidung. Doch bei den Lykoten ist dein Leben in Gefahr. Sie halten sich an keine Regeln.«

»Ergor hat mir hoch und heilig versprochen, dass ich nichts zu befürchten habe.«

Papa stellt die Flasche auf den Tisch zu dem halb leeren Daunblatt-Krug. »Ich kann dir nicht versprechen, dass dir nichts zustößt. So ein Versprechen in der jetzigen Lage wäre eine Lüge. Wir Aden lügen nicht. Aber ich passe auf dich auf. Das verspreche ich hoch und heilig, und mein Versprechen ist etwas wert, denn du bist meine Tochter, und ich werde alles tun, damit es dir gut geht. Es ist dein Wunsch, in deine Welt zurückzukehren. Ich setze alles daran, dass er sich erfüllt. Vertrau mir bitte.«

Er lässt meinen Freund ausspionieren, schleppt mich in diese Gruft, weicht mir aus, wenn ich etwas frage, redet hinter meinem Rücken über mich und irgendwelche Dinge, die man mit mir vorhat. Wieso sollte ich dir trauen?, denke ich.

Doch in der anderen Waagschale liegt, dass er mein Vater ist, nicht mehr. Aber auch nicht weniger.

»Gut, ich vertraue dir«, sage ich.

Und wer sagt denn, dass ich mich nur auf andere verlassen muss? Dass ich der Spielball sein muss? Ich nehme die Flasche mit Afaidas Trank vom Tisch und packe sie in meinen Rucksack. Ich kann die Dinge auch selbst in die Hand nehmen.

Wie viel Uhr es wohl gerade ist? Hier unten verliert man schnell jegliches Gefühl für Tag oder Nacht.

Mein Vater liegt nebenan auf seiner Liege.

»Papa?«

Keine Reaktion.

Vielleicht bin ich zu ungeduldig, aber ich will nicht abwarten, bis mein Vater sich entscheidet, wann der richtige Zeitpunkt gekommen ist, um Rodwang nach einem Nynyktar zu fragen.

Aus dem Schrank nehme ich ein paar Nüsse, die ich in die Hosentasche stopfe, dann schnappe ich mir den Rucksack mit Afaidas Flasche. Sicher ist sicher. Auch wenn Rodwang angeblich nicht auf Menschenblut scharf ist. Wie es bei den übrigen Lykoten des Rings ausschaut, hat mir keiner verraten. Vorsichtig schaue ich mich noch einmal nach meinem Vater um, dann verlasse ich lautlos die Höhle.

Die Kerzen im Gang brennen. Ich entscheide mich dafür, nach links zu gehen. Das Gewölbe liegt rechts von unserer Höhle. Ebenso Afaidas Höhle. Den Teil des Kerns kenne ich schon. Rodwangs Höhle muss sich linker Hand befinden.

Ich wage mich ein Stück vor und lausche dabei aufmerksam auf Stimmen oder Schritte. Das Knistern der Kerzendochte dringt an mein Ohr, ebenso wie Wind, der in gleichmäßigen Wogen durch die Gänge weht. Meine Nerven liegen blank, und mir wird wieder übel.

Ab und zu bleibe ich stehen und horche, doch niemand begegnet mir, und langsam wird mir klar, dass Nacht sein muss und der Ring im Schlaf liegt. Beim Rauschen des Windes handelt es sich um regelmäßige Atemzüge, die aus den Höhlen dringen. Seit dem Anfall vor dem Gewölbe nehme ich alle Geräusche wie den Atem oder das Knistern der Kerzendochte nun hundertfach verstärkt wahr.

Aus den Höhlen, die ich passiere, schnieft und grunzt es mir entgegen. Friedliches Geknurre und Gemaunze.

Wachsam taste ich mich vorwärts, dankbar, dass mir meine Ohren jeden Angreifer melden würden, sobald er es auch nur wagt, in meine Nähe zu kommen. Wenn der Ring den Lykoten Kristall verschafft hat, wie mein Vater es vermutet, stecken sie mit dem Rudelvolk unter einer Decke. Dann bin ich hier genauso wenig sicher wie an jedem anderen Ort in Hain.

Als die Pfeiler des Gewölbes auftauchen, weiß ich, dass ich den Kern einmal fast umrundet habe. Ohne Ergebnis.

Soll ich jetzt zu einer zweiten Runde aufbrechen? Wieder ins Bett kriechen?

Bei Afaida anklopfen?

Ihr Kopftuch ist verrutscht. Der kahle Schädel darunter bewegt sich im Schlaf. Ich habe geklopft und ein »Herein« gehört, doch das muss ich mir eingebildet haben. Es muss einer von Afaidas Hustenanfällen gewesen sein, denn sie liegt still in ihrem Bett und träumt.

»Wachen Sie auf, Afaida!« Ich rüttele an ihrer Schulter.

Die Alte schlägt im Halbschlaf mit feuchten Händen um sich, trifft mich an der Wange, und beide sind wir mit einem Mal hellwach. Meine Haut prickelt dort, wo sie mich berührt hat, wie von Brennnesseln.

»Bitte, Sie müssen mir noch einmal helfen. Ich muss mit meiner Mutter sprechen. Sie wissen, wo ich einen Nynyktar finde. Bitte.«

Afaida richtet sich das Kopftuch. Die Dunkelheit frisst alles Weiß in ihren Augen.

»Bitte«, wiederhole ich verzweifelt.

Sie räuspert sich und spuckt aus. »Ein Kind gehört zu seiner Mutter. Und ein Mensch gehört nicht hierher. Selbst ich vermisse meine Leute, und das Heimweh schmerzt mich manchmal so, dass ich kaum laufen kann.«

Sie zündet eine Kerze auf ihrem Nachttisch an. Ein Käfer huscht aus dem Licht in eine Ritze in der Wand.

Dann greift sie nach dem Stoffbeutel neben der Kerze. »Geh nach Hause, Mischa.«

Mein Herz beginnt wild zu pochen. »Thekla lässt mich nicht weg«, schluchze ich.

Den Beutel legt sie auf ihren Schoß und holt drei Dinge daraus hervor, dabei redet sie unaufhörlich weiter. »Jaja, und dein Vater ist bis auf die letzte Daune ein Aden. Er wird seine Vereinbarung mit Thekla nicht brechen. Also, was willst du tun? Warten, ob sie dich gehen lässt? Oder dich doch hierbehält, weil du ihr nützt?«

Geschickt wickelt Afaida aus Papier, Kraut und etwas, das nach Schwamm aussieht, eine kleine Rolle, die sie sich in den Mund steckt und an der Kerze entzündet. Sofort riecht es nach verkohltem Harz und Kräutern. Afaidas Augenlider flackern.

Sie zieht tief an ihrer Zigarette, und sofort packt der Husten ihre dünnen Schultern und schüttelt die Alte kräftig durch.

»Mach dich auf die Suche nach dem letzten offenen Portal. Wenn du es gefunden hast, tritt über.«

Mein Herz wird eng vor Angst. »Kann ich das denn ohne Begleitung?«

»Natürlich.« Ihre braunen Finger krabbeln auf meinen Arm. »Du musst dir wie beim Nynyktieren vorstellen, wohin du reisen möchtest. Du wirst ins Lykotengebiet aufbrechen müssen. Hast du den Trunk, den ich dir gegeben habe?«

Sie zieht noch einmal an der Zigarette, dann drückt sie sie in ihrer feuchten Handfläche aus. Es zischt kurz und stinkt süßlich.

»Du wirst keine Blutgier wecken, wenn du nicht riechst. Aber, Mischa, brich so schnell wie möglich auf.«

Meine Hände zittern, und ich halte mich an meinem Rucksack fest. »Wenn ich es durch den Ring schaffe, wie finde ich zum Lykotenwald?«

Afaida wischt sich mit dem Handrücken über ihren Mund, Borkenstückchen bleiben daran kleben. »Durch den Ring kann ich dich ein Stück begleiten. Oben wird es leichter. Du musst nach Norden.« Sie huscht wieder in ihre Höhle, zieht den Eimer mit dem Fett neben dem Herd hervor und schmiert eine Portion davon in einen kleinen Tiegel mit Schraubverschluss. »Wagst du es?«

Ich antworte nicht.

Das einzige Portal, das es noch gibt, ist das der Lykoten. Ich riskiere mein Leben, aber ich muss nach Hause.

»Gehen wir los.«

»Von hier an musst du dich immer links halten. Dann wirst du irgendwann auf den Ausgang stoßen.« Sie reicht mir den Cremetiegel. »Wenn die Sonne zu stark brennt, reibe dich damit ein.«

»Können Sie meinem Vater etwas ausrichten? Dass ich nicht länger warten konnte, dass es mir gut geht und dass wir uns wiedersehen werden?«

»Natürlich!«

Ich sehe zu, wie die alte, kleine Frau mit dem Kopftuch davontrippelt. Höre ihren Husten, der durch die Gänge hallt und allmählich leiser wird.

Wir sind nicht mehr im Kern, doch noch ist der Tunnel mit Licht erhellt. Die Fackeln tauchen allerdings in größeren Abständen auf. Nach einer Weile biegt der Gang ab. Ich folge ihm, und plötzlich stehe ich vor einer dunklen Ödnis. Hier gibt es keinen Fackelschein, geschweige denn weitere Höhlen, nur einen schwarzen Schlund, der seinen unheimlichen Rachen weit aufreißt.

Ich drehe mich um. Ein Lufthauch streift meine Wangen. Er schraubt sich auf zu einem Knattern. Der Ton schlägt heftig gegen mein Trommelfell. Die Fackeln hinter mir flackern aufgeregt einen Todestanz, dann, mit einem Schlag, erlöschen sämtliche Lichtquellen im Tunnel. Nun herrscht völlige Finsternis um mich herum.

Ängstlich fasse ich nach den Riemen meines Rucksacks. Wenn ich losrenne, in die umgekehrte Richtung, hole ich Afaida vielleicht wieder ein.

Ich warte einen Augenblick. Rodwangs Warnung schießt mir in den Sinn. Das unterirdische Tunnelsystem ist tückisch, ein Labyrinth.

Ich taste, bis meine Fingerspitzen gegen den kalten Stein stoßen. Sofort zucke ich zurück, meine Phantasie schickt mir Bilder von Riesenspinnen. Aber ich habe nur meinen Tastsinn wie eine Blinde. Also überwinde ich den Ekel und berühre den Stein. Ich halte mich an Afaidas Rat und gehe nach links.

# KAPITEL SECHZEHN

Ich irre durch vollkommene Schwärze, und allmählich gerate ich in Panik. Nur meine Geräusche sind zu hören, alles andere schluckt die Stille wie ein dickes Tuch. Mein einfacher Wunsch, Rodwang zu finden und einen Nynyktar aufzutreiben, hat sich in einen Albtraum verwandelt.

Ich taste mich am Stein vorwärts, der hier schroff ist, kantig. Aber nichts unterbricht die Wand. Ich spüre nur Stein, endlos viel Stein. Wie lange dauert es, bis ich den Ausgang erreiche? Auf dem Hinweg war ich halb bewusstlos. Ich kann mich nicht erinnern, wie lange es gedauert hat, bis wir die Höhlen erreicht haben. Gehe ich in die richtige Richtung?

Von unendlich weit her schiebt sich ein Summen näher. Ich bleibe stehen und lausche.

Ist das mein Name, den ich da höre? Ganz leise weht er durch die Gänge. »Mischa! Mischa!«

Überrascht stolpere ich einen Schritt rückwärts. Meine Finger greifen ins Leere, und ich verliere sofort die Orientierung. Ich zittere. Die Angst, die gebändigt gelauert hat, stürzt mächtig hervor.

»Mischa!«, klingt es von fern.

Und dann spüre ich ein Kribbeln an den Waden. Meine winzigen Federn reagieren auf die Angst, richten sich auf.

Das Kribbeln nimmt zu. Plötzlich fühle ich auch etwas in meiner Brust, es drückt, als würde etwas Neues dort wachsen, wie ein Organ, dass sich Platz schafft. Passiert es jetzt? Wachsen mir nun doch Flügel? Panisch greife ich nach meinem linken Arm, als könnte ich es dadurch verhindern.

So plötzlich, wie der Druck sich aufgebaut hat, verschwindet er wieder. Ich atme durch, versuche, meine Panik in den Griff zu bekommen. Fühle unter dem Stoff nach einer Veränderung. Nein, da ist nichts. Und doch, etwas ist anders, denn mit einem Mal fühle ich mich nicht mehr krank. Um mich herum herrscht dichteste Schwärze, aber ich fühle mich so klar und wach wie seit meiner Landung in Hain nicht mehr. Kein Schwindel, keine Übelkeit und nicht der leiseste Anflug von Fieber, als ob das alles bloß Einbildung gewesen wäre. Und noch etwas anderes hat sich verändert. Ich weiß plötzlich genau, woher ich gekommen bin. Als hätte sich der Weg in mein Unterbewusstsein eingeprägt, während ich matt und fiebernd in den Armen meines Vaters lag. Als ob ein Kompass in mir angesprungen wäre, dessen Nadel ich selbst bin. Hastig suche ich, bis ich wieder Halt an der Wand finde, und laufe, dem inneren Kompass folgend, weiter.

Nach einer Ewigkeit stößt mein Fuß gegen ein Hindernis. Der Gang endet. Ich brauche ein paar Sekunden, bis ich es verstehe: Ich habe endlich den Ausgang gefunden!

Doch meine Freude dauert nur kurz. »Mischa! Mischa!«, dringt es wieder an mein Ohr, als würden mich die Worte jagen. Und ich kann keine Tür fühlen, nirgendwo ist eine Klinke. Habe ich mich doch verlaufen? Erneut bricht mir der Angstschweiß aus.

Vielleicht besteht die Tür nicht aus Holz, dann wäre sie natürlich schwieriger zu erspüren. Ich hocke mich auf den Boden, weil meine Knie zittern, aber auch weil ich dort am ehesten eine Spalte vermute. Ich taste mich an einer Seite entlang, rutsche höher mit meinen Fingern. Stein. Höhcr. Stein. Höher. Stein.

Halt! Der Stein hat sich gerade anders angefühlt, kälter. Ich taste zurück und spüre den Unterschied erneut. Was ist das? Metall? Innerlich stimme ich einen Jubelruf an, denn endlich habe ich ein winziges Stückchen irgendetwas, das mir Hoffnung gibt.

»Mischa! Mischa!«, weht es wispernd zu mir. Wie eine Stimme, eingemauert im Stein, die klagend nach mir ruft. Hör nicht darauf, ermahne ich mich.

Ich erforsche die Umrisse der metallenen Fläche: ein kleines Rechteck. Ein Scharnier. Mit der einen Hand auf dem Scharnier fahnde ich weiter. Ich finde ein zweites Scharnier. Zwischen beiden erfühle ich nun auch den hauchdünnen Riss, der in einer schnurgeraden Linie die Scharniere miteinander verbindet. Mein innerer Jubel wächst sich aus zu einem Freudengebrüll. Da ist sie also tatsächlich, die gesuchte Tür! Der Ausgang aus dem Ring! Erleichtert schluchze ich los. Und völlig paradox wünsche ich mir plötzlich nichts sehnlicher, als bei meinem Vater in der Höhle zu liegen, neben ihm auf der unbequemen Liege, seine schwarzen Federn im Schlaf leise rascheln zu hören und nicht hier zu hocken. Aber umkehren kann ich nicht mehr.

Ich atme tief durch, und Blut strömt in meinen Kopf. Noch einmal gleiten meine Finger über die Scharniere und den kaum spürbaren Riss, vergewissern sich, dass er da ist.

Doch wie öffnet man eine massive Tür – ohne Klinke?

Eine Hand lasse ich auf dem oberen Scharnier liegen. Ich hämmere gegen die Wand. Natürlich wird mir niemand öffnen. Habe ich es so weit geschafft, nur um jetzt hier, direkt vor der Tür, gefunden zu werden? Klingen die Mischa-Rufe nicht schon viel näher? Da fällt mir etwas ein. Die Kette mit Basils Feder …

Zweimal schon habe ich zugesehen, wie mit einer Adenfeder eine Tür geöffnet wurde. Die um meinen Hals ist klein, mehr eine Daune, doch einen Versuch ist es wert. Hastig nestele ich das Bändchen über meinen Kopf.

Nicht fallen lassen, ermahne ich mich.

Ich reibe die Feder in meiner Handfläche, bis ich den biegsamen Kiel zwischen den Fingern spüre. Dann fahre ich mit der anderen Hand zum Riss zwischen den Scharnieren. Ich lotse den Kiel dorthin. Ich stochere hektisch, versuche, meine Ungeduld zu zügeln.

Mein achter Versuch gelingt schließlich, und der Kiel rutscht in den Schlitz. Vorsichtig ruckele ich an der Feder, sodass sie den Riss hinabwandert. Nach ungefähr drei Zentimetern, die mich mehr Schweiß kosten als der gesamte Irrsinn zuvor, schnappt die Öffnung auf, und Licht strahlt mir entgegen. Geblendet kneife ich die Augen zu.

Das war der einfache Teil.

# KAPITEL SIEBZEHN

Frische Luft! Tageslicht! Benommen atme ich ein. Hügel reiht sich an Hügel, und ich strecke meinen Kopf in die Freiheit. Wind zerrt an meinen Haaren, und die kleine Feder in meiner Hand flattert.

Mir kommt es wie eine Ewigkeit vor, dass ich Sonnenlicht gesehen habe.

Ich schließe meine Augen und genieße die Luft, lege Basils Feder an meine Wange, und die Sehnsucht nach ihm übermannt mich.

»Danke«, flüstere ich, »du hast mich gerettet. Auch wenn du so unerträglich weit weg bist.« Ich wispere seinen Namen ungefähr hunderttausendmal, als könnte ihn das zu mir bringen. Aber tatsächlich werde ich nur traurig, und die Sehnsucht krallt sich in mir fest wie die dornigen Ranken eines Hagebuttenstrauchs.

Basil ist jetzt mit Klaas irgendwo in Frankreich oder vielleicht schon in England, Island, Grönland, wer weiß. Er hat keine Ahnung, dass in ein paar Tagen der Rückweg nach Hain für immer verschlossen sein wird. Und ich mache mich hier auf die aberwitzige Suche nach einem Portal, das bisher nicht einmal die Wächter gefunden haben. Wenigstens einer von uns muss es doch schaffen, in die Welt des anderen zu kommen!

Mich packt eine wilde Lust, und ich stürme den nächstgelegenen Hügel hinauf.

Mit der Hand schirme ich die Augen gegen die aufgehende Sonne ab und drehe mich langsam um die eigene Achse. Die Aussicht verschlägt mir den Atem. Dass es so viele Hügel sind, die vor mir liegen, habe ich nicht erwartet.

Fast fühle ich mich überrumpelt von meiner Courage. Ach, Unsinn! Es wird bloß etwas länger dauern, bis ich bei Basil bin, als ich dachte.

Von oben haben die Hügel hübsch geordnet ausgesehen, wie im Teletubbieland, doch unten fegt ein scharfer Wind zwischen den engen Schluchten hindurch. Diese Hügellandschaft ist ähnlich verwirrend wie die Tunnelgänge darunter. Doch Afaida hat mir eingeschärft, worauf ich achten muss. Ich laufe immer nach Norden, die Sonne im Rücken. Ab und zu schaue ich mich um.

Bald stelle ich fest, dass das Gras an der schattigen Nordseite der Hügel spärlicher wächst und weniger grün ist, dafür wuchert komisches, rotbraunes Moos. Noch etwas, an dem ich mich orientieren kann.

Irgendwann, vielleicht bin ich erst eine, vielleicht schon zwei Stunden gelaufen, schmiere ich mir Afaidas Fett auf die Nase und die Wangen. Wenn der Wind darüberfegt, kühlt es wenigstens ein bisschen. Einmal bilde ich mir ein, meinen Namen zu höre, aber ich bin allein. Sicher ist das bloß der Wind, und mein überfeines Gehör spielt mir einen Streich.

Ich habe Hunger und Durst. Was würde ich jetzt geben für einen von Klaas' leckeren, selbst gemachten Hamburgern. Aber natürlich habe ich kein Wasser oder Essen eingepackt. Ziemlich dämlich.

Nach endlos ermüdendem Laufen in der prallen Sonne werden die Hügel langsam niedriger. Am Horizont taucht ein Wald auf. Ist das das Lykotengebiet?

Ich lasse mich zu Boden sinken und lehne mich in den Schatten eines Hügels. Meine Haare kleben mir an der Stirn. Schätzungsweise benötige ich noch eine weitere halbe Stunde, bis ich den Wald erreiche. Ich suche den Himmel nach Adenwächtern ab, aber es ist niemand zu sehen, nur wolkenloses Blau. Kurz schließe ich meine Augen.

Ich hole Afaidas Flasche aus dem Rucksack. Mein Durst ist so groß, dass ich den Inhalt problemlos in einem Zug leeren könnte. Aber ich muss mir die Flüssigkeit einteilen. Also trinke ich bedächtig, lasse den Trank langsam durch meine Kehle rinnen. Dann halte ich die Flasche ins Licht. Sie ist noch zu drei Vierteln voll. Ich hoffe, dass die Wirkung eine Weile vorhält.

Mein Pulli riecht nach Schweiß, und diesen Geruch wird kein Trank der Welt aus dem Stoff schwemmen. Also ziehe ich meine Klamotten aus und tausche sie gegen frische Kleidung aus meinem Rucksack. Neue Unterhose, T-Shirt. Mehr brauche ich nicht bei dieser Hitze. Nur weitere, frische Leggings habe ich nicht. Also ziehe ich die alten wieder an. Ich will den Stoff schon hochrollen, doch der Anblick meiner Schenkel gruselt mich.

Mein Blick fällt auf das Moos, das auf der schattigen Hügelseite in Massen wächst. Ich breche einen Brocken ab und reibe damit über meine Kleidung, bevor ich dem Wald entgegengehe. Ich schätze, dort wird mir das Laufen wieder leichter fallen. Vielleicht finde ich auch einen kleinen Bach. Noch einmal wandert mein Blick zum Himmel auf der Suche nach einem Aden, der über mir kreist. Aber ich bin allein. Niemand hält mich auf.

»Au!« Ein Schrei entfährt mir.

Blut tropft auf meine Handfläche. Benommen schaue ich auf die langsam anwachsende Lache, mit der anderen Hand greife ich mir an die Stirn, spüre die Feuchte und begreife, dass das der absolute Super-GAU ist.

Ich stelle mir vor, dass nun sämtliche Lykoten im gesamten Gebiet wie Haie meine Witterung aufnehmen und durch das Dickicht auf mich zupreschen.

Wütend presse ich meine Hand auf die blutende Wunde an der Stirn.

Ich weiß gar nicht, wie ich mich verletzt habe. Ich bin gelaufen, und nur ein paar Schritte haben mich vom schützenden, kühlen Dickicht getrennt. Kurz habe ich mich gewundert, weil der Wald fast aussieht wie der um Hainpforta und nicht diesen Brokkoliwuchs hat und auch keine bunten Früchte wachsen. Und dann bin ich gegen etwas gestoßen. Was überhaupt nicht sein kann. Ich starre auf die ersten Bäume, die noch gut zwei Meter von mir entfernt sind. Vor mir ist nur Luft. Trotzdem bin ich gegen etwas geprallt. Nicht einmal sonderlich heftig, doch meine Stirn schmerzt und blutet.

Ich verharre. Lausche, ob im Wald etwas verräterisch raschelt, doch der ist eigenartig tonlos. Zu still. Als hätte jemand die Lautstärke vollständig abgedreht. Die Blätter bewegen sich, die Äste biegen sich im Wind. Warum höre ich nichts?

Irgendetwas ist verkehrt. Doch ich wage mich keinen Schritt von der Stelle. Ich nestle aus dem Rucksack mein altes Top hervor, rubble damit über meine Hand, spucke darauf, um auch das eingetrocknete Blut wegzubekommen, und drücke es anschließend gegen die Stirn.

Vor mir im Gebüsch bewegt sich etwas. Erschrocken starre ich auf die Stelle. Die Bäume rauschen stumm. Seltsamerweise erinnert mich das Bild noch an etwas anderes.

Da bricht eine feingliedrige Hand durch das Laub, eine zweite folgt. Die Hände biegen die Zweige auseinander, und ein blasses Bein schlängelt sich hervor. Eine Frau steigt durch die Zweige wie ein Model aus einem Swimmingpool. Nackt, mit endlos langen Haaren. Sie lacht, wirft den Kopf in den Nacken und redet. Aber zu mir dringt kein Laut.

Ich kenne sie! Und jetzt weiß ich auch, wieso mir diese Bäume so vertraut vorkommen. Ich bin nicht im Lykotengebiet, ich stehe vor dem *Einsamen Wald,* und die nackte Schönheit vor mir ist eine der Korrigane, die ich in Hainpforta im Bilderrahmen gesehen habe.

Natürlich! Auf dem Hinflug hat mir mein Vater zugerufen, dass wir den *Einsamen Wald* überfliegen, aber ich habe seine Worte mit meinem Fiebertraum verwoben. Ich bin falsch gelaufen! Nicht zum Lykotengebiet.

Aber wieso höre ich nichts mehr? Ist das wieder eine Nebenwirkung meiner Veränderung?

»Hörst du mich?«, frage ich die Korrigane.

Sie schüttelt bedauernd den Kopf, zuckt mit den Schultern, dreht auf Ohrhöhe schneckenförmige Kreise mit ihren Zeigefingern und macht noch ein paar mehr alberne Gesten, die eigentlich nur zeigen, dass sie mich ganz genau verstanden hat.

»Gut, dann kannst du mir vielleicht sagen, in welcher Richtung die Lykoten wohnen?«

Sie zeigt augenblicklich nach rechts, und ich beschließe, nach links zu gehen. Hinter ihr taucht eine ihrer Freundinnen auf, hängt sich über ihre Schulter, eine Hand spielt mit der Brustwarze der anderen. Sie tippt sich gegen die Stirn.

Ach! Sie meint meine Wunde.

»Ja, keine Ahnung. Hier…« Ich wedele unbestimmt vor mich hin. »Ich bin gegen irgendetwas gestoßen.«

Die Freundin blinzelt. Dann löst sie sich von der Schulter, spreizt ihre Finger und tastet wie eine Pantomimin, die *Glasscheibe* spielt, Hand für Hand eine imaginäre Wand ab.

Ich begreife und neige meinen Kopf. In diesem Winkel spiegeln sich die Hügel hinter meinem Rücken in etwas wie Glas, aber ich nehme an, dass es Kristall ist. Hauchdünn und gefährlich. Schon die kurze Berührung hat mir eine Wunde in die Stirn gebrannt. Wahrscheinlich gibt es keinen besseren Schutz für ein Gefängnis.

Die anderen Freundinnen schleichen nun auch aus dem Dickicht oder hüpfen aus den Bäumen. War ja klar, dass die irgendwo gelauert haben.

Ich lüpfe das T-Shirt von der Stirn, der Fleck auf dem Stoff ist weniger groß als erwartet. Ich tupfe mit dem Finger an die Wunde, an der Kuppe haftet kein frisches Blut.

»Blutet es noch?«, frage ich und schiebe dabei meine Haare aus der Stirn.

Die Korrigane schütteln die Köpfe und nicken wild durcheinander.

Ich muss lachen. »Irgendwie seid ihr richtig bescheuert. Also dann.« Ich hebe meine Hand mit dem blutverschmierten T-Shirt zum Abschied. »Ich wünsche euch, dass ihr auch bald aus eurem Gefängnis freikommt.«

Die Frauen schauen erstaunt, als hätte ihnen noch nie jemand etwas Nettes gewünscht. Ich laufe los, nach links, und sie fuchteln wild mit den Armen. Eine rennt neben mir her und spreizt beschwörend ihre Hände vor der Brust, als wolle sie mich stoppen.

»Was denn? Bin ich falsch? Doch nach rechts?« Ich deute mit meinem Daumen über die Schulter hinter mich.

Die Korrigane lehnt den Oberkörper zurück und winkt mir, sie nachzuahmen. Als ich ihre Verrenkung imitiere, blitzt es mit einem Mal ganz dicht vor mir auf. Aus diesem Winkel sehe ich es deutlich: Wie eine geleeartige Wand schwimmt der Kristall vor mir. Extrem dicht vor mir.

»Danke«, sage ich verblüfft.

Wahrscheinlich hat sie mich gerade gerettet, zumindest aber vor einer weiteren Verletzung bewahrt. Ich habe nicht einmal darüber nachgedacht, was ich riskiere. Wenn mein leichter Aufprall mir schon diese Wunde beschert hat, wenn man beim Nynyktieren Finger- oder Nasenspitzen verlieren kann, dann möchte ich nicht wissen, was geschieht, wenn man mit voller Wucht in den Kristall hineinfällt.

»Danke«, sage ich noch einmal.

Sie deutet auf meine Füße. Ich blicke hinab. Die Schuhe sind schmutzig, staubig, wie das Gras und der zerknickte Zweig unter meinem Schuh. Ich bücke mich, hebe ihn auf. »Den meinst du, richtig?«

Sie schnippt, und die Geste endet mit dem auf mich gerichteten Zeigefinger. Jedes einzelne Wort verstehen sie da hinter der Wand. Warum kann ich nichts hören?

Auf dieser Seite des Kristalls wachsen keine Bäume. Nur Gras, das sich bis zu den Hügeln fortsetzt. Vielleicht hat der Wind den Zweig herübergeweht?

Die Korrigane werfen mir ein paar Kusshände zu, wie altmodische italienische Schlagersänger.

Vorsichtig laufe ich weiter, prüfe alle paar Meter mit dem Zweig den Verlauf der Wand. Wenn er auf den Kristall trifft, beginnt die Spitze zu knistern, und dünne Qualmfäden steigen auf.

Schnell komme ich nicht voran, aber immerhin, ich bin endlich auf dem richtigen Weg. Bald werde ich in meiner gemütlichen, verschneiten Kleinstadt sitzen. Doch zwischen dem *Einsamen Wald* und meinem Zuhause liegt das Gebiet der Lykoten. Ein riesiger Wald voller Bestien, deren Lieblingsdrink Menschenblut ist. Mit jedem Schritt wandere ich ihren spitzen Reißzähnen und tödlichen Krallen entgegen. Ich habe keine Ahnung, wie lang die Wirkung von Afaidas Trank anhält, ich habe keine Ahnung, ob der Inhalt der Flasche reichen wird, bis ich das versteckte Portal gefunden habe. Ich weiß noch nicht einmal, wo in diesem riesigen Waldgebiet ich suchen soll.

Da höre ich es wieder. Jemand ruft meinen Namen, oder? Bilde ich mir das ein? Erschrocken wende ich mich um. Aber ich sehe nur den Wald zu meiner Linken, die Hügellandschaft zu meiner Rechten und die flirrende Luft, die übergeht in die schwirrende Wand aus Kristall.

Der weite Weg, die Müdigkeit, die Hitze, Hunger, Durst, meine Angst – all das macht mich völlig verrückt. Und das Alleinsein.

Wie es Basil wohl gerade geht? Hoffentlich ist ihm nichts passiert. Wenn Gwindula und Ergor ihn nicht finden, wird er bei seiner Rückkehr vor dem völlig verwaisten Hainpforta stehen.

Wenn ich mich ganz fest auf Basil konzentriere, ob der Kristall dann wie ein Nynyktar funktioniert? Ich kneife meine Augen zu, doch nichts passiert. Besser, ich setze meine Reise fort und ny-

nyktiere von Hainpforta aus mit Basil. Solange Gwindula, Ergor und Aden Tweick sich noch im Internat befinden, wird auch der Apparat dort stehen.

Es wird bald Nacht. Stunden bin ich nun schon unterwegs, ohne etwas gegessen zu haben. Ich bin müde. Da sehe ich plötzlich etwas, das mich schlagartig wach macht. Ungefähr zehn Meter vor mir hockt ein Tier. Reglos blickt es durch die Kristallwand in den *Einsamen Wald*. Im Dämmerlicht kann ich es kaum erkennen.

Es ist ein Hund! Ja, eindeutig, Schnauze und Ohren eines Hundes. Ein schwarzer, struppiger Lykot. Noch hat er nicht auf mich reagiert. Entweder steht der Wind günstig, oder Afaidas Trank wirkt noch. Langsam lasse ich den Rucksack von meinen Schultern gleiten, nehme die Flasche, trinke.

Dann, vorsichtig, setze ich einen Fuß vor den anderen, entferne mich in einem großen Bogen von dem Vieh vor dem Kristall.

Der Hund hebt seine Schnauze. Nimmt er meine Witterung auf? Er jault, als rufe er nach jemandem. Der lang gezogene, klägliche Laut lässt mich schaudern. Ich bekomme eine Gänsehaut und halte mir die Ohren zu. Das Vieh hat mich noch nicht bemerkt. Ich schleiche lautlos fünf, sechs Meter direkt hinter seinem Rücken. Worauf starrt es so gebannt?

Mein Herz bleibt stehen. Durch die Kristallwand kläfft tonlos ein weiterer Hund, ein bulliges Monster mit schwarzem Fell. Aber nicht das schockiert mich. Ich kenne den Hund vor mir im Gras. Langsam wendet er seine Schnauze zu mir und springt überrumpelt auf seine Hinterpfoten.

»Mischa?«

Abwehrend hebe ich meine Hände. »Tu mir nichts«, bettle ich. »Bitte.«

Marts kommt näher. »Du riechst nicht!«, stellt er verwundert fest. Er umkreist mich misstrauisch. Schnüffelt. Dann ächzt er erleichtert auf. »Ah! Das ist unglaublich. Wie auch immer du das angestellt hast, es ist …« Zur Vollendung des Satzes kläfft er.

Ich wage nicht, mich zu rühren.

»Schiss?« Er fletscht die Zähne. »Dass ich dich beiße? Mach dich locker!«

»Ich dachte, du willst das?«, sage ich zögerlich.

»Du hast keine Vorstellung, wie sich das für uns anfühlt, der Trieb.« Er schnappt kurz ins Nichts. »Alle meinen, wir wären stolz darauf. Wenn es uns überkommt, okay, dann fühlt es sich gut an, aber hinterher geht es uns schlecht.«

Marts dreht sich wirklich weg, zurück zum Wald, und lässt mich verblüfft stehen.

»He! Marts?«

Er zuckt mit einer Schulter, als wolle er mich abschütteln. »Verschwinde einfach, Mischa.«

Und genau das mache ich.

Doch nach drei Schritten ruft er: »Bist du jetzt eine vom Federgesindel? Ich dachte, dann würde man Flügel bekommen?«

Das war zu erwarten. Er lässt nicht locker.

Ich fahre herum und fauche ihn an: »Glaubst du, ich will freiwillig zu eurem Zirkus gehören? Und wenn ihr zehnmal vor Heimweh verrottet, ich finde euer Hain zum Kotzen! Damit du es weißt, ich hätte Federn, wenn ich mich nicht dagegen wehren würde. Ja, genau, du brauchst gar nicht so dämlich zu glotzen. Ich will gar keine Aden sein!«

Verstohlen reibe ich mit einem Fuß das Bein entlang, ob die Leggins auch tief genug sitzt. Wenn jetzt Flaum hervorlugt, wäre das oberpeinlich.

Der bullige Hund im *Einsamen Wald* kläfft. Natürlich dringt sein Toben nicht durch den Kristall, aber er legt sich dabei so ins Zeug, dass er unsere Aufmerksamkeit auf sich zieht.

»Mein Vater ist beeindruckt«, knurrt Marts.

Ich reiße meine Augen auf. »Das ist dein Vater?«

»Ja. Soll ich euch bekannt machen? Vater, das ist Mischa Tullwiss, die Tochter des Mannes, der dich hierhergebracht hat. Mischa, das ist mein Vater, Shart deyn Wouten. Unschuldig verurteilt zu fünf Jahren im *Einsamen Wald*.«

Marts' Vater fletscht die Zähne, dann senkt er den Kopf. Ich denke schon, dass er mich begrüßen möchte, aber sein Körper wird stocksteif. Starr wie eine Statue steht er da, und vor meinen Augen beginnt seine Verwandlung in einen Menschen.

Ich kann den Blick nicht abwenden, obwohl das Schauspiel grausam und Furcht einflößend ist.

Es beginnt mit eben dieser Starre, das Kinn liegt schlaff auf der Brust, die Zungenspitze blitzt hervor, dann hebt sich langsam ein Schultergelenk, dehnt die Haut darunter bis kurz vorm Platzen, als wollte es sich selbst auskugeln. Das zweite Gelenk zieht mit ein wenig Verzögerung nach.

Ich bin froh, dass der Kristall alle Geräusche frisst. Denn allein bei der Vorstellung vom Knirschen und Knacken der Knochen und Knorpel regt sich meine Übelkeit.

Die Pfoten verdrehen sich, sacken unter Shart weg, und er stürzt. Dann deformieren sich die Hundeschnauze, die Ohren. In meinem gesamten Körper kann ich den Widerhall förmlich spüren, wie die Gesichtsknochen wegbröseln, alles, was zu lang und zu viel ist, löst sich auf. Als würde jemand daran herumschnitzen, immer mehr wegnehmen, bis allmählich menschliche Züge zutage treten, die unter dem Fell und der dunklen Farbe bisher nur zu erahnen waren.

Zuletzt verschwindet das Fell. Als ob ein Heuschreckenschwarm über den Körper tobt, ziehen sich die Härchen von den Beinen her über die Hüften, den Oberkörper, die Arme und den Nacken zurück. Übrig bleibt ein nackter Mann, mit einer Haut, die in einem Farbton zwischen Bronze und Grau schimmert, aber vielleicht ist das auch bloß die einsetzende Nacht. Er schlägt seine Lider auf, und ich drehe mich endlich weg. Mein Blick trifft Marts, der mich offensichtlich die ganze Zeit beobachtet hat und sich nun auf alle viere niederlässt.

»Hast du Hunger?«, fragt er und trottet zu einem Stoffbündel auf einer Wolldecke – wahrscheinlich sein Schlafplatz –, das er vorsichtig mit seinen Zähnen aufnestelt. Brot liegt darin und Fleisch, duftendes, zartrosa Fleisch. Aber nach der Wasserflasche lechze ich am meisten.

»Ich habe unglaublichen Durst«, antworte ich, und Marts nickt einladend mit seinem Kopf.

»Heißt das, du hast nichts mehr gegen mich?«

Marts rupft mit seinen Reißzähnen Fleisch aus dem Stoffbündel, schlingt und antwortet: »Du bist wahrscheinlich der erste Mensch, der einer Verwandlung zugeschaut hat, zumindest in den letzten hundert Jahren. Wenn mein Vater beschließt, dass du würdig bist, dann …« Er frisst weiter.

Hinter uns knackt es. Ich fahre herum, aber Marts schlingt unbeirrt weiter. Habe nur ich es gehört?

»Da war was«, flüstere ich.

Er hebt seine Schnauze, wittert, schüttelt den Kopf.

»Darf ich?« Ich angle nach der Flasche, ganz kann ich meinen Respekt vor Marts' spitzen Zähnen nicht ablegen. Kurz blitzt die Erinnerung an Hainpforta auf und an den Kampf zwischen Basil und ihm. Auch wenn Shart mir Vertrauen entgegenbringt, ich selbst kann den Lykoten nicht vertrauen, niemals!

Ich trinke, beiße vom Brot ab, dann nähere ich mich dem Kristall.

Shart hat seinen Unterleib mit einer Decke umschlungen. Blättchen und Fellfusseln hängen an dem karierten Fetzen. Wie ein Schotte sieht er aus. Dunkle, glänzende Locken, kräftig behaarte Brust und ein rauer Stoppelbart geben ihm das Aussehen eines wüsten Rebellen. Ob das der Grund ist, warum er hier eingesperrt ist? Weil er gegen meine Großtante rebelliert hat? Oder sitzt er wegen eines Übergriffs auf einen Menschen?

»Shart deyn Wouten«, sage ich. »Ich weiß nicht, wieso Sie im *Einsamen Wald* stecken. Mein Vater ist ein Aden. Wie Sie wissen, ist das Flügelvolk nicht hinterhältig. Ich weiß nicht, was Sie meinem Vater vorwerfen, aber ich bin mir sicher, dass er Sie nicht ohne Grund gefangen genommen hat.«

Er winkt seinen Sohn zu sich. Hart schlägt er sich gegen die Brust, ballt die Fäuste und überkreuzt die Handgelenke. Schließlich weist er mit der flachen Hand zu Boden. Ich verstehe nicht ganz, was er damit sagen will. Marts allerdings schon.

»Ich soll dir seine Geschichte erzählen«, erklärt Marts die knappen Gesten. »Setz dich.«

Wir drei hocken uns hin. Je dunkler es wird, desto unbehaglicher wird mir und desto mehr verwandeln sich die Gesichter meiner Gegenüber in geheimnisvolle Halbschatten. Ich bilde mir wieder ein, dass Stimmen über uns meinen Namen wispern.

Marts beginnt zu erzählen, wie sein Vater hereingelegt wurde. In einer Trankhütte, so nennt es Marts, wurden ein paar Tropfen menschliches Blut in Shart deyn Woutens Glas gemischt.

»Unser Trieb macht uns wild und gefährlich, aber auch verdammt schwach«, sagt Marts. »Wir können bis zu einem gewissen Grad entscheiden, welchen Verführungen wir uns aussetzen, doch …«, er jault leise, »als ihr ins Internat gekommen seid, das war die Hölle. Ich habe dich gehasst, aber deinen Geruch, den liebe ich, Mischa. Die reinste Folter. Nach dem Unterricht hing er noch stundenlang in der Internatsluft, und erst die Liege, auf der ihr zu dritt gesessen habt! Frag die anderen Lykoten. Es roch so gut!«

Sein Vater winkt ungeduldig.

»Okay, also, mein Vater konnte nicht anders, er hat sich auf den Weg gemacht, rüber in eure Welt, um zu jagen, die Blutquelle zu finden …«

»Den Menschen?« Ich schlucke. »Und? Haben Sie die Quelle gefunden?« Ich funkele Shart an. »Haben Sie sie getötet?«

»Nein! Dein Vater hat ihn gefangen, bevor er überhaupt durch das Portal treten konnte. Er hat ihm seine Krallen so tief ins Fleisch gebohrt, dass er an den Wunden beinahe verblutet wäre.« Er scharrt mit seiner Pfote im Gras.

»Keiner glaubt meinem Vater, dass er heimtückisch scharfgemacht wurde. Und die Strafe ist unangemessen. Er hat nichts getan!«

Zwischen seine Worte drängt sich ein Wispern. *Trau ihm nicht!*, zischt es. Woher kommt die Stimme?

»Thekla wollte ein Exempel statuieren, und anschließend hat sie alle Bodenportale geschlossen. Das war der Anfang der Auseinandersetzungen, die nun zwischen unseren Völkern herrschen. Vorher war Hain eine friedliche Welt, nun liegen die Völker im Streit. Manche sehen uns Lykoten als Übeltäter, manche verdammen die Tylywth Aden und ihre überzogen strenge Moral, aus der sie sich einen Machtanspruch herleiten. Die Aden denken, ihre Sicht der Dinge sei die einzig wahre und alle anderen Völker seien minderwertig.« Marts redet sich in Rage, die Muskeln unter seinem Fell zucken, die Zähne blitzen spitz und feucht.

Besser, ich vergesse nicht, dass er mein Feind ist.

»Nach und nach wurden die anderen Portale auch geschlossen. Doch diese Geschichte ist erst der Anfang. Jemand hat meinem Vater eine Falle gestellt. Und er wird dafür bezahlen.«

Ich schweige.

Wie lange wacht Marts wohl hier schon vor dem Gefängnis seines Vaters? Seit er von Hainpforta geflohen ist? Worauf wartet er?

»Ein Wunder, dass dich die Wächter hier noch nicht aufgespürt haben«, sage ich und bediene mich wieder an Brot und Wasser.

»Sie sind schon ein paarmal über uns gekreist, aber ich verstecke mich rechtzeitig. Ein Hoch auf das Training in Hainpforta.« Er schnaubt. »Du fängst übrigens an zu riechen.« Seine Zunge fährt kurz über die Lippen. »Verdufte besser.«

»Nicht nötig«, sage ich und trinke etwas aus Afaidas Flasche. Triumphierend schiele ich zu ihm hin.

»Ist das Floranerzeug? Ich traue ihnen nicht. Bei ihnen hat man den Eindruck, dass sie alle miteinander verflochten sind. Wie durch unsichtbare Wurzeln. Wirklich unheimlich. Ergor hat mich auf Hainpforta einen Spezialmix trinken lassen. Schmeckte furchtbar und sollte meinen Trieb unterdrücken, aber der Trank half kein bisschen. Immerhin wirkt dein Saft.«

»Wir haben auf Hainpforta auch literweise so einen Zaubersaft in uns reingekippt. Der hat gewirkt.«

»Na ja, er hatte auch bloß die Kräuter aus euer Welt. Und die, die ihm am Körper wachsen.«

»Den«, ich schüttele die Flasche, »hat mir Afaida gegeben. Seine Schwester.«

»Ja, ich hab von ihr gehört.« Er lacht überheblich. »Erst hat Ergor in Hain nach einem Heilmittel für sie gesucht, jetzt in deiner Welt. Aber der Alten ist nicht zu helfen. Sonst wäre sie ja nicht im Ring.« Er streckt sich. »Du hast mir einen ziemlichen Schreck eingejagt vorhin, weil du nicht riechst. Ich dachte für einen kurzen Moment, ich hätte meinen Blutdurst verloren und müsse nun diesen Krüppeln Gesellschaft leisten.«

Marts ist einfach gemein; auch wenn er nicht hinter mir her ist, bleibt er dennoch ein fieser Typ.

»Ich dachte, der Ring ist mächtig, weil sie den Kristall besitzen?«

»Tss, so kann man es auch sehen. Der Abbau ist eine der beschissensten Arbeiten, die man sich vorstellen kann, wieso sollte man das freiwillig tun? Viele gehen dorthin, weil sie keine Alternative habe. Sie sind für ihr Volk nutzlos.«

Ich gähne. Gleich wird es Nacht, und ich muss mir überlegen, wo ich schlafen soll. Marts ist zwar fies, aber mir jedenfalls vertrauter als jeder andere hier, und der Trank sorgt für meine Sicherheit.

Shart, der in der Dunkelheit kaum noch zu erkennen ist, deutet auf mich.

»Er will wissen, warum du allein unterwegs bist. Wo ist Brim?«

»Im Ring. Marts, kann ich heute Nacht hierbleiben?«

Shart deutet wieder auf mich und hebt dann fragend die Schultern.

»Ich bin abgehauen. Ich bin unterwegs zu eurem Gebiet. Ich muss nach Hause, und der einzige Weg führt durch euer Portal. Mein Vater weiß nicht, wo ich stecke. Ich will nur nach Hause«, flüstere ich. Dann fällt mir etwas ein: »Du weißt, wo das geheime Portal ist. Sag es mir!«

Marts lacht. »Hm, ohne Flügel kommst du wohl nicht auf die Insel? Blöd, was?«

Wütend balle ich meine Hände zu Fäusten. »Thekla hat das Portal geschlossen, und zwar deinetwegen! Nur deinetwegen hänge ich hier fest! Deine Leute haben meinen Tauschling ermordet. Es ist deine Pflicht, mir zu verraten, wo sich das geheime Portal befindet.«

»Ah, wenn da keine Aden aus dir spricht! *Dein* Tauschling? *Deiner?* Und es ist meine Pflicht?« Wieder lacht er. Doch sein Vater fordert ihn auf, mir etwas mitzuteilen.

Marts sträubt sich. »Wieso? Ist doch witzig, wenn sie das glaubt!«

Shart schiebt sein haariges Kinn vor, verschränkt die Arme, und ohne eine Miene zu verziehen, sieht er nun wirklich aus wie ein Highlander, ein Clanchef, der keinen Widerspruch duldet und nichts als seinen Willen braucht, um sich durchzusetzen. Er deutet einen Kreis in der Luft an und schließt pantomimisch etwas zu.

»Ja«, schniefe ich. »Aber selbst wenn es noch offen wäre, Thekla hält mich hier fest, bis mir Federn sprießen. Ich bin genauso gefangen wie Sie.«

Shart nickt. Einmal, ganz bedächtig, mehr wie ein Satzzeichen hinter einem Gedanken. Mit zwei Fingern fordert er Marts auf, seine Informationen preiszugeben.

»Okay«, lenkt der maulig ein und dreht sich zu mir. »Wir waren es nicht«, knurrt er. »Wir haben den Tauschling nicht ermordet. Wir haben unser Portal nicht mehr benutzt, seit, na, du weißt schon, der Nacht. Wir sind vielleicht wild, aber nicht blöd.«

»Aber wer hat den Leichnam dann gestohlen? Was ist mit den Spuren, die Basil gefunden hat?«

»Wer hat sie denn außer deinem Freund noch gesehen? Vielleicht hat dein Schatz dem Alten die Wunden ja selbst zugefügt, weil die Aden uns alles anhängen wollen, was schiefläuft!«

»Die Aden lügen nicht!«

Marts funkelt mich an, und Shart erhebt sich.

»Danke«, sage ich niedergeschlagen, »dass ihr mir das erzählt habt. Und auch, dass Sie sich mir in Ihrer menschlichen Gestalt gezeigt haben.«

Ich erhebe mich ebenfalls. »Ich laufe jetzt ein Stück weiter in diese Richtung, zum Schlafen. Morgen früh breche ich dann wieder auf. Ich werde das Portal schon finden.«

Ich schnappe meinen Rucksack, werfe einen bedauernden Blick auf das Brot und sogar auf das angenagte Fleisch. »Wenn ich meinen Vater wiedersehe«, sage ich, »werde ich ihm erzählen, dass Sie reingelegt wurden. Und dass ich Ihnen glaube. Es tut mir leid, dass er Sie damals so verwundet hat.«

Er lächelt. Und aus einem blöden Impuls heraus hebe ich meine Hand zum Gettofaust-M, aber einem Erwachsenen gegenüber fühlt sich das ein bisschen übertrieben an.

Dann gehe ich.

Ich benutze meinen Ast wieder wie einen Blindenstock, den ich am ausgestreckten Arm rechts vor mir herschiebe. Manchmal berührt er den Kristall, und das Holz knistert und glüht in der Dunkelheit auf. Manchmal bilde ich mir ein, noch etwas anderes knistern zu hören, über mir oder hinter mir. Ich drehe mich suchend um, doch die Nacht gibt nichts preis.

Gut eine Viertelstunde laufe ich, dann beschließe ich, dass es schlauer ist, ein Lager aufzuschlagen. Wer weiß, wie weit das Gebiet der Lykoten noch entfernt ist. Einen nächtlichen Überfall will ich nicht riskieren.

Ich bette meinen Kopf auf den Rucksack, doch ich finde keine Ruhe. Ich bin zu aufgewühlt von der Begegnung mit Marts und seinem Vater. Und ich habe Angst. Nicht nur vor den Lykoten.

Ich lausche auf die Geräusche, die mich umgeben. Neben Rascheln und Knistern höre ich auf einmal so etwas wie Atemzüge. Schlagartig richte ich mich auf. Das Rascheln wird hektischer, dann Flügelschläge. Da war jemand! Ein Aden oder nur ein gewöhnlicher Vogel? Ich warte, stehe auf und laufe ein Stück, aber meine Angst wird bloß schlimmer. Also lege ich mich wieder ins Gras und atme tief ein und aus, bis ich mich beruhigt habe.

Irgendwann fallen meine Augen zu, aber in meinem Kopf rattern die Gedanken weiter. Meine Beine jucken. Unruhig wälze ich mich vom Rücken auf die Seite und wieder zurück.

Energisch fummle ich mir die Kette über den Kopf und halte Basils Daune an meinen Mund. Und plötzlich fühle ich mich getröstet. Als ob Basil mich von fern her in den Arm nehmen würde. Wie sehr ich ihn vermisse! Ich schlinge die Arme um meinen Oberkörper, um mir vorzumachen, dass ich nicht allein in der

Finsternis bin, sondern Basil hinter mir sitzt, seine Lippen zart auf meinen Nacken drückt.

»Und?«, flüstere ich, »gefalle ich dir mit Federn?« Ich schließe meine Augen, Basils Daune in meiner Hand auf meiner Brust, wo mein Herz schwer klopft vor Sehnsucht. »Ja, ich finde auch, dass es etwas gewöhnungsbedürftig ist, aber glaub mir, bei deinen musste ich auch erst mal schlucken, und nun finde ich, dass du der süßeste Typ bist, der mir je begegnet ist. Doch, wirklich! Also, du warst auch vorher schon der bestaussehende Typ, aber, ähm, ich finde deine Federn mittlerweile richtig heiß.« Ich grinse. So laut ausgesprochen klingt das Wort auf Basils Federn bezogen gar nicht so verkehrt. »Ja, Basil«, flüstere ich noch mal, »du bist wirklich heiß.«

Da schreckt mich ein Rascheln erneut auf.

»Mischa, bist du das?«

»Marts?« Verwundert richte ich mich auf. Hat er mich etwa belauscht?

»Dass du nach nichts riechst, ist schräg. Hab dich fast nicht gefunden.« Er kriecht auf mich zu in einem ausgeleierten Hemd und einer weiten Hose.

»Du hast dich verwandelt.«

»Kannst meinem Alten dafür danken. Aber glaub bloß nicht, dass ich jemals vor dir meine Gestalt ändern werde.«

»Tu ich nicht. Was machst du hier?«

»Aufpassen.«

»Auf mich?«

»Ja, dafür kannst du meinem Vater auch danken.«

»Okay, wirklich freundlich, aber ich fühle mich ganz sicher. Und ich habe noch was von dem Trank genommen. Du kannst wieder gehen.«

»Ich zeige es dir«, wispert er.

Mit einem Ruck richte ich mich auf. »Was?«, frage ich, zitternd vor Hoffnung.

»Unser Portal. Mein Vater hat mir befohlen, dass ich dich dorthin begleite. Allein schaffst du es sowieso nicht durch unser Land.«

»Du willst mir helfen?«

Er knurrt. »Hier!« Er wirft mir etwas zu, das ich aus Reflex auffange. Dabei lasse ich beinahe die Kette fallen. Es ist seine Decke, ziemlich kratzig, und im Gegensatz zu mir riecht das Ding drei Meilen gegen den Wind.

»Lass uns schlafen!« Er streckt sich ein paar Meter von mir entfernt im trockenen Gras aus.

»Äh, Marts?«

»Ich schlafe!«

Unschlüssig schiebe ich meine Beine unter die Decke. Ich rücke ein Stück näher an Marts heran, gerade so nah, dass ich seine borstigen Haare berühren könnte, wenn ich meinen Arm ausstrecken würde. Wie sie sich wohl anfühlen? Ich streife mir die Kette wieder über den Kopf. Besser, ich weiß nicht, wie viel er von meinem Selbstgespräch mitbekommen hat. Verstohlen trinke ich noch einen Schluck aus Afaidas Flasche.

Als ich erwache, zwitschert von irgendwoher ein Vogel, und ein anderer antwortet. Auch mein erster Gedanke gilt Afaidas Supertrank. Ob sie geahnt hat, wie nützlich mir ihre Flasche sein wird? Ich greife danach und sehe, dass Marts bereits wach ist und mich mit seinen braunen, undurchschaubaren Augen anschaut.

»Merkst du etwas?«, frage ich neugierig. »Rieche ich?«

Er wendet sich ab.

Ich drehe mich auf den Bauch und forme aus meinen Armen ein Kopfkissen. »Macht es was mit euch?« Aber er versteht wohl nicht, worauf ich hinauswill, also werde ich deutlicher: »Unser Blut. In der Nacht auf Hainpforta, als du Hanna und Fridolin …«

»Ja, ja, ich weiß, welche Nacht du meinst.« Er winkt nach seiner Decke. Ich wälze mich auf die Seite und ziehe den Teil, auf dem ich liege, unter mir hervor.

»Basil hat mir einen Tropfen von seinem Blut gegeben, und in mir sind alle Sinne explodiert.«

»Explodiert, Schwachsinn!« Er hockt sich hin und beginnt, die Decke gewissenhaft zusammenzurollen. Als würde diese einfache Tätigkeit seine gesamte Konzentration erfordern. »Hör auf zu quatschen. Wir gehen los. Jetzt knallt die Sonne noch nicht so.«

Ich pflücke ein paar Halme von meinem Shirt. »Brr, ist das frisch.«

»Fell wäre mir auch lieber.«

Er schiebt die Deckenwurst unter einen dürren Strauch. Mehr als Gras und ein bisschen Gestrüpp wachsen auf dieser Seite des Kristalls ja nicht. Wenn er das Ding verstaut, haben wir offensichtlich keine weitere Nacht mehr vor uns.

»Erreichen wir heute noch das Portal?«

»Wenn du weiter blöd rumstehst und quasselst, nein. Vielleicht ist es dir noch nicht aufgefallen, aber jemand ist hinter uns.«

»Was? Wer folgt uns denn?« Erschrocken blicke ich mich um.

»Keine Ahnung. Wächter? Es ist niemand zu sehen. Doch ich rieche etwas.«

Ich verrate Marts nichts von meinem Verdacht. Dass es mein Vater und vielleicht einige vom Ring sind, die hinter uns herjagen. Wir müssen einfach schneller sein!

Ich schnappe meinen Rucksack, trinke einen tiefen Schluck aus der Wasserflasche, dann brechen wir auf.

»Du hast mir nicht geantwortet. Passiert etwas mit euch, wenn ihr menschliches Blut trinkt?«

Er schweigt.

»Okay, schon verstanden. Ich bin still.«

Wenn Marts meint, dass er schmollen muss, weil ihn sein Vater zu dieser Expedition verdonnert hat, will ich ihn nicht dabei stören.

Vielleicht bin ich in ein paar Stunden schon zu Hause. Ein hoffnungsvolles Lächeln stiehlt sich auf mein Gesicht.

Einer der Vögel stößt einen hohen Pfiff aus. Plötzlich frage ich mich, wieso ich das höre: Sind die Vögel auf der baumlosen Seite der Kristallwand? Über uns am Himmel kann ich keine entdecken.

»Komm.« Marts zieht das Tempo an. »Ich weiß, wo wir uns waschen können. Deinen Mischa-Geruch hast du zwar überdeckt, aber du stinkst trotzdem.«

Idiot!

Wir laufen am Waldrand entlang, die Kristallwand immer neben uns. Ab und an teste ich mit dem angekokelten Stock, doch Marts kennt den Verlauf blind. Das Zwitschern begleitet uns weiter. Ein paarmal schaue ich auf. Das strahlende Blau blendet mich, bis mir Tränen in die Augen schießen. Sonst erblicke ich nichts. Auch Marts reckt hin und wieder sein Kinn und wittert.

Nach etwa zwanzig Minuten schweigsamen Fußmarschs, ich immer drei, vier Schritte mit unüberhörbar knurrendem Magen hinter Marts her, summt er plötzlich eine Melodie. »Kennst du das?«

»Nö.«

»Lief immer im Radio auf Hainpforta.«

»In welchem Radio?«

»Das hatten wir unten im Keller, so eine Boombox. Im Keller gab es all die Sachen, die wir hier in Hain nicht haben. Radio. Und sogar einen Fernseher, aber weil wir nur eine mickrige Antenne hatten, gab's kaum Programme, die richtig gelaufen sind. Aber ganz Hainpforta steht auf ›XY ungelöst‹.«

»Klingt ja beinahe, als würdest du eure Kellerpartys und das Internat vermissen.«

»Vergiss es!«

»Und hattet ihr auch einen Swimmingpool?«, frage ich.

»Ihr Städter habt echt einen Knall. Wie soll man denn in das verwinkelte Kellergewölbe eines alten Jadgschlosses einen Swimmingpool einbauen? Das Haus ist eh schon feucht, weil die Floraner für ihr Wohlfühl-Luftklima gesorgt haben. Damit Ergor und Gwindula nicht vertrocknen.« Er lacht fies.

»Sing das Lied noch mal, vielleicht kenne ich es ja doch.«

»Ich kann den Text aber nicht.« Dann brummelt Marts mit seiner unmusikalischen Stimme los.

Ich meine, dass ich unter der schrägen Melodie einen Song heraushören kann, der vergangenen Sommer ziemlich häufig im Radio lief.

»War es das?« Ich kann den Text auch nur halb und fülle die Leerstellen mit Lalalas und Hmhmhms aus.

»Ja!« Marts springt begeistert in die Luft. »Das ist es! Sing noch mal!«

Wir schlendern singend und brummend Richtung Westen, die Sonne schiebt sich langsam höher, und ich vergesse, dass der

Junge neben mir eigentlich ein Lykot ist, der, sobald die Wirkung von Afaidas Getränk nachlässt, losschnappen wird, um an mein Blut zu gelangen, mich rücksichtslos zerfetzen wird wie das Stück Fleisch gestern.

Wir teilen uns im Gehen das restliche Brot, und ab und zu macht er mich auf essbare Beeren und Früchte aufmerksam. Na ja, dass sie essbar sind, bedeutet leider nicht, dass sie auch lecker schmecken.

Ich vergesse auch unsere Verfolger. Bis Marts plötzlich stoppt. Er kneift die Augen zusammen. Dann lotst er mich einen kleinen Abhang hinunter und über eine Wiese.

»Sind wir noch auf dem richtigen Weg?«, frage ich, und wende mich unsicher zur Kristallwand.

»Wir machen eine kurze Pause. Badepause. Du stehst ja anscheinend auf Planschen.« Marts rennt los. »Da vorn ist ein Bach. Komm, Stinkvogel!«

»He, nach Veilchen duftest du auch nicht gerade.« Ich renne hinterher.

»Beeil dich!« Marts deutet auf das Wasser.

»Okay, ich geh erst mal nur mit den Füßen rein«, sage ich etwas verschämt, kremple meine Leggins hoch und sofort wieder runter.

»Nein«, blafft er mich an, »du schrubbst dich gründlich! Ich weiß nicht, wer uns verfolgt, aber ich kann sie riechen. Und wenn ich sie riechen kann, dann sollten wir verhindern, dass sie ebenfalls unsere Fährte aufnehmen. Du riechst vielleicht nicht mehr nach Mensch, aber deine Kleidung, tut es noch. Abgesehen davon ist das Lykotengebiet nicht mehr weit. Willst du meine Brüder und Schwestern anlocken? Geh am besten einfach komplett rein.«

»Du verarschst mich, stimmt's? Warum muss nur ich in das kalte Wasser rein?«

»Am besten du tauchst einmal komplett unter. Das ist kurz und schmerzlos.«

»Ja, ist ja gut«, sage ich und wate langsam in den Bach. Das kalte Wasser ist ein Schock, und ich stoße einen spitzen Schrei aus.

Von Marts kommt ein schnaufendes Lachen.

»Ungefähr so fühlt es sich an«, lacht er.

»Was?«

»Na, wenn wir euer Menschenblut trinken.«

»Arschkeks!«

»Huhn!«

Als ich aus dem Wasser steige, starrt Marts entgeistert auf meine Beine.

»Äh …«

Mist. Die Kiele zeichnen sich deutlich unter der Leggins ab, die klatschnass an meinen Schenkeln klebt.

»Ja, äh!«, sage ich und stapfe wütend aus dem Wasser.

»Ich dachte, du wehrst dich dagegen. Du hast gesagt, du willst keine Aden werden.«

»Werde ich auch nicht. Ich steige heute durch euer Portal, und damit hört diese Verwandlung auf.«

»Du hast uns angelogen!« Marts kneift die Augen zu engen Schlitzen zusammen.

»Siehst du, wenn ich gelogen habe, kann ich keine Aden sein. Und wenn ich nicht gelogen habe, dann kann ich auch keine sein. Was ist eigentlich dein Problem? Ich meine, dein Vater ist reingelegt worden, okay, aber er war schließlich wirklich unterwegs, um jemanden zu killen.«

»Deine Mutter. Das Blut stammte von deiner Mutter.«

Ich hebe den Blick wieder. Meine Kleidung ist schwer vom eiskalten Wasser, und ich tropfe. »Wieso sollte es ausgerechnet von ihr stammen?«

»Na, denk mal nach. Sie ist der einzige Mensch, der seit vielen Jahren in Hain aufgetaucht ist. Bis jetzt. Wenn kein Blut geschmuggelt wurde, muss es ja von ihr gewesen sein.«

»Dein Vater wollte meine Mutter umbringen?«

»Der Anschlag war gegen unsere beiden Familien gerichtet.«

»… und du jammerst rum, dass er im *Einsamen Wald* hockt? Kein Wunder, dass er ein schlechtes Gewissen hat! Ihr Lykoten seid widerlich! Einfach widerliche Bestien!« Damit schnappe ich mir den Rucksack und renne los.

»Ach, vergiss es! Du hörst überhaupt nicht zu, du bist genau wie dein Vater! Hauptsache, es gibt einen Sündenbock!«, brüllt Marts. »Arrogante Adentrulla!«

Er läuft mir hinterher. »Die Aden hetzen gegen uns Lykoten. Sie halten uns klein wie ungezogene Kinder.«

Ich stoppe und wühle in meinem Rucksack nach einem Zopfgummi für meine nassen Haare. »Kein Wunder! Du hockst vor der Gefängniszelle deines Vaters und weißt genau, dass dich die Wächter suchen! Wenn das nicht kindisch ist!«

»Mir doch egal!«

»Und dass Hainpforta geschlossen wurde, ist dir das auch egal?«

Er knurrt. »Willst du mir die Schuld dafür geben?«

»Wenn du Hanna und Fridolin nicht entführt hättest … Ja. Du und dein Vater, ihr seid schuld daran, dass das Portal geschlossen wurde!«

»Mischa! Denk nach! Wundert es dich denn gar nicht, dass wir Lykoten in der Nacht auf Hainpforta entkommen konnten?«

»Was willst du damit sagen?«

»Dass du anfangen solltest, nachzudenken, statt stur weiter Vorurteile gegen uns zu hegen.«

Wütend schleudere ich meinen Rucksack über die Schulter, und in dem Moment passiert es. Wahrscheinlich habe ich den Verschluss nicht richtig zugezurrt. Ich sehe im Augenwinkel, wie Afaidas Flasche herausrutscht, und fasse reflexartig danach, greife daneben, die Flasche fällt zu Boden, auf den einzigen Stein weit und breit. Klirrend zerspringt das Glas. Der Trank versickert im Boden.

»Mist!« Hilflos klaube ich die Scherben auf. Kein einziger Tropfen ist übrig, nur scharfkantiges Glas. Die Vögel zwitschern, als gäbe es da irgendetwas zu lachen.

Marts rennt zum Ufer zurück, bückt sich und hebt eine Handvoll Schlamm auf. »Hier!« Er schmiert sich den Schlamm um die Nase.

Ich muss unfreiwillig grinsen, weil Marts so albern aussieht.

Er rennt zu mir zurück. »Jetzt rieche ich nur Schlamm, du brauchst keine Angst vor mir zu haben. Komm, Mischa, ich bring dich heim!«

Ein Knacken lässt uns gleichzeitig auffahren.

Marts packt mich und drückt mich zu Boden. Ich schließe meine Faust um die Glasscherbe in meiner Hand.

Eine Weile liegen wir flach im Gras und warten. Plötzlich spüre ich Marts' Hand sacht auf meinem Rücken. »Wann hast du getrunken?«, flüstert er.

»Gleich nach dem Aufwachen«, raune ich.

»Unser Land ist keine Stunde entfernt, wenn wir uns beeilen, bist du in deiner Welt, bevor die Wirkung nachlässt.«

Unauffällig lasse ich die Scherbe in den Bund meiner Leggings gleiten. Dann zupfe ich das T-Shirt über die kleine Beule.

»Komm!« Marts streckt mir seine Hand entgegen. »Wir müssen weiter.«

Wir laufen nicht zurück zur Kristallwand. Auch wenn das der direkte Weg zum Lykotenland ist. Der Bachlauf mit seinem Gestrüpp bietet eine bessere Deckung.

Dass das Land der Lykoten direkt vor uns liegt, merke ich anfangs nur an Marts' verändertem Gang, er wird schneller, energischer. Wir laufen schweigend, dann beginnt Marts zu rennen. Immer wieder wenden wir uns nach den Verfolgern um.

Doch auch andere Geräusche nehmen zu. Ich kann Blätter rascheln hören und Wind in den Ästen. Endlich taucht der Wald vor uns auf.

»Ich, ähm, verschwinde mal eben im Gebüsch«, raunt Marts und duckt sich zwischen die Bäume.

Unbehaglich trete ich auf der Stelle.

»Wie hast du das vorhin eigentlich gemeint?«, rufe ich. Aus einem Busch zischt es mich an, und ich bin still. Marts' Bemerkung geistert mir durch den Kopf. Wie konnten die Lykoten den Wächtern aus Hainpforta entkommen? Hat ihnen jemand aus dem Internat geholfen? Aber wer?

Marts erscheint in seiner Hundegestalt und unterbricht meine Gedanken. »Setz dich auf meinen Rücken, dann sind wir schneller.«

»Rieche ich?«

»Nach Bachschlamm und Gras, aber das Portal liegt mitten im grünen Dickicht, unterirdisch in einem Bau. Auf allen vieren bewege ich mich geschickter.«

Marts' Fell ist dick und trocken, heiß von der Sonne. Kurz denke ich an gestern Nacht, als ich so dicht neben ihm lag und mich gefragt habe, wie seine Haare sich anfühlen. Jetzt weiß ich es.

Marts trabt los, und ich kralle meine Hände in seinen Pelz.

Er zieht das Tempo an.

»Ist es okay, wenn ich mich so festhalte? Tut das weh?«, keuche ich.

»Halt einfach die Klappe, Mischa.«

Ich kneife meine Augen zu, denn der Ritt wird schneller und schneller, die Äste fliegen an uns vorbei. Ich ducke mich. Mein Oberkörper presst sich dicht an seinen Rücken, meine Schenkel klammern sich um seine Flanken. Ich kann spüren, wie die Muskeln unter mir arbeiten.

»Jemand begleitet uns«, schnauft Marts.

»Deine Leute?«

»Um das herauszufinden, müssten wir anhalten.«

Aber wir halten nicht, sondern fliegen förmlich durch das Grün. Kein Zweig streift mein Gesicht, kein Ast berührt mein Bein. Marts findet den Weg zwischen den Bäumen mit schlafwandlerischer Sicherheit. Das Fell zwischen meinen Fingern wird feucht. Ab und an wage ich es, mich umzuschauen.

Immer wieder schlägt Marts Haken, die mich beinahe abwerfen. Ich kralle mich fester in seinen Pelz. Wieder prescht er überraschend zur Seite, ich rutsche, schreie auf, halte ein Bündel loses Fell in meinen Händen, kralle mich sofort wieder fest.

»Riechst du sie noch?« Ich kann nichts hören oder sehen. So geschärft meine Sinne auch sein mögen, bei diesem Tempo finden sie sich nicht zurecht.

»Ja, sie sind ein paar Meter hinter uns, als wollten sie uns Vorsprung lassen.«

»Eine Eskorte?«

»Meine Leute sind es nicht, die würden uns umkreisen.«

Wieder lausche ich, und nun glaube ich, rasches Getrappel wahrzunehmen. Knacken und ein gleichmäßiges Schlagen im Wind. Aden!

Marts hält an.

»Sind wir da?«

»Nicht ganz. Aber wie gesagt, wir Lykoten sind nicht blöd!«

Er richtet die Ohren auf, lauscht. Seine Nase zittert.

Ich gleite von seinem Rücken, etwas pikst mir in die Leiste. Ich zucke zusammen, und aus dem kleinen Piks wird ein stechender Schmerz.

Die Scherbe! Mit angehaltenem Atem lüpfe ich den Bund der Legging und sehe das Stück Glas in meiner Haut stecken.

Marts hebt den Kopf. Wendet sich langsam zu mir. In seinen Augen liegt ein gieriger Ausdruck.

»Marts?«, frage ich ängstlich. Das Glas in meiner Haut schmerzt höllisch, und ich kann dem Drang nicht widerstehen. Ich ziehe den Splitter heraus. Sofort sickert frisches, hellrotes Blut aus meiner Wunde.

Marts jault auf.

Wie in Zeitlupe sehe ich den Tropfen von der Glasspitze herabfallen und auf den Boden schlagen. Unhörbar, doch er birgt die Sprengkraft einer Bombe. Als hätte ich damit das Kommando gegeben, gehen die Kämpfer aufeinander los. Aber tatsächlich müssen sie schon längst darauf gelauert haben, aus ihren Hinterhalten aufeinander zuzustürzen.

Der Angriff erfolgt von allen Seiten gleichzeitig. Von oben senkt sich ein Pfeilregen auf uns herab, aus einem Gebüsch preschen Lykoten, aus einem anderen mein Vater, Adenwächter und Rodwang vom Ring. Und mittendrin Marts, der mit angstgeweiteten Augen auf mich zuschleicht.

Ich starre geschockt auf die rasende Meute vor mir und begreife, dass sie sich gegenseitig zerfetzen werden und mich verschonen. Mein Vater hat sich auf den Alphawolf gestürzt.

Marts wehrt sich gegen einen der Aden. »Mischa«, ruft er, »stopp die Blutung, du lockst immer mehr an!« Jetzt stößt er den Aden von sich und läuft zu mir. »Los, auf meinen Rücken, ich bring dich hier raus!« Seine Augen glänzen wie berauscht, und ich zögere.

Aus den Ästen über mir geht ein erneutes Pfeilgewitter nieder. Ein Pfeil landet dicht vor Marts' Schnauze. Ich blicke hoch und erkenne Ruli und Aram, die wie zwei Racheengel in den Bäumen stehen.

Ruli pfeift eine Tonfolge, und die Geschwister lassen gleichzeitig die Pfeile sausen. Das also war das Vogelgezwitscher, das uns seit dem Morgen verfolgt hat. Ruli deutet auf Marts.

»Klettere den Baum hoch, Mischa«, schnauft mein Vater, der die Kehle des Wolfs mit seinen Klauen umklammert. Der Wolf blutet und wehrt sich kaum noch.

»Mischa, jetzt hör einmal auf mich, verdammt! Klettere den Baum rauf!«

Doch ich kann den Blick nicht von ihm abwenden. Dicht hinter ihm tauchen drei Lykoten auf. Ihr bösartiges Grinsen verrät, dass sie nicht wie Rodwang zum Ring gehören.

»Papa!«, rufe ich, doch schon packen sie ihn und zerren ihn von ihrem Anführer weg. Ich renne ein paar Schritte auf ihn zu. Er hat keine Chance. Der zornige Ausdruck in seinem Gesicht weicht Entsetzen.

»Lauf!«, brüllt er mir mit solcher Wucht entgegen, dass ich zurückspringe und diesmal tatsächlich gehorche.

Ich wende mich um, sehe, wie Marts auf mich zuspringt. Direkt über mir ertönt wieder der zwitschernde Pfeifton.

Das Widerlichste sind die Geräusche. Das Schmatzen und Knirschen und anschließend der süßlich-metallische Geruch.

Ich strauchle gegen einen Baumstamm.

Die Gier in Marts' Augen ist verschwunden, nur noch ein Flehen liegt darin, dann kracht er vor mir zu Boden. Im seinem Rücken stecken zehn oder mehr Pfeile.

»Nein«, brülle ich und sinke neben ihm auf die Knie. »Marts!« Ich hebe seinen Hundekopf, der sich unglaublich schwer anfühlt, auf meinen Schoß. Ein Zucken peitscht durch seinen Körper. Sacht lege ich die Hand auf seine Rippen, die sich viel zu hektisch heben und senken. Um uns herum tobt der Kampf weiter, doch wir scheinen weit davon entfernt, wie auf einer Insel, auf der uns niemand finden kann.

»Mischa.« Seine Stimme ist bloß ein leises Schnaufen.

Ich beuge mich zu ihm. Tränen tropfen auf sein Fell. Jemand fasst mich an der Schulter.

»Das Portal«, röchelt er. »Es liegt nur ungefähr fünfhundert Meter nördlich von hier. Unter einem hohlen Baum, dessen Wurzeln sich aufspreizen wie Adenkrallen.« Er holt Luft, und ein neuer Schwall Blut sickert dabei aus den Pfeilwunden. Ich widerstehe dem Wunsch, die Spitzen herauszuziehen.

»Lauf auf gerader Linie nach Norden, dann kannst du es nicht verfehlen.«

»Marts, wir gehen gemeinsam hin. Du musst dich nur ein wenig ausruhen«, flehe ich ihn an.

Doch er schließt die Augen.

»Nicht, Marts! Bleib wach.«

Aber Marts reagiert nicht.

Ich schlinge meine Arme um seinen Hals.

Er sackt in sich zusammen. Für einen letzten Moment nimmt sein Gesicht menschliche Züge an. Dann fällt sein Kopf zur Seite.

Wie aufs Stichwort greift jemand unter meine Achseln und reißt mich empor. Starke Arme wuchten mich rücksichtslos hoch, eine Schulter rammt sich in meine Magengrube. Ich hänge kopfüber, greife irgendetwas – den Bund einer Hose, wie ich hoffe. Jemand trägt mich fort. Und ich schreie, denn er trägt mich weg vom Portal!

Ich sehe Hufe in unglaublichem Tempo den Boden berühren und gleich wieder abheben. Mit jedem Schritt bohren sich die Schulterknochen tiefer in meinen Bauch.

Also kein Lykot, einer vom Ring, der den Überraschungsmoment genutzt hat. Ich hebe den Kopf gerade noch rechtzeitig, bevor ich meinen Vater aus den Augen verliere. Ich sehe, wie er sich unter den Bissen der Wölfe zusammenkrümmt.

Mein lang gezogener Schrei gellt durch die Schluchten zwischen den Bäumen und verbindet sich mit dem dumpfen Klang der Tritte. Mein Verstand rät mir, loszulassen, mich blindlings vom Rücken fallen zu lassen und meinem Vater zu Hilfe zu eilen. Oder gleich nach Norden zu rennen, den hohlen Baum mit den Krallenwurzeln zu finden, um aus diesem Albtraum in meine Welt zu fliehen. Doch ich bin wie gelähmt und klammere mich instinktiv nur fester an den Pferdemenschen.

Nach einer Weile hebe ich den Kopf und erkenne, dass es Renrus ist, der mich brutal geschultert hat. Ich hatte mir geschworen, nie wieder auf seinem Rücken zu sitzen, und nun trägt er mich wer weiß wohin. Ich habe keine Ahnung, wem ich in dieser Welt noch vertrauen kann.

In der Ferne hetzt eine Meute Lykoten hinter uns her. Ich höre nur das schnelle Trommeln ihrer Pfoten auf dem weichen Waldboden, ihren keuchenden Atem. Aber der Abstand vergrößert sich mit jedem Schritt. Renrus ist schnell.

Nur mein Vater mit seinen kräftigen Flügeln könnte uns einholen, denke ich. Hoffentlich kommt ihm Rodwang zu Hilfe.

Ich schließe die Augen. Ich war so kurz vor dem Ziel, nur wenige Meter trennten mich von dem rettenden Portal. Ich sehe Marts' leblosen Körper vor mir. Tränen laufen mir über die Wangen.

# KAPITEL ACHTZEHN

Nach einer Weile ändern sich die Geräusche. Das Huftrommeln klingt härter. Ein leichtes Echo begleitet es. Ich schlage meine Augen auf und blicke in den tiefblauen, sternenlosen Himmel, wir sind außerhalb des Waldes. In meinen Ohren pulsiert das Blut. Ich muss bewusstlos gewesen sein.

Der weiche Boden federt Renrus' Schritte ab, was mir zugutekommt, denn so schlage ich weniger unsanft gegen seinen Rücken.

»Bringen Sie mich zurück!«

»Still!« Seine tiefe Stimme vibriert bis in meine Knochen. Dennoch hält er im Schutz einer Hecke an. Ich rutsche von seinem Rücken. Sobald meine Füße den Boden berühren, renne ich los, doch ich strauchele, falle. Renrus packt meine rechte Fessel. Ich wälze mich herum, trete nach seinem Schienbein, strampele gegen seine Hufe, spucke, kratze.

Er schnürt meine Arme und Beine wie ein Paket zusammen. »Ruhig!«

»Ich muss zurück, ich muss wieder in den Lykotenwald!«, brülle ich.

»Mischa, hör mir zu! Dein Vater und ich arbeiten zusammen, wir ermitteln gegen diese Gruppe. Du kannst mir vertrauen.«

Kann ich das? Stumm wehre ich mich gegen seinen festen Griff.

»Sie meinen die Lykoten?«

»Den Ring«, entgegnet er. »Wegen deines Verschwindens mussten wir unsere Untersuchung abbrechen.«

»Was ist mit meinem Vater passiert?«

»Brim schlägt sich durch, keine Bange. Er hat Krallen, gegen die sich kein Lykot wehren kann.«

Ich denke an das letzte Bild, das ich von ihm im Kopf habe. Mein Vater in den Fängen von drei Lykoten. Als ich aufschluchze, bekommt Renrus wohl ein wenig Mitleid mit mir, denn sein Griff wird lockerer.

»Zur Not fliegt er ihnen davon«, versucht er mich zu trösten.

»Ich will hier weg. Eure Welt ist furchtbar. Ihr tötet einander. Das ist barbarisch!«

Renrus lacht leise. »In eurer Welt sterben täglich viel mehr Menschen durch Gewalt. Es gibt Kriege, aber die Menschen verhungern auch, verdursten, und die meisten von euch schauen einfach weg.«

»Wie habt ihr mich gefunden?«

»Ruli und Aram haben Marts schon eine Weile beobachtet. Sie haben darauf gewartet, dass er sie zum Portal führt. Deswegen haben sie sich nicht bemerkbar gemacht, als du aufgetaucht bist. Lautet die Frage nicht vielmehr, was du an seiner Seite getrieben hast? Ein Menschenmädchen und ein Lykot! Es ist nicht lange her, da hätte er dich, ohne zu zögern, gekillt.«

»Rodwang ist auch ein Lykot.«

»Rodwang besitzt keinen Bluttrieb. Damit will ich nicht behaupten, er sei ungefährlich. Aber dieser Gefahr hätte dich dein Vater nie ausgesetzt.« Er räuspert sich. »Hör mir gut zu, Mischa. Ich verlange von dir, dass du deinen Starrsinn jetzt abstellst. Du wirst mich nicht mehr schlagen, treten, kratzen, und vor allem wirst du nicht allein wegrennen! Du wirst allen meinen Anweisungen ohne Widerworte folgen. Dann versichere ich dir, dass ich dich hier unversehrt hinausbringe. Ich gebe dir mein Versprechen.«

Trotzig presse ich meine Lippen aufeinander. Dann nicke ich. Was bleibt mir anderes übrig.

»Gut. Steig auf. Wir müssen uns beeilen. Unsere Verfolger lassen sich sicher nicht so leicht abschütteln.«

Ich klettere stumm auf seinen Rücken.

Während er losrennt, redet er weiter: »Du hast keine Ahnung, was du mit deiner Flucht, angerichtet hast! Aber ich habe deinem Vater mein Versprechen gegeben, dass ich mich um dich kümmern werde.« Er schnauft.

Was ich mit meiner Flucht angerichtet habe? Was habe ich denn mit alldem zu tun? Ich will nur in meine Welt zurück.

Die Nacht fliegt an mir vorüber. Über uns jagen Schatten durch die Luft. Tylwyth Aden. Wächter.

Es ist immer noch finster, auch wenn Renrus Stunde um Stunde gelaufen ist. Irgendwann zwischen Nacht und Tag macht er halt. Behutsam lässt er mich von seinem Rücken gleiten. Seine Hand um mein Handgelenk lockert sich prüfend.

»Schon okay, ich laufe nicht mehr fort!«

»So wenig Geräusche, wie möglich!«, wispert er und sinkt mit einem leisen Stöhnen nieder. Die Muskeln an seinen Schenkeln zittern.

Ich rutsche dicht an ihn heran.

»Wohin bringen Sie mich?«, flüstere ich.

»Nach Haynyr. Schlaf, wenn du kannst. Auch ich muss mich ausruhen.«

»Tun die weh?« Ich deute auf seine Beine.

Er legt mir seine Hand auf den Scheitel. »Keine Bange, Renrus ist stark.«

An Schlaf ist nicht zu denken. So heftig schlägt mein Herz, dass mein ganzer Körper bebt und die Sterne am Himmel erzittern. Meine Gedanken kehren immer wieder zu Marts zurück und dann zu meinen Vater. Wie es ihm wohl geht?

Renrus neben mir schnaubt gleichmäßig, seine Wangen sind schlaff, und bei jedem Ausatmen wackeln sie ein bisschen. Ungeniert betrachte ich den massigen Körper und die Stelle, wo die menschlichen Schenkel in Pferdefüße übergehen. Wieso all diese tierischen Attribute? Wieso Hufe? Die verhornten Enden seiner Beine sehen hässlich aus. Klar, mit den Hufen bewegt sich Renrus schnell, doch wir Menschen haben Autos. Die Aden können fliegen, aber wir steigen ins Flugzeug. Diese Wesen sind rau und wild. Halbe Tiere eben. Nein, ich sehe keine Vorteile darin, ein Geschöpf dieser Welt zu sein.

Die Sterne über mir funkeln, und etwas verdeckt sie für eine Sekunde.

Ob Shart weiß, dass Marts nicht mehr lebt? Bei der Vorstellung, wie Sharts vom Schmerz übermannt wird, laufen mir wieder Tränen über das Gesicht, und ich ersticke mein Schluchzen mit der Faust.

War es wirklich das Blut meiner Mutter? Und jetzt, in dieser ungewissen Nacht, frage ich mich: Wer außer meinem Vater hatte die Möglichkeit, ein paar Blutstropfen von ihr zu stehlen? Nur ein versehentlicher Piks mit seinen kleinen Federkielen, mehr hätte es nicht gebraucht. Oder eine Glasscherbe, die sich in die Haut bohrt. War er es, der Shart scharfgemacht hat?

Ich muss zurück. Bis Silvester habe ich noch Zeit!

Ob Renrus mich zum Lykotenportal bringen würde, wenn ich ihm alles erkläre? Ich habe keine Ahnung, ob ich ihm trauen kann.

# KAPITEL NEUNZEHN

Wir rasen längs des Flusslaufs dahin. Rein optisch gesehen gehört dieser Morgen zu den schönsten meines bisherigen Lebens. Allerdings nur, solange ich die Gedanken an meinen Vater ausblende, an meine Mutter, an Basil.

Ein kirschblütenpinkfarbener Schimmer kriecht in weit ausladenden Wellen über das Firmament. In kurzen Intervallen blitzt Weiß auf und kündigt den Tag wie ein Feuerwerk an.

Wind lässt die Gräser rascheln und liefert den passenden Soundtrack zum Schauspiel. Fasziniert betrachte ich das Spektakel.

Ich sehne mich nach Basil. So sehr, dass meine Tränen auf Renrus' Rücken tropfen. Ich erinnere mich an unseren ersten Kuss und den Tag, als wir in meinem Bett gelegen haben. Damals wusste ich nichts vom Flügelvolk und erst recht nichts von dieser Welt.

Irgendwann werden wir gemeinsam einen Sonnenaufgang erleben. Wir werden uns wiedersehen!

Renrus läuft stoisch durch die sich allmählich verändernde Landschaft, vorbei an Erdhütten und Tunnelbauten. An Terrassendörfern und den seltsamsten Pflanzen, die ich je gesehen habe.

Nach zwei weiteren Stunden streckt er einen Arm aus und deutet in die Ferne. Ich kneife die Augen zusammen, aber verstehe nicht, was er mir zeigen will. Dann erkenne ich eine Hütte, verborgen zwischen knorrigen Pflanzen, holziges Gras inmitten von Sumpf.

Die Hütte ist leer. Sie sieht grau und heruntergekommen aus. Tote, bläulich schimmernde Käfer mit riesigen Kneifwerkzeugen und etwas wie Mäusekot liegen verstreut auf den einfachen Möbeln. Von uns aufgescheucht, wirbelt Staub durch einen Sonnenstrahl, der den Raum teilt.

Ich plumpse von Renrus' Rücken in den Dreck und reibe meine schmerzende Schulterkugel.

Ohne Umschweife zieht Renrus die Klappe einer Falltür in der Decke herunter, und eine schmale Trittleiter rasselt zu Boden. Er steigt hinauf und taucht Sekunden später mit einem in derben Stoff gewickelten Kasten wieder auf. Er keucht beim Abstieg.

»Ich nehme an, es gibt ein paar Leute, bei denen du dich melden willst.« Renrus zieht die Stoffhülle ab, zum Vorschein kommt ein Nynyktar.

»Endlich!«, jubele ich und atme erleichtert auf. In diesem Moment würde ich Renrus sogar um den Hals fallen, aber der schwere Kasten in seinem Arm hält mich davon ab.

Renrus schiebt den Apparat auf den Tisch. Der Dreck und die Käfer prasseln zu Boden, wo sie sofort zu Pulver zerfallen und als hellblauer Staub wieder aufsteigen. Den Stoff wickelt er sich wie zur Vorbereitung auf einen Boxkampf um die Hand. »Dann mal los!«

»Eigentlich muss ich nur meine Mutter sprechen. Und Basil.« Ich zögere. »Wäre wahrscheinlich keine gute Idee, Papa anzunynyktieren?«

»Nein. Wir wissen nicht, ob ihn das Rudelvolk nicht doch kassiert hat. Und außerdem legen wir diesen Zwischenstopp hier ohne sein Wissen ein. Ist quasi ein kleines Geheimnis zwischen uns. Na, komm schon! Beeil dich, uns sitzt ein Spähtrupp im Nacken.«

Ich beuge mich über das Gerät und höre, wie Renrus hinter mir an der Tür Stellung bezieht. Dann schalte ich die Knöpfe an und denke an Mama.

Diesmal klappt die Verbindung auf Anhieb. Wir sehen uns im selben Augenblick. Eigenartig ist, dass ich nicht nur sie anschaue, sondern auch mich. Dann kapiere ich, dass es mein Spiegelbild ist, das ich betrachte.

Mama steht im Friseursalon und wäscht einer Kundin die Haare. Erschrocken wirft sie der Frau das Handtuch über den Kopf.

Die Kundin fuchtelt mit den Armen. Meine Mutter wickelt das Handtuch fest um Stirn und Augen der Frau und bugsiert sie mit den Worten aus dem Stuhl, dass sie für einen Moment im Vorraum warten müsse. Die Kundin schlägt empört um sich. Doch Mama bleibt hartnäckig.

»Die Spülung muss einziehen«, sagt sie und schubst die Zwangserblindete vor sich her zum Sessel und zu dem Tischchen mit den Magazinen.

»Dafür ist das Waschen heute umsonst«, beruhigt sie die Dame und kehrt zu mir zurück. Sorgsam verschließt sie die Tür. Sie stellt sich glücklicherweise nicht wieder genau vor den Spiegel. Andernfalls hätte ich wohl dauernd auf mich gestarrt. Es ist das erste Mal seit meinem Aufbruch, dass ich, wenn auch nur für Sekunden, mein Spiegelbild gesehen habe. Habe ich mich nur deshalb nicht erkannt, weil mein überrumpeltes Hirn zu lange gebraucht hat, um die eintreffende Information richtig zu interpretieren?

»Mischki! Ich hab das Kribbeln gar nicht gemerkt. Gott sei Dank, es geht dir gut!«

Sie sieht müde aus. Wie sehr ich mir wünsche, ich könnte sie in meine Arme schließen.

»Warum bist du im Laden? Sind nicht Weihnachtsfeiertage?«

»Na ja. Heute ist der 27. Dezember. Ich hab aber nur für zwei Stunden auf. Extraöffnungszeit für besonders hartnäckige Kundinnen«, flüstert sie mit Blick in den Vorraum. »Mischki, wann kommst du zurück? Es ist einsam ohne dich. Ich habe an Heiligabend bis vier Uhr morgens gewartet, länger konnte ich die Augen nicht offen halten. Sie haben mir nicht Bescheid gegeben, dass sich da etwas verschoben hat. Am ersten Feiertag bin ich nach Hainpforta, und Arthur wimmelte mich wortkarg schon am Tor ab und meinte, du hättest jetzt doch Lust, länger zu bleiben. Unfreundlich wie immer.«

Damit hatte ich nicht gerechnet. Niemand hat sich die Mühe gemacht, meine Mutter zu informieren! Niemand ist auf die Idee gekommen, dass es sie interessieren könnte, wenn sie ihre Tochter gut zwei Monate nicht zu Gesicht bekommen wird oder nie wieder. Dass das letzte offizielle Portal nun zu ist. Und zu allem Überfluss bleibt es nun an mir hängen, ihr die Hiobsbotschaft zu überbringen.

»Mama …«

Ich lege eine Pause ein, weil ich nicht weiß, wie ich es ihr schonend mitteilen soll. Diese Pause ist für meine Mutter anscheinend aussagekräftig genug.

»Was?« Ihre Stimme klettert eine Terz höher.

»Ich konnte nicht zurück. Mein Tauschling …«

Will ich ihr wirklich sagen, dass der Mann getötet worden ist? Mord! Dieses Wort kann bei ihr alles Mögliche auslösen. Es ist vorstellbar, dass sie zu Super-Wendla mutiert, die wutentbrannt nach Hainpforta stürzt, um Ergor zu kidnappen. Vielleicht verfällt sie auch in Schock oder erleidet eine Panikattacke.

»Sprich weiter!« Ihre Stimme nimmt noch zwei Schritte die Tonleiter hinauf.

»Der Mann lebt nicht mehr. Aber keine Sorge, alles ist schon geklärt. Weißt du von dieser Mischlingslegende?«

»Thekla lässt dich nicht so einfach gehen.« In der Feststellung schwingt bereits ihre Vorahnung mit. Meiner Mutter kann man so leicht nichts vormachen.

»Ja, Thekla Tullwiss will abwarten, wie ich mich so entwickle.«

»Entwickle?«

»Adentechnisch gesehen«, nuschele ich und muss mich zusammenreißen, damit ich nicht losweine.

»Du meinst, sie wartet ab, ob dir Flügel wachsen?«

Ich nicke, weil ich es nicht übers Herz bringe, ihr von dem geschlossenen Portal zu berichten. Ich bringe es nicht fertig, ihr zu sagen, dass wir uns vielleicht nie wiedersehen werden. Bis Silvester besteht ja noch Hoffnung.

Mama kneift die Augen zusammen. »Was ist los?«

Nun treten mir doch Tränen in die Augen.

»Was ist, Mischki?«, fragt sie bestürzt. »Wegen der Federn? Wachsen sie?«

»Ja«, schniefe ich. »So wie es aussieht, beschränkt es sich nur auf die Beine. Und ich höre ziemlich gut. Aber an den Armen ist nichts. Und meine Füße sind ebenfalls noch keine Krallen.«

»Wenn du Thekla Federn präsentierst, darfst du gehen?«

Ich schniefe wieder, aber diesmal, weil ich mich um die Antwort drücken will. Ich höre, dass Renrus hinter mir unruhig wird.

»Ich muss Schluss machen. Mach dir keine Sorgen. Ich komme bald nach Hause. Hast du meine Zettel gefunden?«

»*Zettel* ist gut. Du hast ja ein ganzes Buch zusammengeschrieben.«

Verlegen schneide ich eine Grimasse. »Bist du traurig, dass du an Weihnachten allein warst?«

»Oh, Mischa, natürlich bin ich das. Aber ich freue mich auch, dass es dir gut geht. Und ich bin so erleichtert, dass du endlich weißt, dass dein Vater lebt und dass er ein Aden ist. Endlich hat die Lügerei ein Ende. Das ist kein schönes Gefühl, dem eigenen Kind ins Gesicht zu lügen. Meine Mischki, ich vermisse dich.«

»Ich vermisse dich auch, Mama.«

Renrus hinter mir schnaubt wieder.

»Kopf hoch, Mama. Halt, warte! Kannst du mir einen Gefallen tun?«

»Welchen?«

»Sollte Klaas auftauchen, pass bitte auf ihn auf. Ich denke, Aden Tweick hat ihn auf dem Kieker.«

Mama stöhnt. »Tweick. Schon als ich den Mann zum ersten Mal getroffen habe, gab's Ärger. Kannst du mir Brim noch kurz geben?«

Ich stutze. »Öh, Papa ist gerade unterwegs. Aber schöne Grüße soll ich ausrichten«, lüge ich. Ist wirklich kein schönes Gefühl.

»Mischa«, ruft Renrus dazwischen.

»Und wer war das?«

»Ein Besucher. Ein Freund von Papa. Gut, Mama. Ich muss Schluss machen. Und in der Zwischenzeit: Sooft ich einen Nynyktar in die Hände kriege, werde ich mich melden.«

»Halt! In der Zwischenzeit? Was soll das heißen?«

Ich schicke ihr einen Luftkuss und unterbreche die Verbindung. Hoffentlich hat mein Schauspiel sie etwas beruhigt. Nicht mit meiner Angst herauszuplatzen, nicht Trost bei ihr zu suchen ist bestimmt die richtige Entscheidung gewesen. Nach dem Gespräch fühle ich mich jedoch elender als zuvor.

»Was ist los? Verfolger am Horizont?«, wende ich mich an Renrus, um mich auf andere Gedanken zu bringen. Ich sage das so dahin, aber Renrus späht unruhig aus dem Fenster.

»Sprich jetzt rasch mit Basil. Noch sieht es so aus, als hätten wir die Verfolger abgehängt. Aber ich traue der Ruhe nicht.«

Ich schiebe meinen Kopf erneut über das Lupenglas und erwische Basil und Klaas wie ein altes Ehepaar beim Kartenspiel. Die beiden so vertraut nebeneinanderhocken zu sehen löst wahre Sturzwellen der Sehnsucht in mir aus. Ich weiß nicht, was ich mir mehr wünsche: mit Basil in einem endlosen Kuss zu versinken oder Klaas so heftig an mich zu drücken, dass es kracht.

»Was macht ihr da?«

»Mau-Mau.« Klaas' Stimme klingt belegt, er räuspert sich. »Ich bring Basil Mau-Mau bei.«

»Rommé kann ich auch schon«, ruft Basil begeistert dazwischen.

»Wo seid ihr? Frankreich? Belgien?«

»Weder noch«, sagt Basil.

»In Opas Gartenhaus«, erklärt Klaas.

»Ihr seid zu Hause?«

»Du hast gesagt, dass du keinen Tauschling mehr brauchst. Wir dachten, dann wäre es besser, vor Ort weiterzuermitteln«, sagt Klaas.

»Tweick sucht euch! Und Gwindula und Ergor! Sie alle sind euch auf den Fersen. Wenn ihr wüsstet, was in der Zwischenzeit passiert ist! Erst ist die Leiche des alten Mannes auf mysteriöse Weise verschwunden, und nun behauptet Tweick, dass du dahintersteckst, Basil. Aber Thekla meint, dass die Lykoten an allem schuld sind, und hat das Portal geschlossen.«

Ich blicke Basil an. Ich hatte ganz vergessen, wie schön er aussieht. Seine Augen vollführen wieder mal einen Farbwechsel. Gelb. Gold.

»Du musst ins Internat! Alle anderen Schüler sind bereits übergetreten! Wenn du nicht vor Silvester dort auftauchst, steckst du für immer in unserer Welt fest!«

Basil streicht sich nachdenklich mit den Spielkarten über das Kinn.

»Was hast du da für einen Kratzer auf der Stirn?«, fragt Klaas. »Geht's dir gut? Wachsen Federn?«

»Ja, untenrum sehe ich bereits aus wie eine Comicfigur.« Ich senke meine Stimme. »Ich weiß, wo sich das Lykotenportal befindet, Basil«, wispere ich ganz leise, ganz nah am Kristall. Er beschlägt und kurz sehe ich Basil und Klaas verschwommen. »Zumindest kenne ich den Zugang. Aber Renrus bringt mich nach Haynyr.«

»*Der* Renrus ist bei dir?«, fragt Basil beeindruckt.

»Äh, ja. Basil, tritt über, bitte! Komm nach Haynyr.«

»Eigentlich hatten wir vor, heute Nacht ins Internat zu schleichen«, schaltet sich Klaas ein. »Es glaubt ja wohl inzwischen niemand mehr, dass du aus Zufall dort gelandet bist. Basil hat mir so einiges erzählt, und diese ganze Verkettung von Schulbrand, Auslosung … Wenn wir herausfinden, wer den Brand gelegt hat, wissen wir auch, wer den Mord an dem Tauschling auf dem Gewissen hat. Hundertpro!«

»Klaas, erstens: Wie willst du den Brandstifter aufstöbern? Zweitens: Hainpforta ist komplett verwaist. Vermutlich sind nicht einmal die Wächter gerade dort, denn die suchen euch. In Frankreich.« Ich grinse. »Und drittens: Ich weiß nicht, aber ich glaube, die Antwort findet sich hier in Hain.«

»Alles beginnt mit dem Schulbrand. Mit Marts …«

Ich unterbreche Basil. »Glaubt mir, die Lykoten stecken nicht dahinter. Ich habe Marts getroffen. Er hat mir geholfen. Er hat mir verraten, wo ich das Portal finde. Wir wären so etwas wie Freunde geworden …« Ich schlucke. »Die Adenwächter haben ihn erschossen.«

»Mischa, fall nicht auf die Lykoten herein, bitte!« Die Karten in Basils Hand sind nicht mehr zu gebrauchen. So heftig ist seine Reaktion auf meine Worte, dass er seine Faust mit den Karten darin mit aller Kraft zusammengeballt hat. Basil schafft es sofort, mein Misstrauen gegen das Rudelvolk wieder anzufachen.

»Oh Mann, ich stecke in einem einzigen Kuddelmuddel. Ich weiß nicht mehr, was ich glauben kann und wem ich glauben kann. Und obendrein hat es niemand für nötig gehalten, Mama Bescheid zu sagen, dass ich vermutlich nicht vor Februar zurückkomme«, beende ich meinen etwas wirren Bericht.

»Oh. Wie hat sie es aufgenommen?«, fragt Klaas.

»Relativ gefasst. Sie wird vermutlich nicht ins Internat einsteigen und Ergor kidnappen.«

Die beiden Jungen verstummen.

»Was denn? Oh nein, nein! Wagt das nicht!«

»Dann hätten wir einen Tauschling.« Klaas schnippt mit dem Finger. »Das Ganze ist ein Komplott, verstehst du? Da darf man nicht zimperlich sein, wenn es um die eigene Verteidigung, das eigene Leben geht! Falls uns Beweise in die Hände fallen, umso besser.«

»Mischa, beeil dich. Da ist jemand!«, höre ich Renrus.

»Okay, ich muss auflegen. Aber macht keinen Quatsch! In Hainpforta ist niemand mehr. Und, Klaas, das ist kein Detektivspiel!«

Renrus stößt einen dumpfen Laut aus.

»Basil, tritt über, komm nach Haynyr. Und Klaas, wir sehen uns bald, spätestens im Februar. Ich erwarte eine Überraschungsparty!«

Mehr kann ich nicht sagen, denn ich werde an der Hüfte gepackt und sehr unsanft aus dem Nynyktar gezerrt. Die Krallen einer Bajunin blitzen auf. Berone presst mir die gefährlichen Waffen gegen die Kehle. Ihre senffarbenen Augen funkeln. Die Katzenohren zucken nervös. Rechts und links biegt je ein Tylwyth Teg Renrus die Arme auf den Rücken. Wäre die Situation nicht so bedrohlich, ich müsste lachen, so albern ist der Anblick der eleganten Biester neben dem hünenhaften Renrus. Selbst jetzt wischen sie sich noch mit eitlen Gesten die Haare hinters Ohr.

Berone beginnt zu singen. Panisch versuche ich, wenigstens eines meiner Ohren mit der Schulter zu verschließen. Da sie mich fest umschlungen hält, kann ich mich kaum gegen ihre Stimme wehren. Doch dann höre ich, wie holprig ihr Gesang ist. Total schief. Berones Barthaare kitzeln unangenehm meine Schläfen, als sie singt:

»Ein Angebot, es ist viel wert,
dein Retter, er bleibt unversehrt,
ich singe ihm nichts vor,
zieh' nichts aus seinem Ohr.
Doch du, du musst dich beugen,
guten Willen bezeugen.«

Die Reimform macht es mir nicht gerade leicht, den Worten zu folgen. Und die schiefe Melodie verführt mich beinahe dazu, das Lied nicht ernst zu nehmen. Ehrlich, ich muss fast lachen. Aber ich begreife, dass sie mir einen Handel vorschlägt, den ich nicht unterschätzen sollte.

Renrus' Freiheit gegen meine.

Meine Freiheit gegen seine Erinnerungen.

Mischa, hör auf, das ernsthaft in Erwägung zu ziehen, befehle ich mir. Berone hypnotisiert dich!

»Also, wie lange muss ich mich denn beugen? Eine Woche, einen Monat, ein Jahr, für immer?«, fauche ich.

Die Bajunin säuselt in mein Ohr:

»Vaters Flügel wir nicht stutzen,
willst dem Ring du nutzen.«

»Was? Soll das heißen, Sie haben meinen Vater?« Ich winde mich unter dem Krallengriff der Katzenfrau.

Die Tylwyth Teg grinsen mich an. »Sing, Berone, auch wenn's schräg klingt! Gleich hast du sie weich!«

Da hebt der linke vom Boden ab. Kurz darauf folgt der rechte.

Sie zappeln mit ihren langen Beinen über der Erde an Renrus' ausgestreckten Armen. Das Grinsen ist ihnen vergangen. Im nächsten Augenblick schon segelt einer der beiden auf mich zu.

Berone lockert zur Abwehr den Griff um meinen Hals, Renrus packt mich am Arm, und bevor mich der stürzende Teg zu Boden reißt, zieht Renrus mich zu sich heran. Ich bin frei.

Der andere Schönling zappelt noch an Renrus' Arm in der Luft. Renrus schleudert ihn fort wie ein lästiges Insekt. Der Teg fällt, fängt sich nicht richtig, stolpert auf den Nynyktar zu, stützt sich ab und schreit jämmerlich auf. Blut tropft von seinen Fingern.

Ich habe das Gespräch mit Basil und Klaas nicht beendet. Die Verbindung besteht offensichtlich noch immer, und der Kristall hat ihn nun die ersten Glieder seiner Finger gekostet.

Renrus hat Berone indessen umgeworfen und sich rittlings auf sie gesetzt. Mit einer Hand drückt er ihr Maul in den Dreck. Der Griff sieht brutal aus.

Ich stecke meinen Kopf in den Nynyktar. Klaas und Basil sind bleich. Basil zeigt auf die blutverschmierten Fingerspitzen am Boden.

»Keine gefährlichen Aktionen. Versprochen?«

Klaas nickt fassungslos.

Renrus hockt auf der Bajunin, die ihre Gegenwehr aufgegeben hat. Der eine Teg ist vollauf mit seinen Verletzungen beschäftigt, oder vielmehr damit, was sie seiner Schönheit angetan haben. Er richtet sich allen Ernstes die Kleidung und wischt mit Spucke den Dreck daraus. Der andere hält ängstlich Abstand.

»Wickel den Stoff ab«, sagt Renrus und hält mir die bandagierte

Hand entgegen. Ich ziehe an der Faust. »Reiß ein Stück ab. Ja, gut so.«

Mit einem Stoffstreifen fesselt er Berone, und einen anderen schiebt er ihr als Knebel in den Mund.

Der andere Teg schleicht sich zur Tür, doch Renrus brüllt ihn an, dass er es nicht wagen solle, zu fliehen. Die beiden sind immerhin nicht so dämlich, seine Schnelligkeit zu unterschätzen. Brav hocken sie sich hin und strecken auf Verlangen ihre Arme vor, die mit dem restlichen Stoff ebenfalls gefesselt werden.

»Berone«, Renrus kniet sich vor die Katzenfrau. »bevor wir dich den Wächtern des Bundes übergeben, willst du mir sicher erklären, was der Überfall sollte.« Vorsichtig pult er den Stoff aus ihrem Mund.

Die Bajunin leckt sich die Lippen. Der Stoff ist sicher genauso staubig wie alles in der Hütte.

»Der Mischling gehört zum Ring!«, bricht es aus ihr hervor. »Eine Aden ohne Flügel. Schau sie dir doch an!«

»Und deshalb hat der Ring den Lykoten den Kristall überlassen? Damit sie euch im Tausch dafür Mischa kidnappen? War das der Deal?«

»Keiner vom Ring hat mit den Lykoten verhandelt«, faucht sie, und ihre Zähne blitzen auf. »Als ob wir es nötig hätten, uns mit diesen Strolchen einzulassen.« Sie blinzelt mich an. »Mischa«, wie flüssiger Honig schnurrt ihre Stimme, und ich spüre, dass sie wieder versucht, mich zu hypnotisieren. Ohne Gesang gelingt es ihr fast besser. »Der Ring wäre der richtige Platz für dich. Du bist kein Mensch und keine Aden, du bist irgendetwas dazwischen, und du wirst nirgendwo dazugehören. Weil dir etwas fehlt. Aber bei uns findest du eine Heimat. Du könntest etwas bewirken, zum Guten für diese Welt. Auch für deinen Vater und deine Mutter. Komm zu uns. Nimm die Erzkette und stell dich in den Dienst des Rings!«

Ich wehre mich gegen den süßen Sog ihrer Worte, die plötzlich sehr viel Sinn ergeben. Ja, ich werde nie wieder in meiner Welt, in meiner kleinen Stadt leben können, ohne mich verloren zu fühlen. Ich werde meine Erlebnisse in Hain nie vergessen können, und selbst wenn ich mich sehr nach meiner Mutter und meinem alten Leben sehne, ich weiß, dass mir Hain fehlen wird, dass ich nie vergessen werde, dass ich eine Aden bin und mein Vater hier lebt. Sie hat recht, ich gehöre hierher! Zum Ring! Die Tylwyth Teg kichern. Sicher lesen sie meine Gedanken.

»Schluss mit dem Gesäusel.« Renrus packt Berone grob am Kragen. »Schau mich an, nur mich!«

»Ach, mit dir rede ich nicht. Du! Ein Abgesandter des Bundes, der uns den Kristall genommen hat. Die einzige Macht, die wir je hatten! Nun hat Thekla sie auch noch an sich gerissen. Wie kann sie es wagen, uns das Einzige zu nehmen, was uns Achtung beschert? Freut es sie, dass wir, die Aussätzigen, die Höhlenwesen, alles verlieren, was wir je hatten?«

In der Hütte wird es still. Langsam lösen sich Renrus' Finger vom Kragen Berones, und sie gleitet zu Boden. Unschlüssig dreht sich Renrus im Kreis. Dann steckt er Berone den Stoff wieder ins Maul.

»Wir verzichten darauf, euch unschädlich zu machen. Versteht ihr, was ich mit unschädlich meine? Etwas sehr Schmerzhaftes. Wahrscheinlich holen euch die Wächter. Vielleicht finden euch eure Leute zuerst, dann habt ihr Glück.«

Damit stößt er die Tür auf, schleudert mich mit einem Judowurf auf seinen Rücken und trabt davon.

»Wenn das deren beste Leute waren, brauche ich mich wirklich nicht zu hetzen«, sagt er gleichgültig.

»Doch, Renrus«, presse ich atemlos hervor. »Beeil dich. Lauf so schnell du kannst!«

Der Ring hält meinen Vater gefangen.

# KAPITEL ZWANZIG

Die Landschaft dehnt sich weit. Wir stehen am schroffen Rand *der Hand,* der Felsenkette, die die Steppe auch im Süden umschließt, und blicken ins Tal auf die schier endlose Fläche verbrannten Grases, die nur hier und da von Hecken oder vereinzelten Riesenkakteen unterbrochen wird.

Wir werden nahezu schutzlos unter der brütenden Glut durch die Ebene wandern. Es führt zwar ein richtiger Weg über die Felsen hinab ins Tal. Doch das ist ein Umweg, der uns weitere Stunden kosten wird.

»Einen Vorteil hat die Steppe: Wir sehen sie genauso schnell, wie wir gesehen werden«, sagt mein Begleiter.

»Wieso haben Sie nicht Hilfe angefordert? Sie hätten mit Thekla sprechen können.«

»Ich stecke meinen Schädel nicht freiwillig in diese Dinger!«

Mir klappt der Mund auf. Renrus zuckt mit den Schultern. Ich schweige.

Wenn ich bloß fliegen könnte, schießt es mir durch den Kopf. Es ist das erste Mal, dass ich mir ernsthaft wünsche, eine Aden zu sein. Unwillkürlich fasse ich mir an die Unterseite der Arme, dort, wo die Flügel wachsen.

»Wir klettern hinab. Den direkten Weg von hier ins Tal. Wird

’ne üble Kraxelei, also schön aufpassen! Unten nehme ich dich dann wieder auf den Rücken«, bestimmt Renrus.

Ich nicke. Für mich ist der steile Abstieg durch das staubige Geröll zwar nicht ungefährlich, aber wesentlich einfacher, als für den Zweimetermann mit seinen Hufen. Er strauchelt unentwegt. Wenn Renrus sich ein Bein bricht, stecken wir in der Tinte. Ich blicke in die Tiefe. Zwei Drittel des Abhangs haben wir bereits geschafft.

»Sollen wir eine Pause einlegen?«, frage ich, doch in diesem Augenblick stolpert er wieder. Seine Arme schnellen in die Höhe. Dann sackt der Körper ab. Diesmal findet er keinen Halt. Atemlos sehe ich, wie er rutscht und sich überschlägt, er rutscht weiter, Meter für Meter den Hang hinab. Mit einem Aufprall gegen einen Felsbrocken endet sein Sturz.

Er regt sich nicht.

Das Gras raschelt, und vom Himmel strahlt die Sonne.

Ich schlittere den Hügel hinunter. Der kantige Untergrund reißt meine Hände auf und scheuert am Stoff meiner Leggings. Als ich bei Renrus ankomme, sehe ich, dass meine Wunden nichts sind, im Vergleich zu den Verletzungen, die er davongetragen hat. Seine linke Augenbraue ist aufgeplatzt, Nase und Lippen sind blutverschmiert, der Oberschenkel ist regelrecht zerfetzt.

Zwei Tage ist er für mich gerannt. Jetzt liegt er zu meinen Füßen und rührt sich nicht. Ich lege meine Hand an seinen Hals, wo sich Dreck und Schweiß miteinander mischen. Unter der schmierigen Wärme fühle ich nach dem Puls. Das ist er doch, das Klopfen an meiner Handfläche?

»Renrus, hörst du mich?«

Schlaff liegt der Riese auf dem Boden. Um mich herum gibt es nichts außer Steppe und Felsen. Hier ist niemand, keine Seele, die uns zu Hilfe eilen könnte.

»Komm! Renrus ist stark, das hast du selbst gesagt. Aufwachen! So ein läppischer Sturz haut dich doch nicht um.«

Ich ziehe und zerre an seinen Armen. Er bewegt sich nicht. Nicht mal seine Wimpern flattern. Hauchzart spüre ich die Luft seinen Nasenlöchern entweichen. Die Atemstöße geben mir Hoffnung, dass er durchhält, bis uns irgendwann irgendjemand hier findet. Doch wer soll das sein?

Thekla glaubt uns im Ring, zusammen mit meinem Vater. Von den Entwicklungen dort weiß sie sicher nichts. Meine Mutter erwartet mich in zwei Monaten zurück. Mit Klaas und Basil habe ich vor Stunden erst gesprochen. Sie gehen davon aus, dass wir auf dem Weg nach Haynyr sind. Ich kann nur hoffen, dass Basil es sich überlegt und übertritt. Oder dass uns unsere Verfolger finden. Ob überhaupt noch jemand hinter uns herjagt? Ich male mir aus, wie sie mich, ihr Symbol für den Frieden und die Liebe, in den Ring verschleppen und Renrus verletzt in der Sonne liegen lassen.

»Bitte, Renrus, komm zu dir!«, flehe ich ihn an.

Aber er rührt sich nicht. Ich lasse meinen Blick über die Steppe schweifen. Leer und heiß flirrt der Horizont. Vielleicht sollte ich loslaufen und Hilfe holen? Wie lange brauche ich, bis ich Haynyr zu Fuß erreiche?

»Das hast du nun von deinen blöden Hufen!«, schluchze ich.

Ich schlinge meine Arme um den Körper des reglosen Mannes und heule, bis keine Tränen mehr kommen und mein Kopf schmerzt.

Die Sonne glüht. Matt lege ich mich an seine Seite, ohne Wasser und ohne Schatten. Ich habe beschlossen, bei ihm zu bleiben. Wenn wir schon sterben, dann gemeinsam.

»Renrus«, flüstere ich und streichle seinen Arm, »danke!«

Nun, wo sein Körper neben mir ums Überleben kämpft, weiß ich, dass ich ihm vertrauen kann. Wahrscheinlich habe ich das schon die ganze Zeit gewusst.

»Ich habe nicht recht. Wir haben zwar unsere Autos, doch mit denen müssen wir auf den Wegen bleiben, die uns vorgegeben sind. Wir haben Flugzeuge, doch die sind an ihre Zeiten und Strecken gebunden. Ihr seid frei mit euren Flügeln und Hufen. Hain bedeutet Freiheit.«

Und Gefahr. Hain, so heißt es, erträgt alles.

Die Trockenheit in meiner Mundhöhle fühlt sich an wie beißender, kratzender Rauch. Ich höre auf zu sprechen.

Dann dämmere ich in der Hitze weg.

Später erwache ich, denn die Luft hat sich stark abgekühlt. Nun friere ich. Auch Renrus zittert. Er ist immer noch nicht bei Bewusstsein. Ich reibe ihm den kalten Schweiß von der Haut, so gut es geht. Auf dem getrockneten, schwarzen Blut hocken sandfarbene Insekten, ihre Beine sind borstig, genau wie die Flügel. Ich jage sie fort. Doch sie schwirren hartnäckig um uns herum und lassen sich nicht vertreiben.

Ich bin zu erschöpft, um weiter gegen die Plagegeister anzukämpfen. Geschlagen klettere ich auf meinen Gefährten und schmiege mich fest an ihn, damit wir uns gegenseitig wärmen.

Plötzlich verändert sich der Ton. Das Schwirren nimmt an Lautstärke zu, wird intensiver. Auch die Luft riecht wieder stärker nach dem Gras der Ebene. Meine Wahrnehmung explodiert. Ist das ein letztes Aufbäumen der Sinne, bevor sie vollends von der Ohnmacht geschluckt werden?

Basils Gesicht erscheint. Sein blonder Pony, fast weiß, der die Augen nur freigibt, wenn er mit einem kleinen Schwung nachhilft. Meine Mutter würde ihn sofort abschneiden. Ich grinse die Fata Morgana an, diesen Abschiedsgruß meines Bewusstseins. Wenn Sterben sich so anfühlt, braucht man sich nicht zu fürchten.

»Mischa? Was ist los?«

Keine Fata Morgana, es ist der lebendige Basil!

Ich richte mich auf.

»Was ist geschehen? Ist Renrus verletzt?«

»Ja!« Ich schreie Basil an, den echten Basil, der uns noch retten kann. Nur ein erbärmliches Röcheln dringt aus meinem Mund. »Er ist gestürzt und bewusstlos. Wir brauchen Wasser. Basil, kannst du Hilfe holen? Thekla! Sag ihr, dass wir Hilfe brauchen!« Mir tut die Kehle weh, als krallte sich jedes einzelne Wort dort fest.

»Wo seid ihr?«

»Keine Ahnung. Wir sind am südlichen Rand dieser Steppe. Drum herum sind Felsen. Im Zentrum der Ebene liegt Haynyr. Beeil dich!«

Basils Gesicht verschwindet, und Klaas' Antlitz taucht auf. »Ha, voll abgefahren, dieses Ding!«

Erst jetzt frage ich mich, welchen Nynyktar sie benutzen. Meines Wissens nach gibt es nur einen in unserer Welt.

»Klaas! Seid ihr etwa im Internat? Ihr müsst verschwinden.«

»Mischa, hör mir zu. Mir ist etwas eingefallen. Der Schulbrand, weißt du noch? Am nächsten Tag, als wir die Hamster retten wollten, hast du etwas aus den Trümmern gefischt …«

»Eine Feder.«

»Genau. Eine grüne Feder.«

»Aden Tweick«, rufe ich aufgebracht, und ein heftiger Hustenreiz zwingt mich zum Innehalten. Als er sich beruhigt hat, spreche ich vorsichtig weiter. »Aden Tweick hat grüne Federn. Hat *er* den Brand gelegt?«

»Jedenfalls hat er dafür gesorgt, dass du nach Hainpforta kommst. Ich habe die Feder noch. Wir haben einen Beweis. Wir müssen nur jemanden auf Hainpforta finden, der nicht mit ihm unter einer Decke steckt. Erst mal will ich …«

Basil scheint etwas zu sagen, denn Klaas wendet sich abrupt um. Seine holografische Ohrmuschel verliert den wächsernen Ausdruck, und ich sehe plötzlich Blutstropfen. Klaas hat den Kristall berührt.

Er flucht und zieht den Kopf gänzlich aus dem Apparat. Basil taucht wieder auf. Im Hintergrund höre ich dumpfe Laute, die vermutlich von Klaas stammen.

»Pass auf, ich kümmere mich jetzt um Hilfe«, sagt Basil. »Also für euch, nicht für Klaas. Das ist halb so schlimm. Ihm fehlt nur ein bisschen von der äußeren Ohrmuschel. Anfängerfehler. Ich glaube, ich weiß, wo ihr euch befindet. Bis bald, Mischa!«

Seine Selbstsicherheit beruhigt mich. Jetzt glaube ich beinahe, dass wir doch nicht verloren sind. Ich lege meinen Kopf zurück auf Renrus' Brust und lausche auf die viel zu lange Stille zwischen den einzelnen Herzschlägen.

Ich versuche, Renrus all die positive Energie zu schicken, die ich noch in mir habe, damit die Stille sich nicht zur Ewigkeit ausdehnt.

# KAPITEL EINUNDZWANZIG

Wind kommt auf. Keine kühlende Brise, sondern unangenehm warme Wellen streichen über meine Haut. Doch erst als sich ein Schatten über die Sonne schiebt, blicke ich auf und erkenne, dass es unsere Retter sind, die den Wind vor sich hertreiben. Über mir verdunkelt ein dichter Schwarm Tylwyth Aden den Himmel. Dreißig oder mehr bewegen sich in einer Traube durch die Luft, die alle Farben der Welt in sich vereint. Sie steuern auf uns zu.

»Renrus«, schwach rüttele ich an seinen Schultern, »Hilfe kommt.« Rau und klebrig kratzt die Stimme in meinem Hals. Ich weiß nicht, wie lange ich auf Renrus' Brust geschlafen habe. Endlich trifft die Rettung ein, die uns Basil gesandt hat.

Das Geschwader wird von Thekla angeführt, und als die Aden landen, bilden sie einen schützenden Kreis um uns. Einige von ihnen sind mit Pfeil und Bogen bewaffnet. Thekla sagt etwas, und zwei Aden flitzen zu uns und untersuchen Renrus. Ein anderer reicht mir eine Flasche.

Ich trinke, das Wasser schmeckt so frisch und klar, dass ich vor Freude weinen könnte. Allmählich komme ich zu mir.

Vier der Flügelleute bereiten eine Trage vor, die sie um ihre Oberkörper schnallen. Ein anderer entwirrt den Sitz für mich. Schnell und wortlos vollziehen sich die Handlungen. Thekla schirmt ihre Augen mit der flachen Hand ab, aber sie tritt nicht zu uns und spricht nur mit ihren Leuten. Ich muss ihr sagen, dass auch mein Vater Hilfe braucht. Ich will ihr von Shart erzählen und von Marts' sinnlosem Tod. Doch es fehlt mir die Kraft.

Geschäftig reiht sich Handgriff an Handgriff, bis Renrus sicher in der Trage liegt. Thekla gibt das Zeichen für den Abflug. Ein Aden hilft mir dabei, in den Sitz zu steigen, dieser hier ist aus etwas eleganterem Material geknüpft, und die Gruppe erhebt sich in die Luft.

Erschöpft lehne ich meinen Kopf an eines der geflochtenen Seile. Ich schaukele durch die Luft, und an meinen Beinen beginnt es sogleich zu kribbeln, als würden die feinen Federchen spüren, dass wir uns nun in ihrem Element bewegen.

Nach einer Weile beginnt es unter uns zu grünen. Am Horizont tauchen die Umrisse von Haynyr auf. Die Landschaft wird stetig farbiger und die Farben selbst satter, doch die Stadt will und will nicht an Größe zunehmen.

Dann, nach ungefähr drei Stunden Flug, landen wir doch auf dem Balkon des Palastes. Der größte Teil der Aden stiebt nun, nachdem wir unbehelligt angekommen sind, in alle Himmelsrichtungen davon. Die anderen postieren sich.

Renrus, keuchend und fiebernd, wird auf seiner Trage ins Innere gebracht. Thekla begleitet ihn. Ich bleibe unschlüssig stehen, da sich ausnahmsweise mal niemand für mich zu interessieren scheint.

»Armes Kindchen, sitzt dir der Schreck noch im Gemütchen?«

So redet nur einer!

»Joggl!« Ich fahre herum.

»Komm, Mädchen, komm herein. Dein Höslein ist zerfetzt,

das solltest du nicht länger tragen. Thekla hat schon ein Gewand für dich angeordnet. Nimm ein Bad, schlüpf in frische Kleidchen. Ich bring dich zum Badekämmerlein.«

Aufgeregt hüpft er um mich herum. Er scheint sich tatsächlich über unser Wiedersehen zu freuen, also sind meine schroffen Worte vergeben und vergessen. Ich freue mich unglaublich, den kleinen Froschmann wiederzusehen. Und ich hoffe, sein Angebot, mir zu helfen, steht immer noch.

»Ich muss ganz dringend mit Thekla sprechen. Unbedingt!«

»Ich weiß, ich weiß. Jetzt wird sich erst einmal hübsch und frisch gemacht, dann sieht die Welt schon anders aus, und es ist immer noch Zeit für ein Pläuschchen.«

»Nein, Joggl, du verstehst mich nicht! Mein Vater ist in Gefahr.«

Der Froschmann bugsiert mich durch einen Gang. Für ihn gibt es wohl nichts Wichtigeres, als mich aus meinen zerfetzten Hosen zu bekommen.

»Es gab einen Kampf zwischen den Wächtern, dem Ring und den Lykoten. Ich fürchte, man hat ihn gefangen genommen. Warum hörst du nicht zu?«

Ich rede weiter auf ihn ein, und er schiebt mich währenddessen vor sich her, bis ich in einem erfrischend kühlen Raum stehe. Wände und Boden sind von elfenbeinfarbenen Fliesen bedeckt. In der Raummitte ist ein Becken eingelassen, aus dem duftender Wasserdampf aufsteigt. Das Libellenflügellicht, das durch die matten Fensterscheiben fällt, umhüllt mich wie heilsame Milch. Meine überreizten Nerven beruhigen sich. Erschöpft sinke ich auf einen Schemel und atme durch.

»Hier, Fräulein, ein Tüchlein zum Trockenreiben, und dort

erwartet dich dein Kleidchen, schau. Es freut mich, dich wiederzusehen!«, sagt er und winkt kurz, bevor er die Tür hinter sich zuzieht und mich allein zurücklässt.

Nach einer Weile hebe ich den Blick vom Boden.

Was nützt es meinem Vater, wenn ich hier trübsinnig vor mich hin starre, bis mich Joggl wieder abholt? Ich kann Joggls Worten genauso gut Folge leisten und mich waschen. Ich beeile mich einfach, und dann renne ich zu Thekla.

Den Hosenboden meiner Leggings hat der Fels völlig aufgerissen, sodass ich nur noch auf dem dünnen Stoff meiner Unterhose sitze. Ein Bad und frische Kleidung werden mir guttun. Ich merke, wie sehr ich mich schon seit Tagen danach sehne. Also beuge ich mich zu Boden und binde die Schnürsenkel auf. Dabei fällt mein Blick durch die Beine auf die Wand hinter mir.

Das sanfte Licht bündelt sich dort in Helligkeit. Ein riesiger Spiegel steht an der Wand. Ich schlenkere die Schuhe von den Füßen, dann trete ich vor mein Ebenbild.

# KAPITEL ZWEIUNDZWANZIG

Zum zweiten Mal, seit ich nach Hain aufgebrochen bin, erblicke ich mich im Spiegel. Erschrocken starre ich auf das Mädchen, das mir entgegenblickt.

Das Haar ist verfilzt und speckig. Der Ansatz ist mittlerweile einen Fingerbreit herausgewachsen. Ein blutgrauer Schmutzfilm schmiert mir über die Stirn.

Am meisten befremdet mich der Ausdruck meiner Augen. Trocken und alt. Seit meinem siebten Lebensjahr, als ich für mich und Mama beschlossen habe, wegen des Tods meines Vaters nicht in ewiger Trauer zu erstarren, habe ich mir Mühe gegeben, die Dinge auf die leichte Schulter zu nehmen. Und allmählich ist mir diese Haltung zu einer zweiten Haut geworden. Nichts konnte mich wirklich verletzen, Ironie und Witz waren meist schneller als jede schmerzhafte Empfindung. Bis zu dem Tag, an dem ich nach Hainpforta gekommen bin. Seitdem sind meiner abweisenden Schale feine Risse hinzugefügt worden. Und nun blickt mich ein derart mitleiderregendes Geschöpf an.

Ich ziehe mir das T-Shirt über den Kopf und pule mich aus den Fetzen meiner Hose. Schließlich streife ich mir die Unterhose vom Körper und stehe mir nackt gegenüber. Die Kette mit Basils Feder klebt in der dreckverkrusteten Mulde an meinem Hals.

Ich trete einen Schritt zurück, dann noch einen und noch einen weiteren. Bis ich meinen Körper im Ganzen sehe. Von den Oberschenkeln abwärts bis zu den Knöcheln flocken zarte Federn aus der Haut. Daunen, die oben nur vereinzelt, an den Waden jedoch dicht die Haut bedecken. Mein Vater hat recht gehabt. Meine Federn sind nicht schwarz. Sie sind ultramarin.

Ich kneife die Augen zu engen Schlitzen zusammen und linse durch den Spalt. Ich stelle mir vor, meine Beine wären tätowiert. Doch die dunklen Flecken auf der Haut sehen nicht aus wie Tattoos.

Ich beobachte meine rissige Hand, wie sie über den Bauch streicht, und fühle die Wärme. Sie wandert zu den Daunen. Weich. Ich erfasse eine mit Zeigefinger und Daumen und zupfe daran, bis ein Brennen einsetzt. Ich ziehe weiter. Meine Haut spannt sich zu einem winzigen Zelt aus Schmerz. Ein kräftiger Ruck. Nichts. Dann Blut. Ein Tropfen, der in akkurat gleich bleibend breiter Linie den Schenkel hinabläuft.

Ich führe die Feder dicht an mein Auge, so dicht, dass sich meine Wimpern mit den feinen Härchen mischen. Ultramarin. Ich hatte mal eine Mascara in diesem Farbton.

Die Tür hinter mir öffnet sich, und Thekla betritt das Badezimmer.

»Störe ich?«

»Ich bin nackt.«

Seltsamerweise schäme ich mich nicht. Mit ihren durchscheinenden Federn und dem halb durchsichtigen Kleid kommt sie mir fast ebenso unbedeckt vor.

»Das hatte ich gehofft.«

Sie stellt sich neben mich. Stumm vergleicht sie unsere Spiegelbilder.

»Und? Sind Sie zufrieden?«

»Nun ja, Flügel wachsen dir nicht. Das ist schade. Aber ja, du steckst in der Mauser. Du bist ganz eindeutig eine von uns.«

»Darf ich jetzt also zurück?«

Sie umfasst mein Handgelenk und pflückt mir die Feder aus den Fingerspitzen.

»Ein seltener Farbton. Schön. Was ist mit deinen Augen? Verfärben sie sich?«

Verblüfft wende ich den Kopf und schaue Thekla nun direkt ins Gesicht.

»Ich weiß nicht. Seit meiner Ankunft hatte ich wenig Gelegenheit, in einen Spiegel zu schauen. Wie soll ich wissen, ob sie die Farbe ändern können?«

Sie ergreift mein Kinn und schiebt es wieder in Richtung Spiegel.

Jetzt schäme ich mich doch, dass ich nackt bin.

»Tritt dichter heran.«

Ich beuge mein Gesicht vor und fixiere meine Pupillen. Sie sind braun. Wie immer.

»Wir haben deinen Vater. Er ist frei.«

Mein Kopf wirbelt herum.

Thekla schnipst unwirsch in die Luft, und ich drehe mich folgsam zum Spiegel zurück.

Sind meine Augen ein wenig dunkler als zuvor?

»Ist er wirklich frei?« Mein Blick löst sich von den Pupillen. »Oder war das ein Trick?«

»Wir Aden lügen nicht! Ja, Brim ist auf dem Weg zum Palast. Morgen werdet ihr euch wiedersehen.«

Ihre Miene verrät wenig, doch gerade deswegen glaube ich ihr.

»Die ist von deinem Liebsten, hm?« Sie fasst von hinten an das

Lederband mit Basils Feder. »Ein Aden. Ausgerechnet. Komm, tauschen wir.« Mit diesen Worten bindet sie sich die Libellenkette vom Hals. »Schenk mir die Feder deines Liebsten, und du erhältst meine Kette.« Ein rußiger Abdruck ziert ihren Hals wie das Negativ des Schmuckstücks. Ich ahne, aus welchem Material die winzigen Flügel gefertigt sind.

Sie hält das filigrane Geschmeide an drei Fingern hoch, wo es hin und her baumelt. Ich fürchte um das zerbrechliche Schmuckstück und greife respektvoll das eine Ende am metallenen Verschluss. Nun baumelt die Kette in meiner Hand.

Ihre Augenbrauen heben sich ein wenig, dann folgen ihre Mundwinkel. Thekla Tullwiss lächelt mich an. Höhnisch? Oder freundlich?

»Gefällt sie dir? Die Kette ist älter als ich und dein Vater und alle, denen du begegnet bist, zusammengenommen. Alt und wertvoll. Ein schlechter Tausch für mich.«

Berones Worte hallen durch meinen Kopf. *Nimm die Kette!* Vielleicht sollte ich … Wenn das Schmuckstück so mächtig ist, dass es den halben Ring aufstachelt. Welche Kraft ihr wohl innewohnt?

»Ich wollte nicht, dass sie auf den Boden fällt. Vielen Dank für das Angebot, aber ich behalte lieber meine. Die ist mir wertvoll genug.« Damit strecke ich ihr die Kristallkette hin.

»Wie du meinst.« Sie zieht die Augenbrauen noch ein Stückchen höher und die Mundwinkel noch ein Stück breiter. »Wasch dich und kleide dich an!«

Sie ergreift das Kleinod und rauscht davon mit ihren schneehellen Federn und der dunklen Lockenmähne. Als die Tür zuschlägt, drehe ich mich wieder zum Spiegel.

Jetzt, wo ich weiß, dass mein Vater nicht mehr in Gefahr schwebt, kann ich das Bad eigentlich schon genießen. Ich sehne mich danach, mir den Dreck von der Haut zu schrubben. Sie juckt mittlerweile nicht bloß von den herausbrechenden Federn, sondern auch von Schweiß und Staub. Flink klettere ich in das Becken und schaue meinem Flaum zu, wie er sich im Wasser auffächert und hin und her wiegt.

Wie funktioniert das mit dem Verschwindenlassen? Einziehen, schon klar. Mit purer Willenskraft, logisch. Aber wie? Wenn mein Wille so stark wäre, dann läge ich jetzt nicht mit diesen Fusseln in der Wanne.

Wie lange es wohl dauert, bis meine Federn verschwinden, wenn ich wieder in meiner Welt bin? Was, wenn sie nicht weggehen? Bin ich dann zu einem Leben in langen Hosen verdammt? Nie wieder Shorts und Sonnenbaden am Meer?

Hoffentlich mag Basil die Federn. Und hoffentlich verschwinden sie, falls ich meine Welt jemals wieder betrete. Thekla hat mir nicht geantwortet.

Matt krieche ich aus dem erkaltenden Wasser, rubbele die Haut ab, an den Beinen tupfe ich vorsichtig. Ich steige in die frische Unterwäsche, die auf dem Stuhl bereitliegt. Außerdem wartet dort noch etwas Hauchzartes aus weißem Stoff darauf, von mir angezogen zu werden.

Als ich es anhebe, entfaltet es sich zu einem Kleid. Bis zum Boden schwingt der weiche Stoff, der in einem schmalen Saum aus weißem Fell endet. Ich schlüpfe hinein und trete vor den Spiegel. Der Dampf des Badewassers hat das Glas beschlagen lassen. Undeutlich sehe ich mich als schwarzhaarigen Schemen und warte darauf, dass die kleinen Wassertropfen verdunsten.

Was ich sehe, erinnert mich nicht an mich. Ich sehe Thekla ein bisschen ähnlich. Normalerweise trage ich keine Kleider. Schon gar keine Kleider aus so feinem Material. Die Haut an meinen Schenkeln spannt, mein Herz schlägt fest, und ich fasse an das Glas, um die Kondenströpfchen fortzuwischen. Dann halte ich inne, doch nichts passiert, kein Schmerz, kein Blut, ganz normales Glas habe ich vor mir, und ich schreibe in den Niederschlag meinen Namen: *Mischa*.

»Du bist immer noch du«, sage ich mir, »immer noch Mischa. Egal, was sie aus dir machen wollen, du bist Mischa. Du gehörst nicht zum Ring, nicht zum Bund. Du bist Mischki, die Tochter von Wendla Ullweg.« Und ich schreibe meinen Spitznamen dazu. *Mischki*.

Doch meine Finger hören nicht auf zu schreiben. Traumwandlerisch fügen sie zwei weitere Buchstaben hinzu: *n* und *d*. *Mischkind*.

Ich halte den Atem an. Ich weiß, dass es nur ein Zufall ist. Meine Mutter nennt mich nicht Mischki, weil sie irgendeinen Hintergedanken hegt. Trotzdem, ich bin ein Mischkind. Ich bin *auch* eine Aden. Und zum ersten Mal sackt dieser Gedanke tiefer. Bisher habe ich mich als Menschen wahrgenommen. Ausschließlich als Menschen, den eine seltsame Krankheit befallen hat. Diese Adenseite ist mir trotz der wachsenden Federn wie eine Behauptung vorgekommen. Wie eine Verunreinigung, ein Fleck am Rücken, den ich nicht sehe oder spüre, den ich vergesse, bis jemand die Sprache darauf lenkt.

Nun sinkt ein Gefühl in mich hinein, poltert am Herzen vorbei, das sofort kräftiger klopft, zieht das Zwerchfell ein Stückchen tiefer.

Ich bin *auch* eine Aden!

Und fast gleichzeitig erwacht ein weiterer Gedanke: Ich bin etwas Besonderes. Ich trage etwas in mir, das in beiden Welten einmalig ist. Ich habe es weder gewählt noch durch harte Arbeit erworben. Es ist da, ich kann es nicht abstreifen oder ändern, aber es macht mich zu etwas Einzigartigem. Ich verstehe mit einem Mal, warum ich für manche ein Symbol bin, wieso sie mich anstarren und anfassen. Es erscheint mir nicht mehr falsch oder eigenartig. Aber dieser legendenhafte Mischling bin ich nicht! Selbst wenn ich gern helfen würde, ich besitze keine besondere Macht.

Nur, warum wachsen mir keine Flügel? Ohne Flügel hat meine Andersartigkeit keinen praktischen Sinn.

Ich weiß, dass Berones Beschwörung mich nur überreden sollte, ihr in den Ring zu folgen, und ich nichts auf ihre Worte geben darf. Doch sie haben sich längst eingenistet. Ich bin etwas Besonderes, ja, aber auch fehlerhaft.

# KAPITEL DREIUNDZWANZIG

An einem runden Tisch sitzt die Erzin in ihrem weit ausgeschnittenen weißen Kleid. Im Dekolleté funkelt die Kette.

Als ich in meinem um die Knöchel wallenden Kleid durch die Weite des Raumes schreite, komme ich mir vor wie in einem kitschigen Hollywoodfilm. Folgt jetzt das Happy End?

Wir essen die Vorspeise. Ich schaue nicht auf meinen Teller, denn was dort liegt, ähnelt gegrillten Raupen. Verstohlen schiebe ich ihn ein Stück von mir.

»Uff«, sage ich, als der Nachtisch serviert wird, »ich bin pappsatt.«

»Probier das Dessert! Eine Spezialität der Hauptstadt. Manche reisen extra deswegen an.«

»Vielleicht später. Jetzt möchte ich etwas von meinem Vater erfahren und von Renrus.«

»Joggl!«

Der Froschmann hüpft davon. Die beiden verstehen sich genauso wortlos wie ich mich mit Klaas.

»Uns verbindet mehr als eine halbe Verwandtschaft«, beginnt sie, während sie Joggl hinterherblickt.

Einen kurzen Augenblick weiß ich nicht, wen sie meint. Doch dann richtet sie ihre volle Aufmerksamkeit auf mich und fährt fort. »Wir zwei sind uns näher, als du denkst. Als junges Mädchen war ich in deiner Welt. Ja, ich war auf Hainpforta. Und es gab einen Menschenjungen. Wir haben uns sehr geliebt, aber anders als Brim war ich eine Schülerin und musste gehorchen. Ich konnte nicht einfach zu meinem Liebsten in die Stadt ziehen.«

Theklas Offenbarung bedeutet mir nichts. Falls sie das erwartet hat, muss ich sie leider enttäuschen. Mehr Ähnlichkeit als die weißen Kleider kann ich zwischen uns nicht erkennen.

»Erzähl mir, was du im Ring beobachtet hast.« Ihre Lippen spitzen sich, um einen Schluck süße Flüssigkeit zu trinken. »Man sagte mir, du warst eine Weile verschwunden und bist schließlich mit diesem Lykotenjungen Marts wieder aufgetaucht. Du weißt nicht zufällig etwas über das illegale Portal?«

»Sie wissen doch selber alles. Sie wissen von seinem Tod und sogar von der ungerechtfertigten Haft von Shart deyn Wouten. Das ist grausam!«

»Dieser Mann sitzt nicht aus Grausamkeit im *Einsamen Wald*. Er hat versucht, eine Straftat zu begehen.«

»Er ist hereingelegt worden«, fahre ich dazwischen.

Joggl hüpft wieder in den Saal und überreicht seiner Herrin ein Päckchen.

»Ich bin nicht ohne Grund Erzin«, sagt sie und wickelt bedächtig das knisternde Papier von dem Päckchen.

Liebevoll entnimmt sie ihm einen billigen Plastikeislöffel, ein abgegriffenes Taschenbuch, einen Badge mit Peacezeichen (Make love, not war) und einen Kerzenstummel und bettet den Plunder in ihren Schoß.

»Ich war sehr ehrgeizig. Absolvierte die Wächterausbildung mit Bravour, wurde Vertreterin der Aden im Bund. Schließlich setzten mich die Hainianer auf den Thron. Gewissermaßen. Du weißt, dass es hier keinen wirklichen Thron gibt.«

Während sie mit mir spricht, sortiert sie unablässig ihre vier Erinnerungsstücke auf dem Schoß nach immer neuen Mustern.

»Ich wollte dich nicht nur deswegen hierbehalten, um zu sehen, ob dir Federn wachsen. Ich weiß, dass du Brims Kind bist, mit oder ohne Gefieder. Mich hat interessiert, wie du dich in unserer Welt schlägst. Wie du den Gefahren standhältst, ob du zäh bist. Ich glaube nicht an die Legende vom Mischling. Blanker Unfug! Ebenso wenig glaube ich daran, dass unsere Welten verbunden sein müssen. Aber das Volk hofft auf den Mischling. Es wartet auf einen neuen Hoffnungsträger.« Sie öffnet das Buch, darin kommt eine Postkarte zum Vorschein.

»Du empfindest mich als herzlos, habe ich recht?« Sie nimmt die Postkarte aus dem Album. »Beeindruckend, wie du dich durch den Ring bis hierher geschlagen hast. Auch wenn du keine magischen Kräfte besitzt, du bist willensstark. Eine Qualität, die uns verbindet.«

Ich schaue gelangweilt auf die Karte und betrachte die verblasste Tinte. *Liebe Grüße aus dem Harz, den nächsten Urlaub verbringen wir zusammen, versprochen? Kuss, dein L.*

»Hainpforta ist geräumt. Kann ich nun heim?«, sage ich und gebe mir Mühe, ruhig zu bleiben. Ich erhebe mich, und mein Stuhl quietscht über den Boden. »Ich weiß nicht, worauf Sie hinauswollen. Mich interessiert, wie es Renrus geht, wie es meinem Vater geht und wann ich wieder nach Hause darf. Der Rest, Ihr ganzes Blabla über Hain und irgendwelche Qualitäten, ist mir egal. Versuchen Sie nicht, mich mit Ihren Storys einzulullen. Das schaffen Sie nicht. Ich habe kein Mitleid mit Ihnen, weil Ihnen die Anhänger abhandenkommen.« Ich nehme ihr die Postkarte aus der Hand und werfe sie in ihre Richtung, doch sie fliegt nicht, sondern trudelt nur im Zickzack durch die Luft und landet knapp neben meinen Füßen. »Uns verbindet rein gar nichts!«

Joggl, der still und unauffällig im Hintergrund auf neue Befehle gewartet hat, watschelt auf mich zu. Ich erwarte, dass er mich für mein Benehmen rügt, doch stattdessen bückt er sich und birgt die Postkarte liebevoll in seinen Händen.

»Zu viel, zu viel. Es ist spät. Diese ganze Aufregung. Das Mädchen braucht Ruhe«, murmelt er vor sich hin.

Unsere Adenohren fangen die Worte trotzdem ein.

# KAPITEL VIERUNDZWANZIG

Etwas weckt mich. Jemand klopft an die Tür. Wenn ich ewig nicht antworte, wird man mich dann ewig in Ruhe lassen?

Der Schlaf hat mein Kleid ramponiert. Es ist zerknittert, und ich stehe von der Liege auf und versuche es zu glätten.

Es klopft ein drittes Mal. Diesmal zwängt Renrus seinen Körper durch den Türrahmen. Die Hälfte davon steckt in Bandagen. »Störe ich?« Er hinkt auf mich zu.

»Renrus! Ich hätte doch dich besuchen können!«

»Mir geht es prächtig.«

»Das sehe ich. Du humpelst wie ein alter Mann.«

»Pass auf, was du sagst!« Er mustert mich. »Hm, ein schickes Kleid trägst du. Weiß nur nicht, ob das zu dir passt.«

»Ich bin froh, dass es dir besser geht, Renrus.«

»Dank deinem Vater!« Ich habe nicht bemerkt, dass Thekla ins Zimmer getreten ist. Natürlich ist sie hereingekommen, ohne anzuklopfen. »Ohne Brim wärt ihr tot«, fügt sie hinzu und legt meinen Rucksack auf die Liege.

»Papa? Wieso?«

»Er hat den Bund benachrichtigt, sobald er gegen den Ring die Oberhand gewonnen hatte. Ist ihnen im Lykotenwald davongeflogen. Als ihr dann nicht aufgetaucht seid, ist unser Suchtrupp aufgebrochen. Das soll ich dir von ihm geben.« Sie deutet auf meinen Rucksack. »Er schläft jetzt.«

»Nein, ich meinte: Wieso Papa? Wieso nicht Basil?«

»Basil?«

»Basilander Wyth, ein Tylwyth Aden, der Hainpforta besucht.«

»Ach, der junge Wyth, was ist mit ihm?«

»Er hat mich annynyktiert, als ich mit Renrus am Felsen lag. Er wollte Hilfe holen. Ich dachte, als Sie kamen … Etwas muss ihm zugestoßen sein. Er und Klaas sind im Internat.«

Ein Schauer läuft mir über den Rücken. Sie sind in Gefahr.

»Klaas hat eine Feder«, rufe ich.

»Wen meinst du? Eine Feder?«, fragt Renrus.

»Das ist Kinderkram, glaub mir.« Thekla fasst ihn am Arm. »Wir haben Wichtigeres zu tun.«

Aber Renrus blickt mich weiter an, und ich bin stur genug, um mich von Thekla nicht abwimmeln zu lassen.

»Nein, Klaas ist mein Freund. Ein Mensch. Nachdem unsere Schule gebrannt hat, haben wir in den Resten des Bio-Vorbereitungsraums nach überlebenden Tieren gesucht. Dabei habe ich eine Feder gefunden. Wir dachten, sie gehörte einem der ausgestopften Vögel. Aber jetzt weiß ich, dass sie von Aden Tweicks Gefieder stammt.«

»Grün?«

Ich nicke.

»Tweick gehört zu uns«, sagt Thekla entschieden.

Ich ziehe die Stirn kraus, doch dieser Beweis kann den Glauben an ihren vertrauten Mitarbeiter anscheinend nicht erschüttern. »Gut, ich setze mich mit ihm in Verbindung und frage nach, was dort vorgefallen ist. Wenn dich das beruhigt.«

»Nein!«, schreie ich. »Wir müssen nach Hainpforta.«

»Mischa hat recht«, schaltet sich Renrus ein. »Damit will ich nicht sagen, dass ich an eine Schuld Tweicks glaube. Doch wenn die beiden in Hainpforta sind, auch der Menschenjunge, müssen wir dorthin.«

»Das ist mir bewusst. Danke für deine Hilfe, Mischa«, sagt Thekla und wendet sich zum Gehen.

»Was wollten Sie denn?«

»Bitte?«

»Sie sind doch nicht wegen Aden Tweick gekommen.«

»Nein, aber das hat jetzt Zeit.«

»Darf ich aus dem Palast?«

Thekla lacht hell auf. »Natürlich, wenn dir der Sinn nach weiteren Abenteuern steht, nur zu. Wirf dich ins Getümmel. Renrus, wenn Sie mir folgen würden?«

»Bis später, Mischa. Mach dir keine Sorgen um deine Freunde! Ihnen passiert nichts! Wir sind wachsam.«

Renrus geht, und ich löse den Haken am Fenster. Der Wind erzeugt einen leichten Summton, und warme, würzige Luft strömt in den Raum.

Unter mir breitet sich Haynyr aus. Eine Adenfrau mit türkisfarbenem Gefieder fliegt durch die Luft, auf einigen Häuserdächern liegen Bajune in der Sonne und wärmen sich den Pelz. Noch weiter unten in den Straßenschluchten wuselt ein Strom aus Gestalten und wirbelt das Aroma der Straße zu mir herauf, Staub und Blumen.

Schwarze Flügel verdecken die Szene. Erst glaube ich, meinen Vater vor mir zu haben, doch dann erkenne ich einen ganz anderen Aden.

»Basil!«

Er legt seinen Finger an die Lippen. »Sind sie weg?«

Ich mache Platz, damit er seine Beine über das Sims schwingen kann. Er bleibt auf dem Fensterbrett sitzen

»Wie kommst du hierher? Hainpforta und die Insel sind stillgelegt.«

Umsichtig schließt er das Fenster hinter sich, dann springt er ins Zimmer. »Nein, Hainpforta existiert noch. Aber auf der Insel zu landen war ein Glücksspiel. Ich bin ihnen entwischt.«

»Also ist das Portal noch offen?«

»Mischa, wir lagen falsch!« Er läuft zur Tür, öffnet sie einen Spalt, späht in den Flur und schließt sie dann wieder. »Ich weiß jetzt, wer dahintersteckt. Hinter dem Brand. Wer dir schaden wollte und wer den Lykoten geholfen hat. Glaub mir, Aden Tweick war es jedenfalls nicht!«

Wir stehen uns gegenüber, Basil aufgewühlt und mit vom Flug verstaubten Federn. Er musste genauso die Steppe überqueren, wenn er vom Adengebiet hierhergeflogen ist. Wir haben uns eine Woche nicht gesehen, wenn man unsere Hologrammgespräche nicht dazuzählt.

Nur eine Zimmerlänge ist zwischen uns. Ich könnte zu ihm gehen. Aber seltsamerweise fehlt mir der Mut.

Auch Basil wirkt plötzlich verlegen. »Du siehst hübsch aus«, sagt er. »Ein bisschen anders.«

»Ach, das liegt nur am Kleid.« Ich schlenkere am Saum, als würde das etwas bestätigen.

»Nein. Deine Haare. Sie sind braun. Zumindest hier oben ein Stück.« Er fasst sich an den Scheitel. »Das gefällt mir.«

Wir lächeln.

»Ich habe schon gedacht, ich sehe dich nie wieder«, murmele ich, ein bisschen verlegen und ein bisschen traurig.

Basil breitet seine Arme aus. Ich gehe auf ihn zu, würde rennen, wenn ich nicht das bodenlange Kleid mit dem Fellsaum anhätte; außerdem fühle ich mich plötzlich zu erwachsen zum Losstürmen.

Als ich dicht vor ihm stehe, schließt er erst eine, dann die andere Schwinge über uns, die nun gemeinsam ein Dach bilden. Wir stehen geschützt wie unter einem Baldachin, meine Finger verschränkt in seinem Nacken, und seine Nasenspitze wandert über meine Wange.

»Ich habe dich vermisst«, flüstert er.

Ich streichle mit dem Daumen seinen Hals entlang über den Brustkorb und dann über die Oberarme mit den Federn, die sich seidig anfühlen.

»Mir wachsen keine«, wispere ich. Dann löse ich meine Hände und hebe mein Kleid an, bis meine Beine zum Vorschein kommen. »Hier schon«, sage ich und bin plötzlich verlegen.

Basil ergreift meine Hand und das Kleid schwingt wieder zu Boden. Er grinst. »Ich bin mir sicher, dass sie wunderschön sind.«

»Welche Farbe?«, frage ich übermütig.

»Hm. Gold. Mindestens.«

»Genau richtig!«, sage ich lachend, Basil packt mich an der Hüfte und reißt mich hoch.

Der Saum des Kleides verrutscht, sodass meine ultramarinblauen Waden sichtbar werden. In Basils Armen kommen sie mir noch hässlicher vor. Ich strample, damit Basil mich herunterlässt.

»Ich weiß, wie es sich anfühlt. Ich dachte, jeder würde mich anstarren, als ich zum ersten Mal in meiner menschlichen Gestalt in eurer Stadt unterwegs war.«

»Wenn jemand starrt, dann nur wegen deiner Augen. Weil man dich immerzu anschauen könnte, wie ein Bild.«

»Ja, ich weiß, aber das ist nichts Besonderes. Jeder Tylwyth Aden oder Tylwyth Teg übt diese Wirkung auf Menschen aus, wenn er möchte. Aber du bist wirklich schön. Mit und ohne Federn.« Er hebt den Rock an. »Selbst die Farbe ist außergewöhnlich.«

Ich beiße mir auf die Lippen und schlage die Augen nieder, denn egal, was Basil zu meiner Beruhigung sagt, die Situation ist extrem peinlich. Da berührt etwas Weiches meinen Mund, und ich rieche Holz, vermischt mit frischem Gras. Ein warmes Gefühl wandert durch meinen Körper, bis hinab in die Federspitzen. Ein seltsames Gefühl.

»Wie geht es Klaas?«, frage ich schließlich, als sich unsere Lippen wieder voneinander gelöst haben.

»Seinetwegen bin ich hier! Klaas sitzt in der Patsche. Nicht dramatisch! Aber wir müssen zum Internat.«

»Du weißt, wer den Brand gelegt hat? Wieso gehen wir nicht zu Thekla und überlassen die Angelegenheit den Wächtern?«

»Weil Klaas die Erinnerungen gelöscht werden, wenn wir andere aus Hain einweihen.«

Ich reiße meine Augen auf.

»Lass uns abhauen!«

Ich steige auf Basils Rücken. »Sollten wir nicht warten, bis es dunkel wird?«

»Ja, das wäre sicherer, aber darauf nimmt Ergor keine Rücksicht.« Er klettert auf das Fensterbrett und stürzt sich mit mir auf seinem Rücken in die Tiefe.

»Ist Klaas bei Ergor?«, rufe ich, und in diesem Augenblick fürchte ich, dass es nicht gut ausgeht. Zu viele Gesichter, die ihre Blicke auf uns richten. Aber Basil ist schnell, und noch ist keiner der Adenwächter in Sicht.

# KAPITEL FÜNFUNDZWANZIG

Wir landen in einem Baum, genau über der Stelle, wo zwei Tage zuvor der Kampf getobt hat. Ich hätte sie ehrlich gesagt nie wiedergefunden. Für mich sieht der Wald von oben wie ein einziges dichtes Brokkolifeld aus, aber Basil hat die abgeknickten Zweige, die Ruli und Aram beim Kampf in den Baumkronen hinterlassen haben, entdeckt. Er hat bei seiner Wächterausbildung in Hainpforta wirklich viel gelernt.

Nun stehen wir in sicherer Höhe auf einem kräftigen Ast. Am Boden sind die Spuren des Kampfes selbst für mich nicht zu übersehen. Die Zweige sind zerknickt, und braunes, eingetrocknetes Blut klebt an den Blättern. Auch das niedergetrampelte Gras kündet noch von der Schlacht. Ich sehe schwarze Federn zwischen dicken Blattwedeln. An einer Stelle bedecken weiße Blütenblätter die aufgewühlte Erde.

»Marts ist hier gestorben«, sage ich traurig. »Jemand hat Blüten an der Stelle abgelegt. Siehst du?«

Basil ergreift meine Hand. »Hast du Angst vor den Lykoten?«

Ich schüttle kurz den Kopf. »Mehr davor, dass wir zu spät kommen. Wir müssen von hier aus ein paar Hundert Meter geradeaus nach Norden laufen. Auch wenn ich keine Ahnung habe, wie man zwischen Tausenden von Bäumen das Portal finden soll.«

Ich krieche hinter Basil durchs Unterholz. Wir verursachen einen ziemlichen Lärm, und noch dazu habe ich keinen Trank mehr, der meinen Geruch neutralisiert. Ich gebe höllisch acht, dass ich mich nirgendwo verletze. Fünfhundert Meter sind keine so weite Strecke, aber sie reichen allemal, um von Lykoten umzingelt und kurz vor dem Ziel noch zerfleischt zu werden. Nein, ich will keinen weiteren Kampf. Keine Toten mehr.

Mein Kleid ist absolut unpraktisch. Ständig verheddert sich der Stoff, den ich dann mühsam aus den Zweigen wickle. Irgendwann gebe ich genervt auf. Ich packe es am Saum und reiße den eh schon zerfetzten Stoff kurz über dem Knie ab.

Basil wendet sich zu mir um, mit dem Finger auf den Lippen.

Der Wald hier wächst üppig, dichtes Unterholz, bauschige Moospolster, Schlingpflanzen, die sich aus den Ästen herunterranken, und meterhohe Blattwedel.

»Müsste nicht allmählich der Krallenbaum auftauchen?«, flüstere ich fast tonlos.

Basil dreht sich wieder zu mir, diesmal liegt ein stolzes Glitzern in seinen Augen. Er zwinkert mir zu.

»Gut, Mischa.« Auch er bewegt kaum mehr als die Lippen.

»Vielleicht sind wir schon daran vorbeigelaufen?«, frage ich ängstlich.

»Das glaube ich nicht. Lass uns hier suchen.«

»Basil, das grenzt an Wahnsinn. Sieh mal, wie zugewuchert die Bäume sind. Man kann gar nicht erkennen, ob sich dahinter ein hohler Stamm verbirgt.«

Unsere unhörbaren Worte fliegen zwischen uns hin und her.

»Was bleibt uns anderes übrig?« Basil zerrt an einer Schlingpflanze, und es knackt.

Hinter uns.

Ich fahre herum.

Eine Hündin trabt aus dem Dickicht. Die Augen glänzen rot.

Sofort lässt Basil die Pflanze los und schiebt sich schützend vor mich.

Doch anstatt sich auf uns zu stürzen, neigt die Hündin den Schädel. »Ich grüße dich, Mischa! Mein Name ist Wissa deyn Wouten, ich bin Marts' Mutter.«

Langsam trete ich einen Schritt hinter Basils Rücken hervor.

Diese Hündin sieht so traurig aus, nicht der Blutdurst hat ihre Augen rot gefärbt.

»Es tut mir unendlich leid, was mit Ihrem Sohn passiert ist«, breche ich vorsichtig mein Schweigen.

»Ich weiß, dass du die letzten Minuten im Leben meines Kindes bei ihm warst und wie eine Freundin an seiner Seite ausgeharrt hast, bis sich seine Seele auf die ewige Jagd begeben konnte.«

»Er wollte mich zum Portal bringen. Sein Vater, Ihr Mann, wollte es. Es tut mir so unglaublich leid. Mein Vater, ich, wir haben Ihrer Familie so viel Schmerz zugefügt.« Ich hebe meine Hände und lasse sie hilflos wieder fallen. »Es tut mir leid!«

»Ja.« Unerbittlich blickt sie mich an. »Ja, ihr Tullwiss habt mir den Mann genommen und dann meinen jüngsten Sohn. Aber es ist nicht deine Schuld, Mischa. Du warst in seiner Todesstunde bei ihm. Deswegen helfe ich dir! Folgt mir.«

Trotz Wissa an unserer Seite, achte ich darauf, mich nirgendwo zu verletzen.

Nach ein paar Minuten erreichen wir einen Ort, der sich überhaupt nicht von der Umgebung unterscheidet. Aber Wissa hält an, stellt sich auf die Hinterpfoten und fegt mit den Vorderläufen Zweige beiseite, die locker zur Tarnung über Wurzeln liegen.

Tatsächlich, mit etwas Phantasie kann man sich einbilden, der Baum stünde auf Krallenfüßen. Ich bezweifle, dass ich den Portalzugang hinter der Tarnung allein gefunden hätte.

»Danke«, raunt Basil Wissa zu, die sich wortlos verabschiedet.

Ich will irgendetwas sagen, aber mir fällt nichts ein. Egal was, es würde ihren Schmerz bestimmt nicht lindern. Also starre ich ihr stumm hinterher. Als ich mich umdrehe, sehe ich, wie Basil in der Öffnung verschwindet. Kurz darauf taucht er wieder auf und fasst mich an der Hand. »Das Portal ist nicht so wie unser Findling«, warnt er mich. »Wir müssen in den Baum kriechen, der von innen mit Kristallbrocken ausgekleidet ist.«

»Ich schaffe es schon, die nicht zu berühren.«

»Und Spinnen? Kommst du damit klar?«

Ich trete unwillkürlich einen Schritt zurück, aber Basils Hand hält mich fest. »Wenn du aus Angst vor einer zuckst, vergisst du vielleicht den Kristall. Deswegen sage ich es dir vorher. In der Höhle wimmelt es nur so von Asseln und leider auch von Spinnen.«

Ich öffne meinen Mund, atme tief in den Bauch, denn schon die Vorstellung löst Panik in mir aus.

»Spinnen! Ich habe ja wohl in den letzten Tagen ganz andere Herausforderungen gemeistert!«

»Mischa, du bist eine Aden. Du weißt, dass sie vor dir fliehen.«

Bilde ich es mir nur ein, oder zappelt es in dem dunklen Loch? Ein Schauder huscht mir über den Rücken.

Basil drückt zuversichtlich meine Hand und kriecht, Kopf voran, zwischen den Wurzeln in den dunklen Schlund des Baumes.

»In Ordnung«, dringt es dumpf aus dem Inneren. »So schlimm ist es nicht. Ich breite meine Flügel über dich, damit kann ich dich bedecken.«

Ich wage mich einen Schritt näher, doch kurz vor dem Wurzelgeflecht komme ich nicht mehr weiter. Ich bleibe zitternd stehen, als hätte eine höhere Macht es mir befohlen.

»Bitte, Mischa. Denk an Klaas.«

»Okay«, keuche ich. Als ich durch das morsche Holz steige, bleibt mir fast das Herz stehen.

Doch Basils Schwingen spannen sich wie ein Schirm über mich, ich denke an Klaas' Solarexperimente. Ich schaffe das.

Ich habe einen Kampf zwischen Hunden und Wölfen und bogenschießenden Vogelwesen überlebt, bin durch den finstersten unterirdischen Schacht gekrochen, und nun entkomme ich der Gefangenschaft in dieser Welt. Spinnen sind lächerlich dagegen!

Basil legt die Flügel um meine Schultern, und ich lehne mich erschöpft an seine Brust. »Sollen wir?«, fragt er und küsst meinen Hinterkopf.

»Ja.«

»Ich bin noch nicht so geübt darin, jemandem beim Übertritt zu helfen. Es wird rumpeln und ruckeln. Halt dich an mir fest, damit wir nicht auseinandergeschleudert werden.«

Also schlinge ich meine Arme um seinen Hals und kann mir wirklich Schlimmeres vorstellen, als so dicht an Basil geschmiegt auf ihn zu vertrauen. Dann stürzen wir durch den Baum in die Tiefe und weiter in meine Welt.

Die Kräfte zerren heftig an mir. War das beim ersten Übertritt auch so? Ich kann mich nicht daran erinnern. Wieder rasen die

Farbeindrücke an mir vorbei, und die Temperaturen wechseln. Aus der Hitze wird eisige Kälte.

Als ich glaube, dass wir nun endlich landen, wird Basil von mir fortgeschleudert. Ich knalle mit Wucht auf den Boden und dann, als ich mich aufrichte, mit meinem Kopf gegen etwas Hartes. Tränen schießen mir in die Augen. Benommen bleibe ich liegen.

Nach einer Weile krabble ich aus einer Röhre, die ich in der Dunkelheit als Baumstamm identifiziere.

»Basil?« Hohl klingt meine Stimme in der Nacht. »Bist du hier?«

Ich stehe mitten im Wald neben dem morschen Baumstamm. Natürlich herrschen um mich die dichteste Finsternis und Winter. Es liegt kein Schnee, aber ich trage dieses hauchdünne, zerrissene Kleid, in dem ich sofort losschlottere.

»Basil? Hörst du mich? Wo sind wir?«, frage ich bibbernd vor Kälte. »Das ist doch der Wald bei unserer Stadt?«

Eine Hand legt sich mir beruhigend auf den Rücken, doch als ich mich umwende, ist es nicht Basil, der vor mir steht. Erschrocken schreie ich auf.

»Still, Mädchen«, sagt ein Mann, dessen Gesichtszüge im Dunkeln nur sehr langsam Kontur annehmen. Er trägt einen dieser spleenigen Outdoor-Hüte mit breiter Krempe, ein taschenreiches Outdoor-Westen-Ungetüm und in der Hand eine Stablampe. »Es war nicht meine Absicht, dich zu erschrecken. Aber es ist ein bisschen merkwürdig, so ein junges Mädchen mitten in der Nacht durch den Wald strolchen zu sehen. Darf ich fragen, was du hier treibst?«

»Wo ist mein Freund?«

»Keine Ahnung, von wem du sprichst. Du bist hier gerade aus diesem Baumstamm gekrabbelt, und zwar völlig allein.«

»Aber ich war nicht allein!« Ich bücke mich. »Basil?«, rufe ich in den Stamm hinein. »Bist du noch hier drin?«

Als niemand antwortet, richte ich mich auf und brülle los: »Basil!«

Der Mann hält mir sofort den Mund zu. »Was soll denn das Gezeter? Mitten im Wald, nachts. Ay, du verjagst mir alle Tiere.«

»Wer sind Sie?« Ich finde es nicht weniger eigentümlich, dass dieser Kauz sich hier um diese Zeit herumtreibt.

»Mein Name ist Wendelin, und ich bin von der Universität in Frankfurt. Ich untersuche nachtaktives Leben in unserem schönen heimischen Wald.« Er kichert. »Mit dieser Form von nächtlicher Aktivität habe ich aber nicht gerechnet. Feierst du Karneval?« Er zeigt auf mein Kleid.

»Ja, genau«, sage ich, weil ich den Kauz loswerden muss. Ich will Basil suchen und kann mir kaum vorstellen, wie dieser Naturfreak auf einen gefiederten Jungen reagieren wird. »Wir haben ein Geländespiel veranstaltet, so ein Rollenspiel, und ich habe mich im Baumstamm versteckt, und dann bin ich wohl eingeschlafen.«

»Ay, der Schulstress«, sagt der Mann, dessen Züge mich plötzlich an jemanden erinnern.

Aber einen Uniprofessor, der Wendelin heißt, habe ich mein ganzes Leben noch nicht kennengelernt. Vielleicht ein Kunde aus dem Friseursalon meiner Mutter?

»Meine Leute wollten sich in so einem stillgelegten Jagdschloss treffen, dass vor Kurzem noch als Internat gedient hat. Hainporta. Sie wissen nicht zufällig, wie ich dorthin finde?«

»Das ist einfach.« Er dreht sich nach links, als prüfe er etwas. Dann höre ich auch etwas knacken. »Man glaubt nicht, wie lebendig der Wald bei Nacht ist. Das war ein Käuzchen.« Er deutet ungeduldig nach rechts. »Da schlängelt sich ein Weg durch die Bäume. So ein Wildpfad. Ich muss nun zu meinen Tieren.«

Seine Taschenlampe taucht dicht vor meiner Nase auf.

»Nimm nur. Ich bin gut ausgerüstet.«

Dankbar greife ich danach. Ich schalte sie an und lasse aus Neugier den Strahl über Wendelins Gesicht wandern.

»Kennen wir uns?«, frage ich nun doch.

»Ich weiß ja noch nicht einmal deinen Namen.«

Ich klappe meinen Mund auf, doch er unterbricht mich.

»Gib dir keine Mühe. Ich habe so viele Studenten im Lauf meines Lebens gehabt, ich kann mir Namen nicht gut merken.«

»Okay«, sage ich, denn Basil ist verschwunden, und Klaas braucht meine Hilfe, und ich muss hier schleunigst weg. »Vielen Dank für die Lampe!«

»Ay, keine Ursache und viel Glück bei eurem Spiel!«

Ich renne los. Den Trampelpfad finde ich, aber Basil bleibt verschwunden. Ist er ohne mich nach Hainpforta aufgebrochen?

Mir ist kalt, und gleichzeitig rinnt mir der Angstschweiß den Rücken hinab. Aber wenn ich eine Chance habe, Basil zu finden, dann im Internat und nicht mitten in der Nacht im Wald.

Dieser Mann eben, denke ich mit einem Mal, das war nie und nimmer ein Uniprofessor! Kurz stoppe ich. Was, wenn er Basil irgendetwas angetan hat? Wenn Basil von ihm niedergestreckt ein paar Meter neben uns gelegen hat, und ich habe es nicht gesehen in der Dunkelheit? Doch dann laufe ich weiter.

Wieso sollte dieser Mann Basil etwas antun?

Wieso sollte er mitten in der Nacht genau am Portalausgang sein?

Ich folge dem Pfad, bis die Rückseite von Hainpforta auftaucht, mit der Mauer und irgendwo darin der kleinen Holztür. Als ich die düsteren Umrisse erkenne, schüttelt mich ein Schluchzen. Nicht aus Angst, sondern weil ich jetzt erst begreife, dass ich es tatsächlich geschafft habe. Ich bin wieder in meiner vertrauten Welt. Ich lasse den Lichtstrahl meiner Taschenlampe über die Mauer wandern, bis er die Tür findet.

Die Parkanlage liegt unberührt, als wäre seit Jahren keine Menschenseele hier gewesen. Das Gras ist matschig und wuchert um den Findling, an dem ich stehen bleibe. Die Oberfläche funkelt nicht mehr. Irgendjemand hat akribisch sämtliche Kristalleinsprengsel herausgebrochen.

Bis an das andere Ende des Flurs klingt der Hall meiner Schritte. Gut so. Falls Basil hier ist, soll er mich hören. Ohne mich um den Lärm zu scheren, renne ich zur Bibliothek. Dort wird Ergor mit seinem Kräuterbrimborium an Klaas den Erinnerungszauber vollstrecken.

Im dunklen Gang steigen Erinnerungen auf an meine letzte Nacht hier auf Hainpforta. Aber diesmal ist Basil nicht an meiner Seite. Ich bin allein. Nicht einmal Gwindula oder Aden Tweick tauchen auf. Wo sind denn alle?

Die Bibliothekstür springt nicht auf.

»Klaas!« Ich klopfe. »Bist du da drin?«

Ein dumpfer Laut. Ich konzentriere mich, höre das Quietschen von Gummisohlen auf Holz, das leise Kippeln eines Stuhls. Und Schniefen. Weint da jemand?

»Klaas? Bist du das?«

Es stampft.

»Einmal stampfen heißt Ja, zweimal Nein?«

Ein Stampfen.

»Bist du allein da drin?«

Ein Stampfen.

»Kannst du reden?«

Zweimal.

»Gut. Ich suche eine Stange, um die Tür aufzubrechen. Dauert nicht lange, dann hauen wir ab. Keine Sorge!«

Zwei Stampfer.

Meine Suche nach einem geeigneten Gegenstand zum Türauframmen verschlägt mich in den Kräuterkunderaum, und dort steht noch der Nynyktar, als würde der Unterricht weiterlaufen wie eh und je. Plötzlich habe ich die Idee, Basil mithilfe des blöden Apparats zu finden. Doch dieses Ding funktioniert nicht! Ich kann keine Verbindung zu ihm herstellen.

»Komm schon!« Mein Kopf steckt in dem Kasten, und ich bete, dass Basil auftaucht. Klaas nebenan braucht unsere Hilfe. Sofort ermahne ich mich. Es ist kein Wunder, dass ich Basil nicht erreiche, wenn meine Gedanken abschweifen.

Erneut spüre ich meinem Basil-Gefühl nach, das ist nicht schwer, denn der Übertritt ist nur ein paar Momente her, ich spüre immer noch seine Flügel um meinen Körper und seine Lippen leicht über meinen Nacken wandern. Kurz zuckt die Oberfläche des Kristalls, doch dann herrscht Funkstille. Liegt es an mir, am

Gefühl? Ich bin einfach unkonzentriert, weil Klaas nur ein paar Räume weiter sitzt und auf Rettung wartet.

Ich seufze, und die Verbindung springt an. Doch nicht Basil, sondern Klaas blicke ich direkt ins Gesicht. Natürlich, ich habe gerade an ihn gedacht.

Er sitzt auf einem Stuhl, die Arme hinter dem Rücken verschränkt, seine Brille hängt schief, im Mund steckt ein Knebel. Also deshalb das Stampfen. Als ich ihn so sehe, schrumpelt etwas in meinem Bauch zusammen.

»Hat Ergor dich gefesselt?«

Er beginnt wie irre mit den Augen zu zwinkern.

»Ich hab dich schon verstanden. Ich soll verschwinden, richtig?«

Er nickt.

»Das werde ich aber nicht. Ich bin hier, um dir zu helfen! Ich komme doch nicht zu spät?« Meine Frage zielt auf seine Erinnerung.

Klaas schüttelt den Kopf. Er presst ein paar dumpfe Laute durch den Knebel. Ich sehe die Wunde an seinem Ohr. Jetzt schrumpelt auch etwas in der Herzgegend zusammen.

»Basil ist auch zu dir unterwegs«, versuche ich ihm Mut zu machen. »Ich habe ihm von Tweick und der Feder erzählt. Aber er meint, den Brand hat jemand anderes gelegt.«

Klaas nickt wieder heftig.

»Doch nicht etwa der nette, alte Ergor?«

Klaas nickt. Aber ein bisschen bin ich erleichtert, denn auch wenn Ergor den Brand gelegt hat, das Schlimmste, was von ihm zu befürchten ist, ist ein fieser Trank, der einem die Erinnerung wegätzt. Aden Tweick traue ich Skrupelloseres zu.

»Ich bin gleich bei dir. Halte durch!«, sage ich, aber wir hören es beide. Jemand steckt einen Schlüssel ins Schlüsselloch.

Erschrocken blicken wir uns an und wissen im selben Augenblick die Lösung. Die Idee ist zumindest einen Versuch wert.

»Kannst du aufstehen?«, frage ich.

Klaas erhebt sich. Er hüpft hastig durch den Raum. Ein leichtes Kribbeln strömt durch meinen Körper, dann folgt ihm mein Gesichtsfeld zum Fenster. Ich habe keine Ahnung, wie ich als Hologramm meine Blickrichtung kontrollieren kann. Tweick konnte sein Gesicht drehen, als er mit dem Ring nynyktiert hat. Wahrscheinlich besteht darin die hohe Kunst.

Mein realer Kopf liegt ein paar Zimmer weiter über einem Kristall, den ich keinesfalls berühren darf. Mich in diesem engen Kasten zu bewegen scheidet definitiv aus.

»Dreh dich ein bisschen«, bitte ich. Wieder empfinde ich ein Ziehen. Die Tür wird aufgestoßen, aber Klaas hat mich bereits hinter den Vorhang bugsiert. Er selbst lehnt erschöpft und schwitzend neben mir an der Fensterbank.

In der Spiegelung der Scheibe sehe ich Ergor hereinstürmen. »Du hast mit jemandem gesprochen!«, ruft er.

Seine übliche Freundlichkeit ist verschwunden.

Eine Welle der Empörung durchströmt mich.

»Ist jemand hier?«

Klaas schüttelt den Kopf.

»Was tust du dann dort am Fenster? Ist jemand dort draußen?«

Der Mann aus dem Wald taucht hinter ihm auf. Was macht der hier? Wo steckt Basil?

»Wie soll er mit einem Knebel im Mund sprechen?«, fragt er

Ergor nun spöttisch. »Das Fenster ist geschlossen. Mit gefesselten Händen hat er es bestimmt nicht aufbekommen. Allerdings treibt sich Mischa im Internat herum. Die sollten wir suchen, bevor wir uns dem Jungen widmen.«

Ich beiße mir auf die Lippen. Dumme Mischa! Ich hatte schon im Wald ein ungutes Gefühl bei ihm.

»Ich habe eine Stimme gehört«, beharrt Ergor.

»Ay, dann verfügst du wohl über ebenso außergewöhnliche Sinne wie ein Aden, mein Alter.« Wendelin läuft demonstrativ den Raum ab. Er lüpft sogar einen der Vorhänge, und mein Herz beginnt zu hämmern. Ich kralle mich am Nynyktar fest, damit ich nicht vor lauter Angst meinen Kopf herausziehe. »Keiner da, siehst du?« Er lässt den morschen Vorhang hinabgleiten. »Die Wächter sind hinter Tweick her, dank meiner Voraussicht und der grünen Feder verhören sie bald ihn, nicht uns, du wirst sehen. Ay, sei froh, dass ich dich damals überredet habe, ihm die Feder zu stehlen und sie in der Asche zu verstecken.«

Wie benommen starre ich auf das Spiegelbild der beiden und kann nicht glauben, was ich da höre. Im Kräuterkunderaum klammern sich meine Hände an den Nynyktar.

Der Outdoor-Hut des Mannes verdeckt sein Gesicht. Aber ich weiß jetzt, wer das ist. Diese fortwährenden Ays kamen mir doch gleich bekannt vor. Neben Ergor steht Rodwang in seiner Menschengestalt.

Ich presse die Lippen fest aufeinander, um mich in meinem Versteck nicht zu verraten. In mir tobt ein Kampf. Soll ich fortrennen, um Hilfe zu holen, oder bei Klaas bleiben? Aber wer soll uns helfen? Wo zur Hölle ist denn Basil?

»Ich vermute, lange dauert es nicht mehr, bis Tweick von den

Gerüchten um seine angebliche Brandstiftung erfährt. Wir müssen also …«, Rodwang senkt die Stimme zu einem Flüstern, doch ich verstehe jedes Wort, »… den jungen Mann recht bald außer Gefecht setzen.«

Ergor schüttelt Rodwangs Arm ab. »Du hast gesagt, es reicht, ihm die Erinnerung zu löschen. Oder willst du ihn umbringen wie den Alten?«, schnaubt er leise.

Erschrocken schaue ich zu Klaas, der das Getuschel Gott sei Dank nicht verstanden hat.

»Du weißt, wie sehr ich Gewalt verabscheue. Ich werde ihm ein Kräutlein verabreichen, das ihn alles vergessen lässt, was dir schaden könnte. So war es verabredet.«

»Nein, wir werden es so aussehen lassen, als hätte Tweick den Mord begangen. Umso schwerer wird es für ihn, sich aus der Nummer herauszuwinden. Allerdings müssen wir eindeutige Spuren hinterlassen.«

Ergor wendet sich mit fester Stimme wieder an Klaas. »Dir wird nichts geschehen, mein Junge. Ich bin Naturkundler, ein Forscher und Freund der Menschen! Kein Mörder! Sei unbesorgt.«

Unter Klaas' Haut pulsiert die Halsschlagader heftig. Wenn ich ihn doch bloß zum Trost berühren könnte! Er blickt stur auf die beiden Wahnsinnigen.

Verdammt, wie soll ich diesen Albtraum bloß beenden?

»Vielleicht stecken wir dem Menschling ein paar von Tweicks Federn zwischen die Finger. Wäre das zu plump?«, überlegt Rodwang.

»Und dann? Tweick wird die Tat doch abstreiten«, stößt Ergor hervor.

»Ich fessele dich. Du wirst befreit und trittst als Augenzeuge auf im Prozess gegen Tweick. Wie praktisch, dass es zurzeit niemanden auf Hainpforta gibt, der das Gegenteil behaupten kann. Sein Wort gegen deines, und dann diese Feder. Es sieht nicht gut aus für Tweick.«

»Das werde ich niemals. Er ist mein Freund! Ich werde nicht lügen und ihm einen Mord anhängen. Ich habe mich schon viel zu sehr in deinen schrecklichen Plan verstrickt. Das Einzige, was ich wollte, war, hierzubleiben und in Ruhe nach dem Kraut zu suchen …« Fast weint er jetzt.

»Für Afaida, ich weiß. Das wirst du auch! Lass das nur meine Sorge sein.«

»Keine von deinen Versprechungen hat sich bisher erfüllt. Du hast gemeint, wenn ich den Brand lege und Mischa aufs Internat hole, dann ist es bloß eine Frage der Zeit, bis sie in Hain landet.«

»Und was hat sich daran nicht erfüllt?«

»Dass nun dieses bedrohliche Lykotenportal existiert. Du wolltest Mischa zum Ring holen. Sie sollte dafür sorgen, dass alle Portale wieder geöffnet werden, stattdessen ist nun auch Hainpforta geschlossen. Und ich muss heimkehren, ohne das Heilmittel für meine Schwester gefunden zu haben. Sie wird nie erfahren, wozu ihre Zweige dienen, meine arme Afaida.« Seine Schultern beben. Ergor schüttelt energisch den Kopf. »Wenn das Mädchen jemals herausbekommt …« Sein fusseliges Haar rutscht ihm in die Stirn, er sieht bleich aus, und plötzlich weiß ich, dass Ergor bei diesem Irrsinn nicht freiwillig mithilft.

»Mischa wird Thekla nicht als Erzin beerben! Der Ring wird niemals den Bund anführen. Dein ganzer Plan ist Kompost!«

»Nein, ist er nicht! Die Zeit für den Ring bricht bald an. Du brauchst nur Geduld. Das Portal wird Silvester geschlossen, ay, unsere Völker werden unruhig, werden meutern. Thekla, so unbeliebt wie nie zuvor, verliert ihre letzten Anhänger. Die Lykoten mit ihrem illegalen Tor haben sich quasi selbst ins politische Abseits geschossen.«

»Du hast sie dahingeschossen! Du hast sie doch dazu überredet, den Kristall zu verwenden, du hast ihnen dein altes Portal aufgeschwatzt. Und das werden sie nicht für sich behalten!«

»Pech für meine Brüder und Schwestern, dass ihnen nie jemand glaubt. Das war schon damals so, als ich Shart mit Wendlas Blut scharfgemacht habe! Das ist eben der Nachteil des Triebes, diese unüberlegte Wildheit. Vielleicht sollten sie es sich das nächste Mal besser überlegen, wenn sie sich über jemanden lustig machen und ihn verstoßen. Die Lykoten jedenfalls sind draußen, und der Ring wird triumphieren. Mischa werde ich noch überzeugen, dass sie zu uns gehört. Ohne ihre Flügel, ay! Eine Leichtigkeit! Sie wird die Kette tragen. Und bald darauf kann dein geliebtes Hainpforta wieder geöffnet werden. Zu unseren Bedingungen, ay!«

Klaas schielt aus dem Augenwinkel zu mir, und ich forme mit den Lippen: »Ich helfe dir!«

Aber wie? Ich kann die Verbindung nicht trennen, um Hilfe zu holen. Wenn ich einmal den Kontakt zu Klaas verliere, werde ich ihn nicht wiederherstellen können, ohne dabei entdeckt zu werden. Selbst wenn ich es wage und meinen Vater annynyktiere, damit er Hilfe schickt, werden sie niemals rechtzeitig hier eintreffen. Oh, Basil, wo steckst du bloß?

»Ergor, ich verspreche dir, dein guter Ruf wird nicht beschmutzt. Keiner bringt dich damit in Verbindung, und du kannst weiterhin die Welt nach einem Heilkraut für deine Schwester durchstreifen. Ihr Husten, mein Lieber, wird übrigens schlimmer.«

»Warum hast du damals nicht getrunken?«, fährt Ergor Klaas an, dessen Gesicht knallrot angelaufen ist.

Schweiß rinnt ihm von der Stirn ins Auge. Er blinzelt.

»Siehst du, in welche Situation du uns gebracht hast? Habe ich dir also umsonst meine Geschichte erzählt?«, brüllt er, die rindigen Finger peitschen wütend durch die Luft. Ein Kräuterregen raschelt zu Boden.

Klaas' Augenlider flackern.

»Ich geh Mischa suchen«, sagt Rodwang. »Du bereitest den Trank vor. Meinetwegen einen Trank, der ihn alles vergessen lässt. Mir ist es egal, wie viel er noch weiß, bevor er ins Gras beißt.«

Rodwangs Körper wird steif und sackt zu Boden. Einen Augenblick später verlässt er die Bibliothek als Hund.

»Wir müssen uns sputen.« Ergor bleibt vor einem Regal stehen und dreht sich um. Ich sehe, wie ein müdes Lächeln über sein Gesicht huscht. »Nur vergessen, ich schwöre es dir, mein Junge! Dann binde ich dich los, und du kannst fliehen. Ich wollte doch nichts weiter, als dass die Hainianer begreifen, dass Thekla unsere Welt nicht gut führt. Ich wollte doch nur, dass unsere Portale immer offen stehen. Ich brauche das Heilmittel für Afaida. Vielleicht ist es eine Wurzel, vielleicht ein Kraut. Etwas wird es geben, das sie heilen kann.« Seine Finger streifen über die Buchrücken der Kräuterbücher. »Ich habe alle studiert. Glaub mir, mein Junge, lange brauche ich nicht mehr, um das Mittel zu finden.« Er klopft auf eines der Bücher. »Hier drin steckt es.« Seine Finger wandern weiter zu den Büchern über Mythen und Legenden, halten dort inne. »Märchengestalten, Fabelwesen, mehr sind wir nicht mehr für euch. Keine Liebe, nicht einmal Ehrfurcht oder Respekt verspürt ihr für uns. Ihr habt uns nach und nach aus eurer Welt vertrieben. Wo das Magische auftaucht, wird es bekämpft oder wegerklärt. Aber meine Tränke, meine Magie sind nichts Schlechtes. Ich muss meiner Schwester helfen. Ich weiß, dass ihre Zweige einen einmaligen Zauber bergen. Es wäre Verschwendung, wenn er nie zum Einsatz kommen würde, wenn sie stirbt, bevor –« Er schluchzt auf.

In diesem Augenblick kippt Klaas um. Er sackt mit dem Körper zu Seite und schrammt am Fensterbrett entlang zu Boden. Ich spüre ein Vibrieren in den Fingerspitzen, das sich rasch über den gesamten Körper ausbreitet.

»Bist du tot?« Ergor schaut ungläubig und tippelt einen Schritt auf Klaas zu.

Nur noch einen Schritt, dann hat er mich entdeckt.

Doch da verliere ich die Verbindung, und der Kontakt bricht ab. Klaas ist bewusstlos.

# KAPITEL SECHSUNDZWANZIG

Ratlos ziehe ich den Kopf aus dem Nynyktar. Ich kenne jetzt Rodwangs gesamtes Komplott, Klaas' Leben liegt in meinen Händen. Was soll ich tun? Es ist niemand hier außer mir.

Vielleicht lauert Rodwang bereits vor der Tür und wartet darauf, mich zu fangen, sobald ich sie öffne. Warum sind mir keine Flügel gewachsen, keine Klauen? Und wo steckt Basil?

Ich schluchze auf. Marts hat in diesem verwüsteten Raum gestanden und *Lügner!* gebrüllt. Dass seine Worte auf Ergor gemünzt waren, hat keiner verstanden. Er war der Angreifer und Ergor unser Retter.

Plötzlich fällt mir Afaida ein, wie sie mir den Trank an ihrem Herd gerührt hat und welche Angst sie vor dem Feuer hatte. Alle Floraner haben Angst vor Feuer.

In meinem merkwürdigen Minikleidfetzen stehe ich am offenen Fenster, lausche in die kalte Nacht, ob ich Rodwangs Pfoten höre, dann springe ich nach draußen und schleiche an der Hauswand bis zur Bibliothek.

Die Fensterscheiben sind verdreckt wie eh und je. Was drinnen vor sich geht, kann ich nicht erkennen. Gut, dann sieht mich hier draußen auch niemand.

Endlich taugen meine Federn zu etwas. Hastig rupfe ich mir

eine aus und fahre damit vorsichtig zwischen den Fensterflügeln entlang. Behutsam drücke ich dagegen.

Sie öffnen sich nahezu geräuschlos, und die dramatischen Klänge einer Wagner-Oper schallen mir entgegen.

Klaas liegt auf der Chaiselongue. Er ist immer noch gefesselt und bewusstlos, aber immerhin war Ergor so gnädig, ihm den Knebel zu erlassen. Na ja, wahrscheinlich hat das nichts mit Güte zu tun. Der Trank muss in seinen Mund.

Der alte Mann hockt am Boden und brabbelt wirr vor sich hin. Was er sagt, kann ich wegen der lauten Musik nicht verstehen. Dabei bröselt er Blätter in einen Topf. Neben ihm stehen Fläschchen, und einige der Kräutersträuße liegen bereit. Das, wonach ich suche, erblicke ich auf dem kleinen, runden Tisch: eine Schachtel Streichhölzer.

Ein Windstoß fegt hinter mir durch das Fenster und fährt durch die Kräuter, die sich über den Boden verteilen.

»Ach nein!«, schimpft Ergor und kriecht ihnen hinterher. »Es geht aber auch alles schief! Dummer, alter Ergor!«

Hastig steige ich in die Bibliothek und schnappe mir die Streichholzschachtel. »Dann lassen Sie es doch!«, rufe ich, und Ergor fährt herum. Ich bin froh, über die donnernde Opernmusik, die unsere Stimmen übertönt.

Ich zünde ein Streichholz an und werfe es nach einem der trockenen Sträuße, aber es erlischt noch im Flug.

»Was machst du denn da? Willst du die Bibliothek in Brand stecken?«

»Mit Bränden kennen Sie sich besser aus.«

»Ach, Mischa.« Sein Gesicht nimmt einen jämmerlichen Ausdruck an. »Hoffnungslos, alles aussichtslos. Verschwinde besser.«

»Nein! Sie lösen jetzt die Fesseln von Klaas' Handgelenken und sorgen dafür, dass er sein Bewusstsein wiedererlangt. Dafür haben Sie doch Ihre stinkenden Kräuter.«

Ich zünde ein weiteres Streichholz an, reiße etwas vom morschen Vorhang ab und halte es dagegen. Sofort geht der Stoff in Flammen auf. Ich werfe den brennenden Lappen auf den Boden, und Ergor kreischt auf.

»Unsinn, Mischa. Rodwang sucht dich, er kommt gleich zurück. Du hast keine Chance.«

Ich rupfe an Klaas' Fesseln, die so fest sitzen, dass seine Hände kalt und weiß sind. Der Lappen am Boden erlischt und hinterlässt einen dunklen Brandfleck.

»Ergor, wenn Sie noch irgendetwas gutmachen wollen, dann helfen Sie mir jetzt! Oder ich zünde wirklich dieses verdammte Internat an.«

Sein Kiefer bewegt sich, als würde er seine Gedanken im Mund kauen. Dann dreht er sich hektisch zur Tür, wieder zu den Pflanzen am Boden, schlägt den Ärmel des Kittels auf, reibt an seinem Zweigskelett und beginnt mit seinen Blättchen einen Halbkreis um die Tür zu streuen. »Bannkreis«, säuselt er.

Währenddessen lockere ich die Stricke um Klaas' Hände. »Afaida hat mir geholfen, dem Ring zu entkommen. Sie hat mich aus Hain fortgeschickt.«

»Du hast meine Schwester gesehen?«

»Ja. Ihr Husten ist stark, und ihre Hände sehen böse aus, aber ihr geht es gut. Ich glaube nicht, dass sie sich freuen wird, wenn sie von dem hier erfährt.«

Ergor schiebt eines der Regale beiseite, und ein Arsenal an Pfannen und Tiegeln, eine gesamte Apotheke, kommt zum Vorschein.

»Nimm das!« Er reicht mir eine kleine Pfanne, in die er ein violettes Pulver streut. »Zünde das an. Dann halte es deinem Freund unter die Nase.«

Ein paar Augenblicke später dringt mir ein übler Geruch in die Nase, und Klaas schlägt die Augen auf. Er ächzt.

Ergor rutscht an der Bücherwand zu Boden. »Fünf Jahre mindestens, fünf Jahre *Einsamer Wald*«, jammert er. »Niemand, der nun meine Forschungen weiterführt. Alles Kompost!«

Ich hieve Klaas hoch. »Wach auf, wir müssen hier weg!«

Wie betrunken grinst Klaas mich an, reicht mir seine Hand und lallt: »Mischa, hab ich dir schon mal gesagt, dass du das tollste Mädchen bist? Ever!«

»Ja, du bist auch toll, aber wir müssen hier raus. Komm, aus dem Fenster.« Ich ziehe meinen willenlosen Freund hinter mir her, der selig grinsend durch den Raum taumelt.

Ich funkele Ergor an: »Was ist mit ihm? Was war das für ein Pulver?«

»Dasselbe, was ich immer verwende«, antwortet er und fährt sich mit der Hand durch die Haare. »Es tut mir leid, Mischa. Ich bin zerstreut. Nur drei Atemzüge, nicht mehr. Natürlich, das hätte ich dir sagen müssen.«

Klaas fängt plötzlich an zu singen: »Ein Feuerwerk aus Endorphinen.«

»Sei still!«, zische ich und schiebe ihn vorwärts zum Fenstersims.

»Ein Feuerwerk zieht durch die Naaacht!«, brüllt er in den dunklen Himmel, und in mir fühlt es sich an, als sacke alles Blut aus den Adern in die Beine.

Ich presse ihm meine Hand auf den Mund, und er dreht

sich zu mir um, schlingt seine Arme um mich und spitzt seine Lippen.

»Wollen wir Silvester zusammen feiern?«, fragt er und blickt mich treuherzig an. »Ich mach uns Burger.«

»Klaas! Raus jetzt!« Ich steige aufs Fensterbrett, und wie ein Entenjunges folgt er mir.

»Wehe, du singst wieder!«, raune ich.

Ich laufe zur Mauer. Klaas stolpert kichernd hinter mir her.

Wir rennen an der Außenseite der Mauer entlang, denn der einzige Weg durch den Wald in die Stadt, den ich kenne, ist mein alter Schulweg nach Hainpforta. In der Stadt wird dieser Wahnsinn ein Ende haben, hoffe ich. Und am Waldrand, fällt mir ein, liegt immer noch mein Fahrrad, das ich dort liegen gelassen habe, als ich meiner Mutter ins Internat gefolgt bin.

Ergor zu überrumpeln war denkbar einfach, doch nun mit diesem quasi betrunkenen Klaas an meiner Seite fürchte ich, dass uns Rodwang noch schnappt.

Als wir am schmiedeeisernen Tor mit seinen tückischen Efeuranken vorbeikommen, drehe ich mich um. Schwarz und düster liegt das Haus hinter uns. Ich frage mich, wie dicht Rodwang uns auf den Fersen ist.

Und wo, um Himmels willen, steckt Basil?

Klaas plumpst neben mir zu Boden.

»Dieser Basil, tsss.« Er schüttelt belustigt den Kopf. »So ein Schlawiner.« Er schüttelt den Zeigefinger. »Hat gedacht, er kann mich nach dir ausfragen. Ich glaube, der ist megaverknallt in dich.« Mit diesen Worten kuschelt er sich ins Laub.

»Klaas, nicht schlafen!« Ich beuge mich zu ihm und raune ihm ins Ohr: »Wenn du schön brav mitkommst, feiere ich nicht nur Silvester mit dir, sondern auch Neujahr, und du bist der Ehrengast auf meinem Geburtstag, aber bitte, bitte steh jetzt auf.«

»Schön«, nuschelt er und stemmt sich umständlich hoch. »Ich nehme dich beim Wort!«

In diesem Augenblick bemerke ich einen orangefarbenen Schimmer auf den Baumkronen im Park auf der Rückseite des Internats. Dort, wo sich die Bibliothek befindet.

Wir laufen weiter. Ich lausche. Eine Ewigkeit höre ich nichts Verdächtiges. Doch dann knallt es, Glas klirrt, und ein Knistern dringt an meine Ohren. Ich rieche Feuer. Als ich mich umdrehe, sehe ich, dass Hainpforta in Flammen steht.

Wir rennen weiter. Klaas scheint langsam zu sich zu kommen, denn seine Heiterkeit verfliegt. Stattdessen stöhnt er, als würde ihm das Laufen Schmerzen bereiten.

»Komm, nur noch ein Stück bis zum Waldrand«, rufe ich.

Ich kann sehen, dass sich die Bäume vor uns bereits lichten, und Rodwang ist nicht hinter uns hergekommen. Vielleicht, denke ich, haben ihn die Flammen eingeschlossen. Vielleicht ist er bereits tot.

Ich finde die Stelle mit meinem Rad sofort. Die Reifen haben beide noch Luft.

»Los, auf den Gepäckträger mit dir!«

Ich schwinge mich auf den Sattel, und als Klaas sitzt, gebe ich dem Rad Schwung, sodass wir den Berg hinunterrollen.

Wir stürzen den Hang hinab, das Rad eiert unkontrollierbar, Klaas ist viel zu schwer für mich. Ich kann nicht steuern. Und dann ist das Keuchen hinter uns. Das Geräusch, auf das ich ängstlich gelauert habe. Rodwangs Pfoten, die in Windeseile den Boden berühren und uns nachjagen. Ich drehe mich um, aus der Deckung der Bäume springt Rodwang auf uns zu. Das Rad rutscht, schlingert.

Ein alarmierend schriller Ton scheppert durch die Nacht. Ein furchtbar unangenehmes Gellen, das meinem Mund entstammt. Ich schreie mir die Angst aus dem Leib, die ich so ewig zurückgehalten habe. Rodwang kommt näher. Da kippt Klaas vom Gepäckträger, das Rad rutscht mir weg. Rodwangs Maul öffnet sich. Ich stürze.

Ein schwarzer Schatten schießt über uns hinweg. Krallen bohren sich in Rodwangs Pelz, und ich sehe, wie Basil über uns mit ihm abhebt.

Ich starre ihm hinterher, wie er den großen, schweren Hund in die Luft hievt und in den Wald trägt, über dem eine orange lodernde Rauchsäule aufsteigt.

Plötzlich glaube ich, dass es das letzte Mal gewesen ist, dass ich Basil gesehen habe. Ich weiß nicht, wieso.

# KAPITEL SIEBENUNDZWANZIG

Als ich erwache, höre ich Stimmen aus der Küche. Erst glaube ich, dass es Klaas ist, denn meine Mutter hat mich und Klaas in der Nacht empfangen.

Mama hat mich gedrückt und geküsst und dazwischen gejubelt und immer wieder meinen Namen gerufen: »Mischki, meine Mischki!«

Ich habe ihre Begeisterung genossen und mich erleichtert und glücklich gegen meine geliebte Mama gelehnt.

Dann hat sie Klaas an sich gezogen und ihn ebenfalls geknuddelt. Doch das war bei Klaas' Zustand nicht so günstig.

Weil ihm übel war, bin ich zu Mama ins Bett gekrochen, Klaas hat in meinem geschlafen.

Die männliche Stimme in der Küche klingt aber älter. Hastig schlüpfe ich in meinen Jogginganzug und freue mich über die frische Kleidung. Dann renne ich in die Küche.

»Guten Morgen, Mischki!«

Beim Kampf haben sie die Flügel meines Vaters nicht verschont. Er trägt einen Verband um die Schultern. Als er mir einen Stuhl zurechtschiebt, stöhnt er kurz auf.

»Zunächst einmal: Ich bin dir nicht böse, weil du aus dem Ring weggelaufen bist.«

»Wie bitte? Du bist *mir* nicht böse?«

»Bitte, Mischa! Geht das schon wieder los?«

»Papa! Erinnerst du dich denn nicht? Ich bin das Mädchen, das noch mit sieben Jahren eine innige Beziehung zu seinem Schnuffeltuch pflegte. Ich habe losgeheult, wenn du mich auf einen Ast gesetzt hast. Wie konntest du mich in so ein Abenteuer hineinziehen? Stell dir vor, in den letzten Jahren bin ich nicht zur Draufgängerin mutiert.«

»Nein.« Er stützt sein Gewicht mit beiden Handflächen auf dem Sitz ab.

»Wieso hast du mich in diese Höhle verschleppt?«

»Als wir die Untersuchung planten, wusste ich nicht, dass du nach Hain kommen würdest. Dann warst du da, die Lykoten haben uns den nächtlichen Besuch abgestattet, der Tauschling war tot. Plötzlich erschien es Renrus und mir als eine gute Idee, dich dort zu verstecken. Mischa, es tut mir leid, dass ich dich damit in Gefahr gebracht habe.«

Mein Finger trommelt auf der Tischplatte.

»Willst du einen Tee? Einen Kakao?« Meine Mutter hält im Bademantel eine Tasse hoch.

»Du findest das doch sicher auch beknackt. Dass ich jetzt hier bin, habe ich allein mir zu verdanken. Und Basil.«

Die Klospülung rauscht. Klaas erscheint.

»Morgen allerseits«, gähnt er und reibt sich über den nackten Bauch.

»Ist Hainpforta abgebrannt?«, frage ich.

»Nur zum Teil.«

»Hat Ergor das Internat angesteckt?«

»Ja.«

»Wie geht es ihm?«

Mein Vater schüttelt den Kopf.

»Und Rodwang?«

»Wir brauchen dich, Mischa. Wenn du gefrühstückt hast, müssen wir aufbrechen. Rodwang bekommt seinen Prozess noch hier und heute. Du bist unsere Kronzeugin.«

# KAPITEL ACHTUNDZWANZIG

Ich sitze allein im großen Speisesaal von Hainpforta. Der Westflügel ist so gut wie alles, was vom Jadgschloss noch übrig ist. Selbst die Tür zum Speisesaal gibt es nicht mehr.

Die Minuten verstreichen. Ich stehe auf. Laufe die fleckigen Wände ab, die nun auch ein fettiger Rußfilm ziert. Befühle die Zacken der in der Hitze zersprungenen Fensterscheiben. Setze mich wieder hin.

Nach einer Ewigkeit erscheint Thekla. In der Hand hält sie meinen Rucksack. Ihre Locken fließen ungebunden herab, doch trotz ihrer märchenhaften Schönheit strahlt sie wie immer Strenge aus. Plötzlich tut sie mir leid, denn ich begreife, welch ein einsames Leben sie führt.

»Hast du dich beruhigt?«

Ich bin zu erschöpft, um mich über die Frage aufzuregen. Der Alte ist tot, Marts ist tot, Ergor ist tot, und Klaas und ich sind nur um Haaresbreite entkommen.

Ich senke meinen Blick, was beinahe als Nicken missverstanden werden kann. Mit meinem Daumen drücke ich unsichtbare Löcher in das Holz der Stuhllehne, was eigenartigerweise gegen die Tränen hilft.

»Was wollen Sie eigentlich von mir?«

Sie fasst an die Libellenkette um ihren Hals. »Das hat sich erledigt.«

»Ich will es trotzdem wissen.«

»Mischa, ich halte nichts davon, dumme Ideen zu verbreiten. Einmal in die Welt gebracht, verselbstständigen sie sich und wollen lebendig werden.«

Ich schnaube, doch behalte meine Widerworte für mich. Stattdessen trommele ich mit meinen Fingern auf den Tisch.

Thekla hält das nervende Getrommel ziemlich lange aus. Sie zieht lediglich die Augenbrauen hoch. Schließlich sagt sie: »Gut, hör zu, hartnäckiges Kind. Du bist im Bild über meine Ansichten.«

Ich schnaube, was Thekla nicht aus der Ruhe bringt.

»*Ich* glaube nicht, dass unsere Welt nur auf diese eine Weise existieren kann. Aber wie es aussieht, hat es vor mir noch keiner gewagt, die Verbindung zu kappen. Ich möchte die Portale endgültig schließen. Auch das Lykotenportal. Dazu ist es unabdinglich, die Kontrolle über den Kristall zu bewahren, was mir natürlich viele Feinde beschert.«

»Was wird aus meinen Eltern?«

Sie zuckt mit den Schultern. »Es gäbe noch eine andere Möglichkeit, die ich dir vorschlagen wollte. Aber ich habe meine Meinung in der Zwischenzeit geändert.«

Thekla zögert, dann fasst sie mit ihrer Hand an den Hals und nimmt sich das filigrane Schmuckstück ab. Wieder sehe ich die dunklen Abdrücke auf ihrer Haut.

»Die Kette ist aus demselben Kristall gefertigt, der auch die Portale verstärkt und in den Nynyktaren steckt. Wenn wir beide einen Teil der Kette tragen, dürfte es vielleicht ausreichen, um die Verbindung aufrechtzuerhalten.«

Ich nicke. Nicht, weil ich dem Vorschlag zustimmen will, sondern weil ich plötzlich etwas verstanden habe. Ich weiß nun, wieso Thekla von anderen scheinbar kaltherzig Opfer verlangt. Sie trägt ihres um den Hals.

Thekla streicht sich über die wunde Stelle. »Diese Kette zu tragen bereitet immerfort Schmerzen. Glaub mir, man gewöhnt sich nicht daran.« Thekla wickelt sich die Kette um den Zeigefinger. Wo der Kristall die Haut berührt, zischt es, und das Schmuckstück hinterlässt eine rauchende Spur.

»Das ist der Preis, den ich als Erzin zahlen muss. Erzin zu sein stattet mich mit großer Macht aus.« Sie legt sich das schaurige Stück wieder um. Ihr Gesicht bleibt reglos, doch ihr Körper strafft sich und verrät die Schmerzen, die die Kette ihr bereitet.

»Es wäre eine dumme Idee, einem jungen Mädchen wie dir lebenslangen Schmerz zu offerieren.« Ihre Augen blicken aus dem Fenster über meinem Kopf, und ich bin dankbar, dass sie mich zu keiner Reaktion zwingt. Ich habe den Eindruck, dass sie mehr zu sich selbst spricht als zu mir.

Dann tritt Thekla auf mich zu und fasst mich behutsam am Kinn. »Kleine Tullwisstochter, den hier musste ich dir mitbringen.« Sie tippt auf den Rucksack. »Es ist übrigens schon das zweite Mal, das ich dir deine Sachen hinterhertrage.«

Ich öffne den Verschluss und finde mein blutverschmutztes Shirt und den *Celestial Me!*-Pullover darin.

»Du weißt, dass nichts aus eurer Welt in Hain bleiben darf.«

Ich nehme den Pulli heraus. »Der steht Ihnen bestimmt«, sage ich und halte ihr den Pullover hin. »Die Fledermausärmel dürften sogar über die Flügel passen, und wenn nicht, trennen Sie die ab. Und, na ja, einmal waschen wäre sicher auch ganz gut.« Ich nehme ihre Hand und lege den Pullover hinein.

»Das widerspricht den Gesetzen.«

»Lockern Sie sie. Das nimmt auch Ihren Gegnern die Argumente.«

Sie kneift die Augen zusammen. Ihr Kopf senkt sich, gleitet durch die Halsöffnung des Pullovers und taucht mit einem verlegenen Lächeln wieder auf.

Ich strecke den Daumen hoch. »Sieht topp aus!«

Ich schaue in den Gang auf die kleine Gruppe, die von Gwindula angeführt wird. Ihr sonst so selbstbewusster Gang wirkt müde. Das Grashaar hängt traurig auf ihre Schultern. Selbst der schmetterlingsverzierte Kittel scheint an Farbe eingebüßt zu haben. Aden Tweick und mein Vater flankieren Rodwang, jetzt wieder in Menschengestalt. Ich nehme an, so ist er weniger gefährlich, denn gefesselt haben sie ihn nicht.

»Wo ist Basil?«, frage ich Thekla. »Nimmt er nicht an der Versammlung teil? Er hat Rodwang doch gestellt.«

»Er ruht sich aus«, antwortet Aden Tweick für sie. »Rodwang hat ihn im Wald niedergeschlagen und ihm die Nase gebrochen.«

Mein Vater nickt. »Als Basil wieder zu sich kam und nach dir suchte, hat er Rodwang gesehen, der durch den Wald hetzte.«

Wahrscheinlich lag Basil bewusstlos nur ein paar Meter neben mir. Deswegen also konnte ich keine Verbindung über den Nynyktar zu ihm herstellen.

»Er wächst wieder zusammen«, sagt mein Vater, und seine warme Hand schiebt sich in meinen Nacken.

»Ruhe bitte! Die Verhandlung beginnt.« Thekla wendet sich

um, und wir folgen ihr ans andere Ende des Saals. »Alles, was nun besprochen wird, geschieht mit größter Ernsthaftigkeit und Wahrheit.«

Sie bleibt vor dem Kamin stehen, und kurz blitzt eine Erinnerung auf: Marts, wie er Thekla imitiert, mit wackelnder Hüfte und verstellter Stimme, die dem Feuer befiehlt, für immer zu erlöschen, weil es sich nicht bändigen lässt. Damals waren wir Feinde. Jetzt wünschte ich, ich könnte die Zeit zurückdrehen.

Ich erzähle haargenau, was ich von Rodwang und Ergor weiß. Rodwang schweigt, aber die Beweise sind auch ohne sein Geständnis erdrückend. Schließlich wird meine Mutter dazugeholt, die Rodwang in seiner menschlichen Gestalt wiedererkennt.

Obwohl es fast fünf Jahre zurückliegt, erinnert sie sich noch gut, denn es gab einen merkwürdigen Vorfall im Friseursalon.

»Er hat mich als Kunde aufgesucht«, erzählt sie. »Auf seinem Frisierumhang war mit einem Mal Blut. Ich entschuldigte mich bei ihm, denn ich dachte, ich hätte ihn geschnitten, woraufhin er wütend davonstob. Aber dann sah ich, dass das Blut aus meinem Finger tropfte und dass die Rasierklinge, an der ich mich wohl geschnitten hatte, fehlte.«

»Es ist genau, wie Marts gesagt hat«, fahre ich auf und ernte einen missbilligenden Blick von Thekla. »Shart sitzt unschuldig. Rodwang hat ihm Mamas Blut in das Getränk gemischt. Diese Tat hatte nur den Zweck, dass sich die Aden und die Lykoten verfeinden. Die Auseinandersetzungen sollten dem Ring nützen.«

Rodwang lacht auf.

»Wieso haben Sie mit den Lykoten kooperiert, wenn Sie sie doch hassen? Wieso haben Sie ihnen den Kristall gebracht?«, frage ich ihn.

»Sehnsucht. Kennst du das nicht?« Er schweigt. Betreten schaue ich in die Runde. Wenn es etwas gibt, dass ich in den letzten Tagen nur zu gut kennengelernt haben, dann Sehnsucht.

In den Mienen der Erwachsenen spiegelt sich kein Mitleid.

»Ay«, fährt er fort, als die Stille im Saal unangenehm zu werden beginnt, »ich dachte, mein Volk hätte sich geändert. Ich hatte gehofft, sie würden mich wieder zu sich holen, wenn ich ihnen etwas anbiete, was ihnen nützt. Dass sie erkennen, dass ich auch ohne Trieb meinem Volk angehören kann. Doch sie haben nur den Kristall angenommen, nicht mich. Ay, sei's drum. Auch das hat mir geholfen. Ja, die Lykoten haben sich durch diese unüberlegte Handlung als Kandidaten für den Bund untragbar gemacht.«

»Warum Ergor?«, schluchzt es neben mir auf. Ich drehe mich zu Gwindula. Dicke Tränen fallen auf ihren Kittel. »Wieso hast du Ergor mit hineingezogen? Er war kein schlechter Floraner!«

»Er war die leichteste Beute auf Hainpforta. Der arme Mann war so versessen darauf, das Heilmittel für seine Schwester zu finden. Für sie und die Aussicht, dass ich ihr helfe, war er zu allem bereit.«

»Du hast ihn zur Brandstiftung überredet und wolltest mich gleich mit hineinziehen, indem du meine Feder dort deponiert hast.« Aden Tweicks Kopf liegt wie üblich im Nacken, seine Lider sind geschlossen, die Gesichtszüge entspannt, als würde er meditieren.

»Ay, egal, wie meine Verhandlung für mich ausgeht: Der Ruf der Lykoten ist dahin, und Thekla hat die Unterstützung im Bund verloren. Keiner wird mehr einen Lykoten oder einen Aden wählen.«

»Du hast Ergor benutzt. Du hast ihn für diesen absurden Plan manipuliert.« Mein Vater hält Gwindula am Arm, die sich auf Rodwang stürzen will.

»Ja, aber es war Ergors ureigene Entscheidung, die Lykoten in der *Raunacht* ziehen zu lassen, er selbst hat den Bannkreis um Marts wieder zerstört.«

»Still!«, schaltet sich Thekla ein. »Ich habe genug gehört.«

Rodwangs Oberkörper versteift sich, ich fürchte schon, dass er sich gleich in einen Hund verwandelt, doch er richtet sich bloß auf.

»Auch wenn ich deiner Meinung nach nicht mehr lange diese Kette tragen werde, so bin ich noch im Amt und muss ein Urteil über dich fällen. Sehnsucht, sagtest du, war dein Motiv? Gekränkter Stolz? Du wirst Shart deyn Woutens Platz im *Einsamen Wald* einnehmen. Er wird bestimmen, wie viele Jahre du dort verbringen wirst. Erst wenn er sagt, dass du genug gebüßt hast für den Tod seines Kindes, für sein Leid, das seiner Frau und für all die anderen Verbrechen, wird sich der Kristall für dich wieder öffnen.«

Shart kommt also frei.

Rodwang lacht auf. »Grausam wie eh und je.«

Aden Tweick fasst ihn unter dem Arm. »Bringen wir ihn zurück in den Keller.« Mein Vater ergreift den anderen Arm.

»Brim, bleib! Ich will noch mit Wendla, Mischa und dir reden.« Ein Fingerzeig von Thekla, und Gwindula huscht an die Stelle meines Vaters.

In den folgenden zehn Minuten wird über unsere Familie beraten. Mein Besuchsrecht lehnt sie ab. Zu gefährlich, lautet ihre Begründung. Sogar Wendlas Besuchstag wird vorerst auf Eis gelegt. Immerhin ringen Papa und ich ihr das Versprechen ab, zu Beginn der nächsten *Raunächte* einen erneuten Antrag stellen zu dürfen.

Als wir uns daraufhin abklatschen, lächelt sie allerdings spöttisch. Papa hat sich im Ausgleich für den verlorenen Tag mit Wendla ein paar zusätzliche Besuchstage bei uns erstritten. Zu Ostern wird er für eine Woche kommen. Und in den Sommerferien darf er sogar ganze zwei Wochen bleiben. Als Belohnung dafür, dass er Rodwang gestellt hat.

Lustigerweise trägt Thekla die ganze Verhandlung über meinen Pullover. Ich glaube, sie hat ein neues Lieblingskleidungsstück.

Papa schnallt sich das Geschirr um.

»Komm, mein Mädchen, wir verabschieden uns. Eine letzte Runde, dann muss ich Rodwang zurück nach Hain begleiten.« Er öffnet die Fenster, reicht mir die Hand, und ich klettere in den Sitz.

»Wie blöd, dass ich nicht selber fliegen kann«, rutscht es mir heraus. Mit Basil bin ich ohne dieses Ding ausgekommen. Ich bin auf seinem Rücken geflogen. Ich drehe mich um, weil ich Thekla fragen will, ob sie vielleicht auch ihm ein Besuchsrecht einräumen kann, aber außer meinem Vater, meiner Mutter und mir ist niemand mehr im Saal.

Papa zwinkert mir zu, und wir heben ab und segeln über den Wald. Von oben sieht das verwüstete Internat aus wie eine Wunde, die im Wald klafft.

»Danke für deine Hilfe«, sagt er, als wir in der Luft sind. »Renrus hat mit Tweick Kontakt aufgenommen, nachdem du ihm von der Feder erzählt hattest. Du weißt, dass Tweick Basil verdächtigt hat. Aber der Verräter war Ergor.«

»Er war der Netteste von allen«, murmele ich.

»Ja, Ergor war etwas Besonderes. Sein Leben lang träumte er davon, dass sich die Welten wieder wie in mythischen Zeiten begegnen. Er hoffte, dass wir eines Tages gemeinsam forschen und studieren würden. Die ewige Verbindung. Ich nehme an, er wollte durch deinen erzwungenen Aufenthalt in Hain diese Wendung herausfordern. Im Laufe der Jahre hat sein Traum ihn allmählich verblendet.«

# KAPITEL NEUNUNDZWANZIG

Als wir am späten Nachmittag des folgenden Tags in den Park treten, fällt feiner Sprühregen. Diesmal gibt es keine Schaulustigen, als sich mein Vater mit dem gefesselten Rodwang ein letztes Mal aufmacht, den Findling zu besteigen.

Aden Tweick bereitet den Stein vor, indem er aus seiner schlangenbehandschuhten Hand kleine Kristallstücke nimmt und sie notdürftig in die Löcher presst. Gwindula und er bleiben noch die letzten Stunden bis Mitternacht. Heute ist Silvester.

Den Nynyktar haben sie zerlegt. Der Kristall dazu lehnt, eingewickelt in Stoff, unschuldig am Stein.

Meine Mutter möchte meinen Vater kaum loslassen. Den gestrigen Tag haben die zwei miteinander verbracht. Ein wenig neidisch schaue ich zu ihnen.

Ich habe Basil tatsächlich nicht mehr gesehen. Er wird gemeinsam mit Gwindula und Joggl übertreten. Ich muss mich mit dem Abschiedsgruß begnügen, den ich ihm über meinen Vater ausrichten lasse.

Papa legt seine Flügel um meinen Körper, ich kuschele mich dicht an ihn. So hätte unser Wiedersehen aussehen sollen, denke ich.

Ich spüre den Findling neben mir in der Abendsonne glitzern

und erblicke Mama, die ihre Arme ausbreitet. Es folgt ein Knall, und noch einer. Über den Baumkronen von Hainpforta leuchtet es farbig.

Die ersten vereinzelten Silvesterraketen. Meine Welt verabschiedet meinen Vater und alle anderen aus Hain mit einem Feuerwerk!

Ich umarme ihn so lange, bis meine Mutter ihr Recht einfordert. Wie in der Tanzschule tippt sie mir auf die Schulter.

Mein Blick wandert zum Internatsgebäude hinter mir.

»Wir sehen uns zu Ostern«, sagt Papa, der nun mit Rodwang auf dem Stein steht. Dann verschwimmen die beiden zu einem flimmerigen Brei, und zwei zusätzliche Abdrücke aus Ruß zieren den Stein.

Als wir uns abwenden, um durch die Tür in der Mauer zu schlüpfen, greift Thekla meinen Ellenbogen und hält mich zurück. Sie beugt sich zu mir herab, und während sie mir ein Stück knisternden Stoff in die rechte Hand drückt, flüstert sie in mein Ohr: »Du wirst morgen zurückkommen in den Wald. Entferne alle Kristallsplitter sorgfältig und verwahre sie gut in diesem Tuch. Du bist ihre Hüterin.«

Ich starre sie mit großen Augen an. Sie richtet sich auf und lächelt. »Wirst du das tun?«

Ich nicke. Das Tuch in meiner Faust fühlt sich an wie Krepppapier, wie die Verpackung eines Geschenks.

# KAPITEL DREISSIG

Ich liege wach in meinem Bett. Vereinzelt explodieren noch ein paar Raketen. Der Himmel färbt sich jedoch bereits wieder grau, sodass ihr buntes Leuchten schnell verblasst. Ich denke an Basil, der mit gebrochener Nase längst in Hain ist. Warum durften wir uns nicht noch einmal sehen?

Der Brief meines Vaters wartet verborgen zwischen Matratze und Wand darauf, dass ich ihn seiner rechtmäßigen Besitzerin wiederbringe. Ich will ihn gerade herausziehen, da bewegt sich etwas vor meinem Fenster. Als ich es öffne, kauert Basil auf dem Sims. Er trägt sein Federkleid, aber mir fällt es kaum auf. Ich blende es nicht absichtlich aus, das muss ich nicht mehr nach den vielen Tagen in Hain.

»Du bist noch hier?«

»Darf ich reinkommen? Oder wenn du lieber schlafen willst ...«

Ich schüttle den Kopf, und er klettert ins Zimmer.

»Bist du auf der Flucht? Soll ich dich verstecken?«

»Gwindula schickt mich.«

»Schickt dich?«, frage ich ungläubig.

»Ich bin abgehauen, wollte mich verstecken, bis die Portale zu sind. Aber Gwindula hat mich gefunden, und nun muss ich auch übertreten.«

Ich drehe mich zu meinem Schreibtisch. »Wir sehen uns also nicht mehr wieder.«

Der rote Kuli funktioniert nicht. Ich drehe das Gehäuse auseinander.

Mir fällt die Kette ein, die mir immer noch um den Hals hängt. Ich greife danach. »Das gehört dir.«

»Nein, Mischa, dir. Diese Feder und alle anderen, die ich am Leib trage.«

Seine Augen wechseln wieder einmal ihre Farbe, was sehr hübsch aussieht. Von Türkis zu Ultramarin. Die Kette gleitet mir vom Finger.

Er kniet sich zu dem Lederbändchen. »Es tut mir leid, Mischa … ich wusste, dass ich dich traurig machen werde. Und ich habe mich nicht zurückgehalten.«

Das Federkettchen schaukelt hin und her, und beinahe bereue ich, dass ich es ihm hingeworfen habe. Ich seufze und setze mich auf mein Bett. Dann ziehe ich meine Beine an und krempele die Pyjamahose hoch.

»Siehst du? Ich brauche deine Feder nicht. Ich habe selbst genug von den Dingern«, stoße ich hervor.

Basil tritt dicht neben mich. Vorsichtig streckt er eine Hand aus und berührt meinen Unterschenkel. Nur kurz streichelt er die Federn, danach streichelt er mich. Für ungefähr zehn Sekunden werfe ich alle Wut über Bord und öffne mein Herz sperrangelweit, auch wenn ich danach umso trauriger sein werde.

Basil spürt wohl, dass mein Widerstand schmilzt, denn er legt seine Wange an meine Wange. Warm und weich schmiegt sie sich an mich. »Mach's gut, Mischa. Ich werde dich vermissen. Ich liebe dich!« Er fasst eine Strähne meiner Haare.

Tränen schießen mir in die Augen.

»Ich habe mir wirklich gewünscht, mit dir zusammenzuleben«, flüstert er mir ins Ohr. »Du bist etwas Besonderes.« Er lässt meine Strähne los. »Du solltest dir die Haare nicht mehr schwarz färben. Das Braun sieht toll aus.«

Ich beuge mich vor und lange unter mein Bett, damit Basil nicht sieht, wie mir die Tränen in die Augen schießen. Denn was, verdammt, nützt es, wenn ich ihm mit meinen braunen Haaren gefallen würde, wenn wir uns nie wiedersehen. Ich taste unter meinem Bett etwas herum, bis ich finde, was ich suche.

»Du solltest auch etwas an deinen Haaren ändern«, sage ich und schiebe ihm vorsichtig eine Spange in den Pony. »So, die bleibt! Jetzt kann man wenigstens deine Augen sehen, die sind nämlich … na ja, du solltest sie jedenfalls nicht verbergen.«

Basil nickt.

»Eine halbe Stunde habe ich noch«, druckst er herum.

Ich verschränke meine Finger mit seinen, und wir küssen uns, sehr langsam, als könnten wir die Berührungen so auf unseren Lippen verewigen. Wir halten uns fest, als wären wir die Zeit.

»Vielleicht darf ich nächstes Weihnachten mit meiner Mutter gemeinsam zu euch.«

»Lass uns daran glauben, damit es wahr wird!« Er kauert sich vor mich und wischt mir eine Träne von der Wange.

Vor ein paar Wochen sind wir gemeinsam durch den Schnee gestapft, und mein Herz hat bis zum Zerspringen geschlagen. Jetzt ist es wohl tatsächlich geschehen, es muss zerborsten sein. Nachdem er davongeflogen ist, finde ich die Kette auf meinem Kopfkissen.

Ich stehe auf und schalte meinen Laptop an, das diesjährige Weihnachtsgeschenk meiner Mama. Das Licht des Bildschirms lockt einen Nachtfalter an. Er flattert dagegen. Ich schließe meine Augen und stelle mir vor, jemand anderes würde das flatternde Geräusch verursachen.

Auf meinem Kopfkissen liegt die Kette und darunter das Taschentuch von Thekla.

Ich weiß, ich werde sie alle eines Tages wiedersehen: Renrus, Joggl, Thekla, Aden Tweick – und Basil.

**Ende**

# 7 FRAGEN AN ELISABETH DENIS

© di matti

**3 Sätze über dich:**

*Vier Tassen Kaffee am Morgen, etwas Ruhe, und es kann losgehen. Manchmal geht es dann zu schnell oder zu spontan los, weswegen ich mir neulich mal meine Schuhe mit Schlagsahne polieren musste … unfreiwillig, versteht sich. Na ja … andere baden in Milch, hab ich gehört, das finde ich schlimmer :-)*

**Warum Oetinger34?**

*Weil ich rundum zufrieden bin. Alle Projekte und Begegnungen, die sich in den mittlerweile schon zwei Jahren auf Oetinger 34 entwickelt haben, waren durchweg tolle Erfahrungen. Dazu zählen natürlich meine Bücher, aber auch die entstandenen Freundschaften, inklusive gemeinsamer Tanzkursbesuche.*

**Was ist das Besondere an deinem Text?**

*Die Mischung aus romantischer Liebesgeschichte mit dem Nervenkitzel des Krimis und den zauberhaften Zutaten eines Fantasyromans ist zugegeben nicht hundertprozentig neu, aber besonders. Weil alles aus der Sicht eines sympathischen Mädchens erzählt wird, der verträumten und auch wieder sehr bodenständigen Mischa, die diesem Fantasyquatsch erst mal mit einer vernünftigen Portion Skepsis entgegentritt.*

**Kristallkette oder Lederbändchen?**

☐ ☒

**Baumhaus oder Palast?**

☒ ☐

**Offene Portale oder getrennte Welten?**

☒ ☐

**Ein ~~Gruß~~ Rat an deine Leser:**

*Lass dich nicht beißen! Trink keine Tränke, von denen du nicht weißt, was sie enthalten, doch vor allem, lauf NIEMALS nachts allein durch den Wald!*

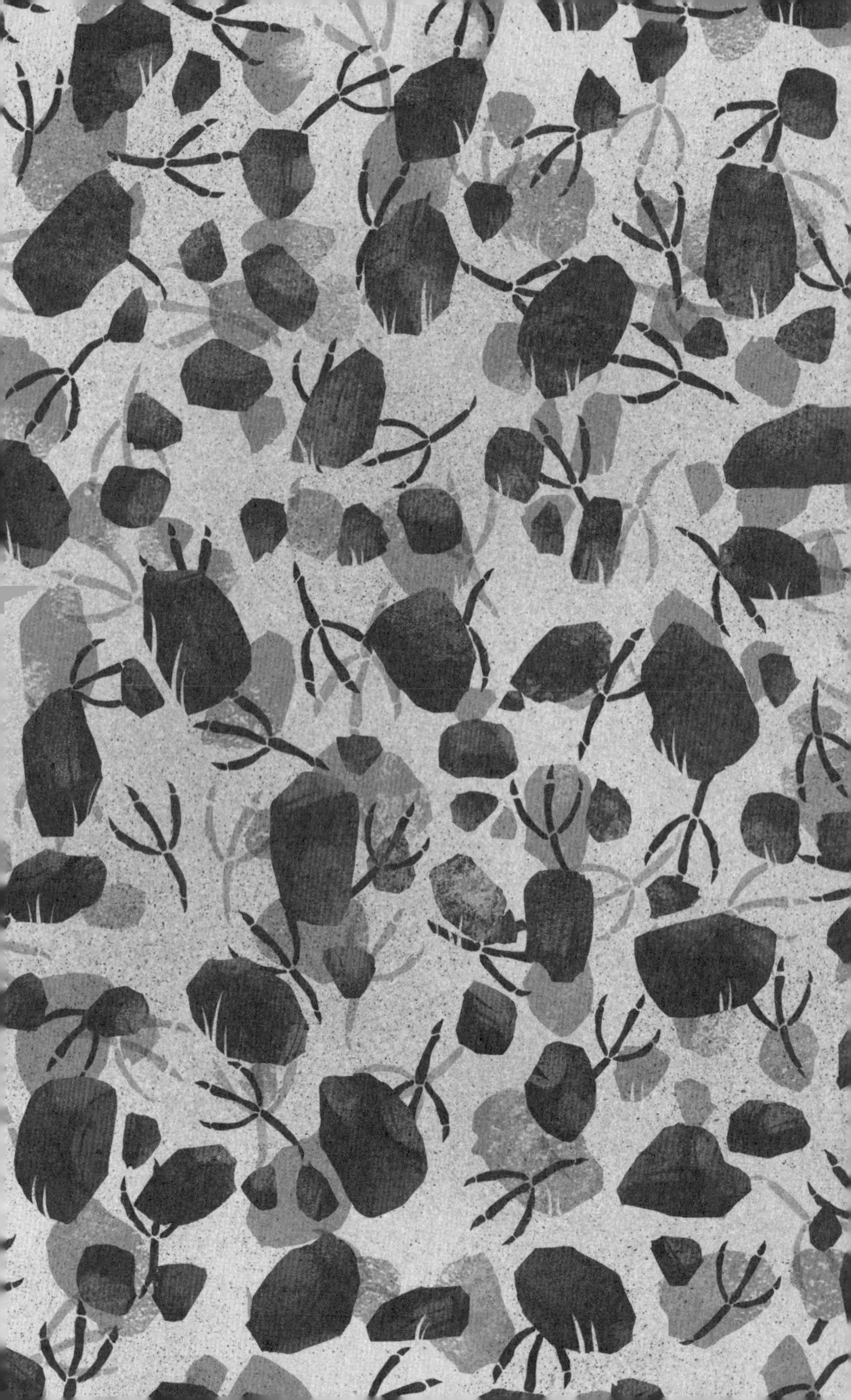